Horst Christian Bracht

Galgenfrist

Historischer Limburg-Krimi

SOCIETÄTS
VERLAG

Satz: Nicole Ehrlich, Societäts-Verlag
Umschlaggestaltung: Nicole Ehrlich, Societäts-Verlag
Umschlagabbildung: © ale_rizzo - Fotolia.com
Druck und Verarbeitung: freiburger graphische betriebe
Printed in Germany 2012

ISBN 978-3-942921-81-7

Prolog

Polizeidirektor Senftleben hockte wutschnaubend in der leeren Amtsstube der Limburger Landmiliz. Der starrköpfige Mann um die fünfzig schlug seine geballte Faust auf den Eichentisch und schüttelte den Kopf. Am liebsten hätte er seine bittere Enttäuschung herausgeschrien. Er hatte den Täter zweifelsfrei überführt. Darin war er sich absolut sicher. Warum zögerte jener feige Richter, den Stab zu brechen und ihn dem Ruchlosen vor die Füße zu schleudern?

Vor fünf Monaten hatte der ehrwürdige Trierer Kurfürst höchstpersönlich den Koblenzer Polizeiobersten nach Limburg beordert, um einen sonderbaren Criminalfall aufzuklären. Schließlich hatte er den Malefikanten aufgespürt und vor den für schwere Criminaldelikte zuständigen Koblenzer Oberhof gebracht. Zunächst schien alles seinen gewohnten Gang zu gehen. Auf dem Richtertisch lag das entscheidende Corpus Delicti. Ein honoriger Professor der Theologie hatte zudem jeden Zweifel am schändlichen Motivum des Delinquenten ausgeräumt. Für den Kommissar war der Fall abgeschlossen. Er hatte seine Arbeit mit der gebotenen Gewissenhaftigkeit durchgeführt und geliefert, was man von einem pflichtbewussten Ermittler erwartete.

Und dann das!

Der eigenwillige Richter hatte zur Verwunderung selbst der Schöffen das Verhör abgebrochen und Senftleben aufgefordert, die entlastende Aussage des verruchten Mörders zu überprüfen. Der verdammte Kerl wollte sich doch nur herausreden, um seinen Kopf zu retten. Nun sollte der Kommissar doch tatsächlich dem Schurken ein Alibi verschaffen! Unfassbar! Seit wann schenkte die Justiz einer noch so dubiosen Schutzbehauptung des Beschuldigten Gehör, wenn doch ausreichende Schuldbeweise vorlagen? Das ging zu weit! Nein und nochmals nein. Nicht mit ihm, zürnte Senftleben. Er hatte den Mörder ermittelt. Ein handfestes Beweisstück und ein eindeutiger Beweggrund sollten für eine Verurteilung ausreichen. Punktum. Notfalls konnte das Gericht das Geständnis durch Folter erzwingen. Sollte der Verbrecher doch die Beinschrauben spüren. Sollten doch seine Gelenke auf der Streckbank herausspringen. Nur zu!

Dennoch konnte sich Senftleben der richterlichen Anordnung nicht widersetzen. Er sah sich gezwungen, noch einmal nach Limburg zu reisen. Reine Zeitverschwendung in seinen Augen. Eine Zeit lang wartete er untätig ab. Halbherzig beauftragte er die Limburger Ordnungshüter, weitere Requisitionen anzustellen. Mit unverhohlener Schadenfreude stellte er bald fest: Sie traten auf der Stelle. Die plumpe Schutzbehauptung des Angeklagten musste ergo erstunken und erlogen sein. Auch der allzu nachsichtige Richter musste das wohl oder übel akzeptieren. Nun war es an der Zeit, dem Koblenzer Oberhof das Ergebnis zu präsentieren: Er habe das Alibi des Angeklagten in der gebotenen Akribie geprüft. Seine Ermittlungen hätten keine neuen, entlastenden Erkenntnisse erbracht. Das Schicksal des Mörders war somit besiegelt. Der Henker konnte den Galgen richten.

Kurz entschlossen packte der Kommissar seine Sachen und machte sich auf den Weg zur Poststation am Limburger Hammertor. Doch an jenem verhängnisvollen Vormittag des 10. Juni anno 1783 zogen aus heiterem Himmel von Norden kommend schwere, drohende Rauchschwaden auf. Sie verdunkelten die aufziehende Sonne, bis nur noch eine matte, dunkelrote Scheibe von ihr blieb. Fassungslos rannten die Limburger auf die Straßen und blickten sorgenvoll den rotgrauen Wolken nach, die langsam, aber stetig die Stadt in ein diffuses, schattenloses Dämmerlicht und die Häuser in ein schmutziges Grau tauchten. Eine seltsame Stille setzte ein. Kein Hund schlug an, kein Vogel zwitscherte, keine Katze streunte und selbst die Ratten verkrochen sich in ihre Löcher. Es schien, als hätten die feinsinnigen Tiere das aufziehende Unheil gespürt. Limburg erstarrte in höllischer Furcht und lähmendem Schrecken. Zum Entsetzen aller stieg den Menschen ein garstiger Schwefelgeruch in die Nase. Ein nach faulen Eiern riechender Gestank des Teufels. Die entgeisterten Limburger stürmten in panischer Angst scharenweise den Felsen hinauf zur Stiftskirche Sankt Georg in der Hoffnung, Antworten auf ihre bangen Fragen zu erhalten. Der Klerus werde sicher eine geistliche Deutung für das apokalyptische Ereignis parat haben.

Nur weg aus dieser garstig stinkenden, gottverlassenen und korrupten Stadt, fluchte Senftleben. Die Posthalterin Scherpf bedeutete ihm jedoch unwirsch, der Verkehr auf den Postkursen sei wegen der ungünstigen Witterung ausgesetzt. Die Höllenluft sei abträglich für die Pferde. Er solle abwarten, bis der Himmel wieder aufklare. So blieb dem Kommissar nichts anderes übrig, als seine Reise nach Koblenz zu verschieben. Er hatte Zeit. Der Delinquent war in sicherem Gewahrsam. Solle dieser sich doch im Kerker über eine zusätzliche Galgenfrist freuen. Dem Henker könne er nicht mehr entrinnen, frohlockte Senftleben. Er sollte sich zu früh gefreut haben.

Zurück in der öden Amtsstube rief er sich noch einmal die Ereignisse ins Gedächtnis zurück. Das Unheil hatte begonnen, als vor vier Jahren ein französischer Zimmermannsgeselle in Limburg aufgetaucht war ...

Vier Jahre zuvor A.D. 1779

1

Der Zimmermeister Heinrich Lang konnte sich wahrhaft nicht über mangelnde Arbeit beklagen. Ein heftiges Aprilgewitter hatte über Limburg getobt und eine Spur der Verwüstung hinterlassen. Ein gewaltiger Blitz war mit einem ohrenbetäubenden Knall zur neunten Abendstunde in den Vierungsturm der Stiftskirche Sankt Georg gefahren. Die eilig von der Sturmglocke herbeigerufenen Feuerläufer versuchten zu retten, was zu retten war. Vergebens. Bald erschien der ganze Turm wie eine brennende Fackel im dichten Nachtgewölk und sprühte Funken bedrohlich über die Dächer der Stadt. Dank göttlicher Fügung drehte der Wind und trieb den Feuerzauber zur Lahn hin. Die Gefahr für die Stadt war zwar gebannt, aber die Flammen hatten nicht nur den Turm mit dem Wetterhahn zerstört, sondern auch den nördlichen Seitenturm und einen Teil des Kirchendachs. Der Schaden war erheblich.

Wie jeden Morgen stieg Meister Lang die Eulengasse zur Georgskirche hinauf. Die Zimmermannszunft hatte sich unter seiner Leitung einen geräumigen Arbeitsplatz vor der Kirche gesichert und nutzte diesen als Werkstatt. Hier sollte der Turm abgebunden, vorgefertigt und komplett aufgebaut werden. Später würden die sorgsam gekennzeichneten Einzelteile auf dem Kirchdach aufgeschlagen werden. Schon von Weitem hörte Lang die kräftige Stimme seines Gesellen Phillip, der seine Leute zur Vorsicht und Sorgfalt anhielt.

Akribisch beäugte Lang das Hobeln und Zuschneiden der Balken und Verstrebungen. Immer wieder prüfte er mit geschultem Auge die Maße und warf einen Blick auf den Bauplan, den er gemeinsam mit seinem tüchtigen Gesellen Phillip an zahllosen Abenden bis tief in die Nacht entwickelt hatte. Seine größte Sorge galt der Statik der Holzkonstruktion. Schließlich hatten ihn die Stiftsherren eindringlich vor einer zu leichten Bauweise gewarnt, zumal der achteckige Spitzhelm wesentlich höher als der alte gebaut werden sollte. Ein schwieriges Unterfangen. Aber auf den Gesellen Phillip war Verlass. Kurz nach Ostern hatte der Wandergeselle an seine Tür geklopft, den breitrandigen Filzhut vom Kopf gezogen und um Arbeit gebeten. Zuvor hatte der Zimmermann streng nach den Zunftregeln die gerollte Krisetasche abgelegt, das rote Tuch darüber ausgebreitet, den dicken, gewundenen Stenz unter dem Rock eingeknöpft und das Felleisen über die linke Schulter gelegt.

Phillip Grandjeau entstammte einer Winzerfamilie aus der Champagne. Als jüngster von vier Söhnen hatte er sich für den Beruf des Zimmermanns entschieden, in Reims seine Gesellenprüfung abgelegt und war danach auf die Walz gegangen. Er war auf dem Weg nach Coeln, wo er den weit über die Grenzen der Stadt bekannten Dom mit den Reliquien der Heiligen Drei Könige besuchen wollte. Doch als er bei der Durchreise von dem eingestürzten Vierungsturm in Limburg hörte, erkannte er seine Chance. Hier würde er den ersehnten Meisterbrief erhalten und sich ein Denkmal setzen, sofern er an der Planung und dem Bau maßgeblich mitwirken konnte. Meister Lang gab ihm diese Chance. Hatte er doch sehr schnell Phillips handwerkliches Talent und vor allem dessen große Erfahrung erkannt, die Grandjeau in Frankreich bei zahlreichen Kirchenbauten erworben hatte. Der tüchtige, versierte Geselle kam ihm gerade recht. Denn zu Langs Verdruss hatte sich einer seiner Söhne entschieden, Naturwissenschaften zu studieren, und der andere frönte auf seine Kosten den schönen Künsten und war der Philosophie zugetan. Das väterliche Handwerk erkannten die Söhne nur der Einkünfte wegen an, die ihnen ein sorgenfreies Studentenleben garantierten.

Als Zuwanderer zahlte Grandjeau die geforderten sechs Reichstaler an die Stadtkasse und kaufte einen Ledereimer, so man ihn bei Feuersnöten brauchte. In der Regel mussten die

Gesellen lange auf eine Meisterstelle warten. Oft bis zum Tod des Meisters, wenn sie die Witwe heirateten und die vakante Meisterstelle erbten. Lang erfreute sich jedoch guter Gesundheit. Dennoch schienen die Voraussetzungen für Phillip günstig zu sein. Der Meister hatte ihm angeboten, sich bei der Zunft für ihn zu verwenden. Nach Abschluss der Turmarbeiten wollte er sich aufs Altenteil zurückziehen. So bot er dem französischen Gesellen an, sich entweder in sein Geschäft einzukaufen oder seine Tochter Adelheid zu ehelichen. Ein Blick in seinen schmalen Geldsäckel ließ Phillip nur eine Wahl: Er musste in den sauren Apfel beißen. Nicht, dass er einer Hochzeit grundsätzlich abgeneigt gewesen wäre, aber die dralle Adelheid war nicht gerade das Muster einer liebreizenden Prinzessin, die ihren Prinzen liebevoll und voller Sehnsucht anhimmelt. Sie war zwar jung und durchaus ansehnlich, putzte sich stets wie eine eitle, französische Hofdame heraus. Ihr herrisches, forderndes Wesen aber schreckte ihn ab. Unter Liebe hatte sich Phillip etwas anderes vorgestellt: zärtliche Zuneigung, inniges Verständnis und sehnsüchtige Blicke – dies gab es allerdings wohl nur in den Geschichten von Voltaire. Adelheid verstand sich als Preis für die Meisterstelle. Das ließ sie den Gesellen tagtäglich auf anstrengende Art und Weise spüren. Sie trieb ihn zur Arbeit an, als könne sie die Vermählung nicht erwarten. Phillip schluckte wortlos ihre Keifereien und Gemeinheiten hinunter. Wollte er über sie die Meisterstelle erben, konnte er sich keine Gefühlsduseleien leisten und so tröstete er sich mit der Binsenweisheit, das Eheweib werde mit der Geburt des ersten Kindes sanfter, werde ihr Wesen verändern. Indes, wohl war ihm nicht bei dem Gedanken, sie als sein Weib zu nehmen.

„Phillip, horch emol. Lass uns noch mal den Sternenträger prüfen. Ei, es wäre zu blamabel, wenn der Turm schief aufgesetzt würde“, riss ihn der Meister aus seinen Gedanken.

„Keine Sorge, Meister. Wir reißen die horizontale Lage der Fundamentbalken mit der Setzwaage *avec précision* auf. Den Turmaufbau kontrollieren wir mit dem Senklot.“

„Sind wir auch nicht im Verzug? Der Dechant Alberich Joseph Dornuff hat mich schon ermahnt, mit den Arbeiten auf dem Dach zu beginnen. Dem kann es nicht schnell genug gehen."

„In zwei Wochen können wir den Turm auf dem Kirchendach aufschlagen. Unsere Zunftgenossen haben das Gerüst schneller als geplant aufgebaut. Alles geht *dans la bonne direction* ... *Merde*, verdammt noch mal, passt auf! Wenn ihr die Stämme auf den Böcken nicht mit Keilen sichert, kommt noch jemand zu Schaden." Der Geselle hatte seine Augen überall. Ihm entging keine Nachlässigkeit, er drohte sogar Prügel zur Strafe an und das sagte er nicht ohne Grund. In seiner Zimmermannstracht steckte eine griffbereite Rute. Dem Meister war es recht:

„Phillip, wenn du das Fluchen schon nicht lassen kannst, dann pass wenigstens auf, dass dich kein Pfaffe hört. Sonst bist du ganz schnell hier oben verbannt."

Die Kirchenuhr schlug zur achten Stunde. Alle Zimmerleute schauten gespannt auf den Burschen, dass er nun eile, das fällige Bier für das Frühstück zu holen. Der gestrenge Geselle gab dem jungen Gehilfen mit einem Kopfnicken ein Zeichen und drückte ihm wie jeden Morgen ein paar Münzen in die Hand. Sogleich sauste er die Treppe hinunter zur Böhmergasse, um im Gasthaus ‚Roter Hirsch' zwei Kannen gewürztes Bier zu kaufen. Das Schälen, die Axtschläge und das Sägen verstummten. Die Arbeiter setzten sich auf einen Holzstapel, wischten sich den Schweiß von der Stirn und schielten mit ihren Keramikbechern in der Hand nach der fälligen Erfrischung. Ihre Kehlen waren in der aufziehenden Sommerhitze ausgetrocknet. Doch anstelle des sehnsüchtig erwarteten Gehilfen stapften zwei Landsknechte die Eulengasse herauf und steuerten mit strengem Gesichtsausdruck geradewegs auf den Gesellen Phillip zu.

„Geselle Phillip Granschau?"

„*Oui*, was wollt ihr von mir?"

„Ei, der Stadthauptmann Bogner schickt uns. Wir sollen dich zur Schießübung abholen."

„Bestellt eurem Hauptmann, der Geselle ist unabkömmlich. Wir haben eine für die Stadt wichtige Arbeit zu erledigen. Jede Stunde zählt. Ich kann ihn nicht entbehren“, erwiderte Meister Lang schroff und machte eine abweisende Handbewegung, sie sollten gefälligst wieder verschwinden.

„Seid Ihr der Maschores? Wir haben ein Schreiben für Euch.“

Missvergnügt nahm Lang den Brief entgegen und las:

Gemäß der Verordnung des Stadtrats ist jeder taugliche Mann über zwanzig Jahren verpflichtet, zwölf Jahre in der Landmiliz zu dienen. Ausgenommen sind nur Staatsbeamte, Geistliche, Juden, Schultheißen und eine Reihe unehrlicher Berufe. Durch jährliche Zahlung eines Guldens können sich die betreffenden Personen loskaufen. Jedoch sind alle zünftigen Limburger Gesellen ohne Ausnahme zum Exerzierdienst verpflichtet. Die Meister sind angehalten, die Gesellen zu diesem Behuf freizustellen. Die Schießübungen überwacht der Stadthauptmann. Er legt die Zeiten des Waffendrills fest. Nur bei Krankheit ist ein Dispens geduldet. Sollte ein Geselle den Dienst verweigern oder wiederholt fernbleiben, drohen ihm eine peinliche Strafe und eine einwöchige Kerkerhaft. Der Geselle Phillip G. hat bereits zwei Schießübungen versäumt. Wir befehlen ihm, unverzüglich zum Dienst zu erscheinen, andernfalls sind die Stadtsoldaten angehalten, ihn sofort in Arrest zu nehmen.
Kaspar Bogner, Stadthauptmann

Der Meister zog seinen Gesellen mit dem Brief in der Hand zur Seite.

„Phillip, hast du davon gewusst?“

„*Naturellement.* In meiner Heimat bin ich bewusst dem Militärdienst entwichen. Das Schießen ist mir ein Gräuel. Und ich werde niemals auf meine französischen Landsleute feuern, sollte es wieder zu einem Krieg kommen.“

„Aber wenn du da nicht erscheinst, wirst du ziemlichen Ärger bekommen.“ An die Landsknechte gerichtet fragte er: „Ist viel Betrieb im Schießgraben?“

„Ei, um diese Zeit ist kein großer Andrang. Der Schütze kann nach fünf Schüssen wieder gehen.“

Im Schießgraben hinter der berüchtigten Rosengasse hatten sich tatsächlich nur wenige Männer zum Exerzierdienst eingefunden. Der dickbäuchige, einen Kopf kleinere Stadthauptmann Kaspar Bogner herrschte Phillip zur Begrüßung mit einer Branntweinfahne an.

„Ei, da ist ja unser Franzos. Wie dann? Hat es sich der Driggeberjer doch noch überlegt? Er hat wohl Angst vor der peinlichen Strafe? Seid gewiss, ich hätte Euch heute in den Katzenturm an den Stock legen lassen wie einen hundsgemeinen Schurken. Wagt es nicht, noch einmal zu schwänzen, sonst werdet Ihr meine Peitsche spüren!“

Phillip wurde mit einem Schlag bewusst, dass er in dem harschen, gnadenlosen Stadthauptmann keinen Freund gefunden hatte. Er taxierte den grobschlächtigen Haudegen mit dem wettergegerbten Gesicht auf fünfzig. Ein grauschwarzer Rauschebart zierte sein zerfurchtes, griesgrämig dreinschauendes Antlitz. Mit sichtlicher Abscheu nahm Phillip ein Steinschlossgewehr entgegen und ließ sich von einem Stadtsoldaten die Handhabung erklären.

„Beim Abzug schnellt der Hahn mit dem Feuerstein auf die Batterie, erzeugt Funken, die dann das Feuerkraut in der Pfanne anfachen. Durch das Zündloch wird die Treibladung gezündet und der Schuss geht ab. Habt Ihr das verstanden?“

Phillip nickte brav, obwohl er nur mit halbem Ohr zugehört hatte. Zögerlich folgte er den Anweisungen, stellte sich breitbeinig hin und visierte das Ziel an der Stadtmauer an. Beim Befehl des Stadthauptmannes „Feuer frei!“ rührte er keinen Finger. Wie gebannt schaute er auf das Ziel, ein auf die Mauer gemalter Mensch. „Feuer frei!“, schrie der Hauptmann erneut, dass es einem angst und bange werden konnte. Doch Phillip schoss nicht. Der hinter ihm stehende Hauptmann griff seinen Ochsenziemer und drosch auf Phillips Rücken ein. Vor Schreck krümmte der Geschundene den Finger am Abzug. Der Schuss löste sich, verfehlte das Ziel. Die Kugel sauste über die Mauer hinweg. Phillip fiel rückwärts auf den Hosenboden und spürte einen stechenden Schmerz in seiner rechten Schulter. Als er sich mit peinerfülltem Gesicht aufraffte und seine Schulter massierte, erntete er hämisches Gelächter. Man hatte ihn bewusst nicht darauf hingewiesen, den Kolben fest an die Schulter zu drücken, um den gewaltigen Rückschlag aufzufangen.

„Ei, es geht doch, du Schlabbesack. Bisher habe ich aus jedem Lumpen einen brauchbaren Schützen gemacht. Ich werde dich mit der Peitsche so lange malträtieren, bis du freiwillig schießt. Verstanden, du Hannebambel? Gewehr laden!"

Phillip gehorchte. Wenn der Hauptmann zum Du und der Peitsche wechselte, stufte er ihn zu einem nichtsnutzigen Kretin herunter. Diese Demütigung wollte er nicht noch einmal erdulden. Insgeheim schwor er, es dem Stadthauptmann später heimzuzahlen. Von einem solch aufgeblasenen Menschenschinder ließe er sich nicht vorführen.

Nicht von ungefähr scharwenzelten um die Mittagszeit fein herausgeputzte Jungfern in weißen Linnenkleidern und einem Strohhut auf dem Kopf an der Stiftskirche herum. Ziel war nicht das Gotteshaus. Vielmehr wollten sie die jungen, kräftigen Zimmerburschen von ihrer Arbeit ablenken und manch einem schöne Augen machen. Besonderen Gefallen fanden sie an dem schmucken, drahtigen Gesellen in seiner schwarzen, samtenen Manchestertracht mit dem breiten Schlag an den Hosenbeinen und der ausgeschnittenen Weste mit den Perlmuttknöpfen. Dazu hatte er ein schmales, rotes Krawattenband umgebunden und den Schlapphut aus Filz auf dem Kopf, den die Zimmerleute „Obermann" nannten. Phillip hatte die Ärmel seines weißen, kragenlosen Hemds hochgekrempelt. Die muskulösen Arme setzen alle Mädchen in helle Verzückung. Mit seinem langen, wallenden, schwarzen Haar erinnerte er an den Christuskopf auf den Heiligenbildern in der Kirche. Das war sicher kein

Zufall. Die Herrgottsmaler porträtierten den Zimmermann aus Nazareth so, wie sie die Zimmerleute zu ihrer Zeit kannten.

„Schäkerst du wieder mit den Mädchen, Phillip?", fuhr ihn Adelheid im besten Sonntagskleid mit Reifrock und einem Sonnenschirm in der Hand verärgert an. Sie wusste um die täglichen Besuche der halbwüchsigen Jungfern und war meist sofort zur Stelle. Phillip schmunzelte nur und enthielt sich jeden Kommentars.

„Kümmer dich lieber um die Arbeit. Es geht nicht schnell genug voran. Ich sehe keinen Fortschritt. Noch immer werkelt ihr an den Stämmen. Wann beginnt ihr endlich mit dem Turmaufbau? Du weißt, was davon abhängt. Ich warne dich, lange warte ich nicht mehr. Oder willst du nicht Meister werden?"

Phillip sah sie an, als blicke er durch sie hindurch. Dann zwinkerte er frech zu den Mädchen hinüber. Etwas abseits stand eine schüchterne Maid, größer und älter als die anderen Mädchen, dünn und flachbrüstig, in einem schlichten, blauen Leinenkleid mit einer weißen Schürze. Sie war weitaus hübscher und vielleicht auch etwas jünger als die affektierte Adelheid und beteiligte sich nicht an den lockenden Sprüchen der kessen Mädchen. Sie stach ihm sofort in die Augen.

„*Comment tu t'appelles?*", rief er ihr zu. Sie hauchte ein „Johanna" zurück.

„Also, das ist doch die Höhe! Verschwinde, du unverschämte Bix. Der Geselle ist mir versprochen. Phillip, mach nur weiter so. Dann kannst du die Meisterstelle in den Wind schreiben", fauchte sie mit feurigen Augen.

Phillip ließ sie stehen und wandte sich seinem Plan zu, um die nächsten Schnittmaße festzulegen. Aus den Augenwinkeln blinzelte er zur schmunzelnden Johanna hinüber und verspürte dabei ein ungewöhnliches Kribbeln im Bauch. Diese warmherzigen, schwarzen Augen, die kastanienfarbigen Haarzöpfe, welche aus ihrer Haube hervorschauten, dieses schüchterne Lächeln gruben sich tief in seine Seele ein. Mutig zwinkerte er ihr zu und erhielt ein scheues Winken zurück.

„Phillip, das reicht jetzt. Lass deine Augen von dem Flittche.“

Wie immer in solchen Momenten kam ihm in den Sinn, Limburg zu verlassen und sich in Coeln zu verdingen. Dann aber rückte die Meisterstelle in weite Ferne. Er konnte nicht ahnen, dass sich seine missliche Situation mit einem Schlag ändern würde ...

2

Der Koblenzer Gasthof ‚Zu den drei Reichskronen' galt als wichtige Drehscheibe der Thurn-und-Taxis'schen Postkurse von Mainz nach Coeln und von Luxemburg über Limburg und Gießen nach Cassel. Gustave Grandjeau saß im großen Saal bei seinem kargen Frühstück und studierte das *Allgemeine Churtrierische Intelligenzblatt mit gnädigstem Privilegio.* Als Beilage fand er darin eine Flugschrift, welche die Freimaurer in Neuwied herausgaben. Seine Laune war auf dem Tiefpunkt. In der Nacht hatte er kein Auge zugemacht. Das abscheuliche Schlaflager roch nach verschwitzten Laken und es wimmelte nur so von Flöhen. Die beiden Männer neben ihm hatten lauthals geschnarcht.

Da trat der ehrwürdige Posthalter Franz Maas an seinen Tisch. Eine stattliche Erscheinung mit seiner schwarzen Perücke und seiner mit goldenen Knöpfen besetzten schwarzen Joppe, aus der ein Rüschenhalstuch hervorlugte.

„Mein Herr, Sie hatten um einen Transport nach Limburg gebeten. Erlauben Sie mir, auf einen besonderen Umstand hinzuweisen. Der hochlöbliche Erzbischof von Trier, Clemens Wenzeslaus von Sachsen, der hier auf Ehrenbreitstein residiert, hat heute Morgen eine Chaise mit Ziel Limburg exklusiv für einen Fahrgast reserviert. Sie wird in einer halben Stunde abfahren. Möglicherweise wäre der Fahrgast bereit, Sie mitzunehmen. Ich kann Ihnen sonst nur die ordinäre Post um zwölf anbieten, aber die ist bereits ziemlich ausgebucht."

„Sehr freundlich, *Monsieur* Maas. Wer ist der Fahrgast, wo kann ich ihn sprechen?"

„Meines Wissens holt er gerade sein Reisegepäck. Sie finden ihn sicher am Anspannplatz."

Eilig verstaute Gustave drei Ranken Brot und zwei luftgetrocknete rote Würste in seinen Brotsack und stürmte aus der

Gaststätte hinaus in den Hof. Tatsächlich spannte ein Postillion in blauer Livree gerade vier Pferde an und reinigte mit einem Reiserbesen den Fahrgastraum.

„Wohin geht die Reise, wenn man fragen darf?"

„Nach Limburg. Eine Sonderpost für den Kurfürsten."

„Ob ich da mitfahren kann?"

„Macht Euch keine Hoffnung. Ich weiß zwar nicht, wer der Fahrgast ist, aber wenn unsere Durchlaucht eine Sonderfahrt anordnet, ist die Chaise wohl allein einem besonderen Gast vorbehalten."

Ein etwa fünfzigjähriger, beleibter, bärtiger Pater in schwarzer Kutte schleppte eine schwere Reisetasche herbei. Der Kutscher wollte sie übereifrig in der hinteren Gepäcktruhe verstauen.

„Die Tasche bleibt bei mir. Ich will unterwegs die Bücher studieren. Wie lange werden wir benötigen bis Limburg?"

„Etwa acht Stunden, gnädiger Herr. Die Strecke ist bereits chaussiert und schnell zu befahren."

„*Excusez-moi.* Gestatten Sie, dass ich mich vorstelle: Mein Name ist Gustave Grandjeau, Professor an der Universität zu Reims."

„Was verschafft mir die Ehre Ihrer Bekanntschaft?"

„Nun, ich suche eine Fahrgelegenheit nach Limburg. Der Posthalter Maas war so freundlich ..."

„Der Mann kann sein Maul nicht zügeln. Die Kutsche ist bezahlt, ich reise allein", gab der Mönch schroff zurück und wandte sich ab.

„Acht Stunden sind eine lange Zeit. Etwas Konversation würde die Zeit verkürzen. Bedenkt auch, ein einzelner Reisender ist leicht dem Raubgesindel ausgesetzt. Ich zahle natürlich die Hälfte des Fahrpreises. Ich kann auch vorn beim Schwager Platz nehmen, sofern Ihnen meine Gesellschaft nicht angenehm sein sollte."

Der Pater überlegte einen Augenblick. Dann bedeutete er Gustave, mit ihm etwas abseits zu gehen.

„Ich wäre einverstanden, wenn Sie mir den Fahrpreis sofort geben und das Schmiergeld für die Fahrt übernehmen."

Gustave holte seinen Geldbeutel heraus und übergab ihm die geforderte Summe, wobei sich der Preis an dem üblichen Postgeld von acht Gulden für zwei Meilen orientierte. Dann reichte er dem Kutscher einige Münzen, die sollten für das Schmieren der Achsen reichen, und eilte in den Gasthof zurück, um seine vollgepackte Reisetasche und seine auffallende rote Redingote zu holen.

„Wie darf ich Sie ansprechen, *Monsieur*?", begann Gustave vorsichtig das Gespräch, als die vierspännige Chaise in rascher Fahrt der Thüringischen Straße folgte.

„Pater Bernhard."

„Werden Sie in Limburg bleiben?"

„Ich werde eine Professur am Limburger Franziskanerkloster übernehmen und den Ordensnachwuchs für die neugegründete niederthüringische Ordensprovinz in Theologie unterrichten. Und Sie?"

„Mein Bruder Phillip arbeitet als Zimmermannsgeselle in Limburg. Ich bin auf dem Wege zu ihm, um eine traurige Nachricht zu überbringen. Unser Vater ist vor einer Woche verschieden."

„Das tut mir leid. War er krank?", fragte der Pater sich bekreuzigend.

„Er ist im Alter von zweiundsiebzig Jahren sanft eingeschlafen. Mein Vater war Winzer in der Champagne."

„Aus der Champagne stammt doch der berühmte Schaumwein, der Wein des Teufels, wie man sagt. Explodieren noch immer die Flaschen im Gärungskeller?"

„Das ist – Gott sei gelobt – vorbei. Die Kellermeister tragen nun keine Eisenmasken mehr, um sich zu schützen. Der Benediktinermönch Dom Pérignon hat ein Verfahren entwickelt, die Korken mit einer Kordel am Flaschenhals zu sichern. Somit können die Flaschen ohne Gefahren transportiert werden, selbst wenn der Schaumwein noch nachgären sollte."

„Sie sind Professor? Welche Fakultät?"

„Ich habe an der Pariser Sorbonne Naturwissenschaften studiert und nun einen Lehrstuhl an der Universität Reims inne. Mich hat es halt wieder in die Champagne gezogen."

„Sorbonne sagten Sie? Meines Wissens hat sich die Sorbonne allen modernen Entwicklungen verschlossen. Sie bekämpft den Humanismus, die Jesuiten und die aufklärerischen Gedanken des Philosophen Rousseau."

„Richtig, deshalb habe ich der Sorbonne auch den Rücken gekehrt. Der schlechte Ruf von Intoleranz und Obskurantismus schreckte mich ab. Die Verteufelung von Jean-Jacques Rousseau hat der Sorbonne sehr geschadet. Und Sie, *Père* Bernhard? Ihrem bayerischen Akzent nach zu urteilen, stammen Sie aber nicht aus dem Kurfürstentum Trier."

„Gut beobachtet, mein Herr. Nein, ich bin in Regensburg beheimatet. Clemens Wenzeslaus von Sachsen war damals dort Bischof, so haben wir uns kennengelernt. Ich gehöre dem Jesuitenorden an."

Inzwischen hatten sie Montabaur erreicht. Der Postillion stieß in sein Horn, um die Kutsche anzukündigen. Sie machten in der Relaisstation unterhalb des Schlosses Station. Der Posthalter entpuppte sich als ungeschliffener Mensch, der zudem nicht gerade gastfreundlich war. Sie drängten den Kutscher, rasch die Pferde zu wechseln, während sie sich ein bescheidenes Mittagsmahl genehmigten.

„Wer gut schmeert, der gut fährt!", unterbrach der Kutscher den Mönch, der gerade an einer Hähnchenkeule nagte. Pater Bernhard wies stumm mit einem Kopfnicken auf den jungen Mann neben ihm, welcher ohne zu zögern einige Münzen herausrückte. Nach kurzer Unterbrechung nahmen sie die Weiterfahrt auf.

3

„Wir waren bei den Jesuiten, *Père* Bernhard. Wie sind Sie eigentlich nach Koblenz gekommen?“

„Der Erzbischof Clemens Wenzeslaus von Sachsen bot mir an, nach Koblenz zu wechseln und übertrug mir nun die Theologielehrstelle am Franziskanerkolleg in Limburg.“

„Ein Jesuit bei den Franziskanern? Geht das gut? Die beiden Orden sind sich doch spinnefeind!“

„Nun, wir sagen so: Die Jesuiten sind die Denker, die Franziskaner die Arbeiter der Kirche.“

Die Chaise erreichte die Lahnbrücke in Limburg. Ein warmer Sommerregen erwartete sie.

„Denkt daran, die Post ist jetzt am Hammertor, nicht mehr in der Brückengasse. Der Säcker zeigt Euch den Weg“, beschieden die Torwächter dem Kutscher. Noch vor fünf Jahren hatte die Poststation direkt hinter dem inneren Brückenturm an der Lahn gelegen. Sie war von der Posthalterin Scherpf betrieben worden. Nun half die Witwe gelegentlich beim neuen Verwalter Michael Oberst aus. Die neue Limburger Poststation am anderen Ende der Stadt hatte sich zu einem wichtigen Drehkreuz entwickelt. So konnte man jede helfende Hand gebrauchen. Dreißig Pferde standen dort bereit. Es wurden sogar wöchentlich zwei Fahrten auf dem Postkurs von Lüttich über Limburg, Franckfurt, Nürnberg, Passau nach Wien angeboten. Die Fahrt dauerte vierzehn Tage.

Der Schwager trieb seine schon etwas müden Pferde an. Ein vorauseilender Ausscheller sorgte für freie Fahrt durch die engen Gassen. Es ging zunächst die enge Fahrgasse hinauf zur Salzgasse, dann am belebten Kornmarkt vorbei, die Barfüßerstraße entlang zur Sebastianskirche. Schon waren sie am Hammertor angelangt, am Ziel ihrer Reise.

„Pater, ich nehme an, Sie werden im Franziskanerkloster erwartet?“, wandte sich die alte Posthalterin Scherpf an den Mönch.

„Richtig, weist Ihr mir den Weg?“

„Sie sind soeben am Kloster vorbeigefahren. Das sind nur wenige Schritte von hier. Und Sie, mein Herr? Benötigen Sie ein Quartier?“

„Danke, sehr freundlich von Euch. Aber ich bin auf der Suche nach meinem Bruder, der hier als Zimmermann arbeitet.“

„Alle Zimmerleute sind derzeit an der Stiftskirche tätig. Sie werden sicher auch Ihren Bruder dort antreffen. Folgen Sie dem Herrn Pater bis zum Kloster, dann sehen Sie die Georgskirche schon. Eine Steintreppe wird Sie den Felsen hinaufführen. Haben Sie genügend kleine Münzen dabei?“

„Wofür sollte ich die brauchen?“

„Sehen Sie doch nur die Schar von Kindern, die dort drüben auf Sie warten. Sie harren jeden Tag an der Poststation aus und hoffen auf einen Reisenden in edlen Gewändern. Den Herrn Pater werden sie in Ruhe lassen, aber Sie werden sie um Almosen anflehen. Geben Sie ihnen doch etwas, sie tun mir leid. Zu viele Männer haben ihre Arbeit verloren, weil die Limburger Wollweber der Konkurrenz der billigen Tuche aus England nicht standhalten können. Viele Väter wissen nicht mehr, wie sie ihre Familie ernähren können. Die armen Kinder landen notgedrungen auf der Straße und müssen sich nun ihr Brot erbetteln. Unser Stadtpfarrer hatte sich zwar bemüht, im Hospital eine Zeuchtfabrik einzurichten, um die hungrigen Kinder von der Straße zu holen, aber er scheiterte an den Verlusten.“

„Dann muss sich eben der Stadtrat ihrer annehmen. Die Bettelkinder sind doch eine Schande für die Stadt“, empörte sich Pater Bernhard.

„Ehrwürdiger Vater, die Mittel der Stadt sind sehr begrenzt, die Stadtkassen leer. Der Siebenjährige Krieg hat zu große Kontributionen gefordert. Die Preise für Lebensmittel sind drastisch gestiegen, ebenso die Abgaben an den Fürsten, der mitleidslos auf seine Pfründe besteht. Die Ernten sind miserabel. Schon sind die Bauern gezwungen, ihre Vorräte an Aussaat zu verspeisen. Uns droht eine Brotknappheit. Wir stecken in einer großen Krise. Viele verarmte Bürger mussten ihre Häuser den Gläubigern übereignen oder versteigern lassen."

Auch sie war davon nicht verschont geblieben. Mit einem stillen Seufzer verharrte sie einen Moment und dachte an die gute Zeit mit ihrem verstorbenen Mann in ihrem stattlichen Haus am Brückentor, das sie erst vor Kurzem den Gläubigern hatte überschreiben müssen. Dann fuhr sie fort:

„Jetzt kommt das Anwerben der österreichischen Kaiserin Maria Theresia gerade recht. Den Ausweglosen wird ein besseres Leben ohne Steuerlasten versprochen, wenn sie nach Galizien auswandern. Viele verzweifelte Katholiken – das Angebot gilt nur für sie – haben Limburg schon verlassen. Die ganz Mutigen, die weder Tod noch Teufel fürchten, suchen ihr Glück in der Neuen Welt. Die Lage in Limburg scheint hoffnungslos. Andererseits sehen wir, wie die Kirche ihre Gotteshäuser prunkvoll ausschmückt. Ist das Gold in den Gotteshäusern wichtiger als die Menschen? Meiner unbescheidenen Meinung nach sollte sich auch die barmherzige Kirche der Not der armen Kinder annehmen."

Mutig, die alte Frau, dachte Gustave und wechselte zwei Gulden. Der Mönch hielt sich nun mit seiner Kritik zurück und mahnte ungeduldig zum Aufbruch. Sie waren froh, endlich die Füße vertreten zu können, und folgten einem vorbeifahrenden Fuhrwerk. Im Schlepptau streckten die hungrigen, ausgemergelten Kinder ihre Hände flehentlich aus und bettelten herzerweichend um einen Kreuzer. Ein besonders vorwitziges Mädchen bedrängte den Pater und wurde von ihm barsch und derb schimpfend abgewiesen. Daraufhin ließ das Kind murrend von ihm ab und gab ihm trotzig zu verstehen, dass er wohl das Almosen verweigern könne, sie aber nicht beleidigen dürfe, weil jeder Mensch unter dem Schutz Gottes stehe.

„Lass ab von dem Mönch!“, riefen die anderen Kinder, „die hochnäsigen Barfüßer sind alle Erbseziehler!“

Indes verteilte Gustave großherzig Kreuzer, so wie es die Posthalterin erbeten hatte, und erntete strahlende, zufriedene Gesichter. Rasch erreichten sie die Sebastianskirche mit dem angrenzenden Kloster und verabschiedeten sich mit freundlichen Worten. Pater Bernhard lud seinen Reisebegleiter ins Kloster ein. Gustave Grandjeau solle sich vor seiner Abreise melden, aber bitte erst nach dem Mittagsmahl.

4

Der Regen hatte zum Glück nachgelassen und Gustave war froh, seine Stiefel angezogen zu haben. Der Weg hinauf zur Georgskirche war schmierig und voller Unrat, den der Regen die steile Treppe herabspülte. Schon von Weitem entdeckte er das mächtige Holzgerüst und die emsigen Handwerker, die sich schon auf den Feierabend zum Angelusläuten einstellten. In dem hektischen Treiben konnte er seinen Bruder nicht entdecken. Die laute Stimme mit dem französischen Akzent war jedoch schnell auszumachen. Der Geselle Phillip schrie gerade voller Zorn einen Zimmermann an. Mit Holzschlegel und Meißel hatte dieser einen Zapfen an der Balkenstirnseite herausgebrochen und nicht auf den Maserungsverlauf geachtet. Mit einem einzigen Schlag hatte er Ausschuss produziert.

„Lass es gut sein, das kann jedem mal passieren, *cher* Phillip."

Verärgert schaute sich der Geselle um. Wer erdreistete sich da, ihm zu widersprechen? Er traute seinen Augen nicht, glaubte einen Geist zu sehen.

„Gustave? Was machst du denn hier?"

„Da staunst du, was? Ich habe mit dir etwas Wichtiges zu besprechen. Wann machst du Feierabend?"

Das Gasthaus ‚Zum Goldenen Hirsch' am Kornmarkt füllte sich allmählich. Sie hatten sich einen ruhigen Tisch gesichert und schwatzten ausgelassen bei einem Schoppen Wein und einem deftigen Abendbrot mit Schwarzwurst. Gustave hatte seinem Bruder ohne Umschweife vom Tod des Vaters berichtet. Phillip bekreuzigte sich und starrte auf den Keramikbecher vor ihm. Nein, man hatte es nicht voraussehen können. Der Vater hatte nie über eine Krankheit geklagt. Er sei des Nachts im Bettlager friedlich eingeschlafen, tröstete ihn Gustave.

„Wer führt den Betrieb weiter?“

„Nicolas war ihm schon lange Zeit zur Hand gegangen. Er hat sich zwar mehr um den Verkauf gekümmert, aber der alte Kellermeister steht ihm zur Seite. Mutter ist damit einverstanden.“

„Und das Weingut floriert?“

„Die Geschäfte gehen gut. Nicolas hat viele neue Kunden akquiriert, selbst den französischen Königshof. Es häufen sich die Bestellungen sogar aus dem Ausland. Die Nachfrage nach Champagner ist so groß, dass fast alle Winzer der Champagne den berühmten Schaumwein produzieren und gutes Geld verdienen. Vater hat uns eine beachtliche Erbschaft hinterlassen. So groß, dass Mutter einen Advokaten beauftragt hat, das Erbe gerecht unter uns aufzuteilen. Deinen Anteil habe ich in meiner Tasche dabei. Phillip, du bist ein reicher Mann!“

Mit großen Augen hörte er fassungslos zu. Schon schoss ihm durch den Kopf, jetzt könne er sich selbst eine Werkstatt leisten, sei auf niemanden mehr angewiesen. Plötzlich stand ihm die ganze Welt offen.

„Bringt uns den besten Schaumwein, *Monsieur* Cordonnier!“, rief er dem Wirt zu.

„Ein Franzose, hier in Limburg?“, staunte Gustave.

„Nein, eigentlich heißt er Heinrich Schuhmacher, aber er nennt sich mit Vorliebe Henri Cordonnier“, flüsterte er seinem Bruder zu. „Ich komme gern hierher. Als Franzose genieße ich den besten Service. Und, was willst du mit deinem Anteil anstellen?“

„Wie du weißt, habe ich eine Professur an der Universität Reims inne. Da muss ich auf meine Reputation achten und gewissen Kreisen der erlauchten Gesellschaft beitreten. So gehöre ich der Pariser Freimaurerloge an.“

„Du bist Freimaurer?“

„Nicht so laut, Phillip. Muss ja nicht jeder mitkriegen. In die Loge kann man nur mit einer positiven Empfehlung von ehrwürdigen Bürgen eintreten. Nun gibt es drei verschiedene

Grade in der Loge, vergleichbar mit Lehrlingen, Gesellen und Meister. Noch bin ich Geselle. Den höchsten Grad erreiche ich, wenn ich der Bruderschaft der Gold- und Rosenkreuzer beitrete. Dazu brauche ich aber Kapital."

„*Alors*, was kannst du dann werden?"

„Meister vom Schein des Lichts und dem verlorenen Worte. Damit steige ich vom profanen Freimaurer zu Sphären auf, die nur wenigen vorbehalten sind. Ich erlange dann den ‚Stein des Weisen', mir ist außer den göttlichen Kräften und Geheimnissen nichts mehr verborgen."

„Hört sich mystisch an. Aber wenn dir so viel daran liegt, wünsche ich dir viel Erfolg dabei. Und später wirst du mich in die letzten Geheimnisse einweihen, oder?"

„*Non, non.* Ich muss mich zur totalen Verschwiegenheit verpflichten. Und was machst du mit dem Geld?"

„Ich werde mir meinen Traum einer eigenen Zimmerei erfüllen. Bald lege ich mein Meisterstück ab, das ist bereits mit dem Meister abgesprochen. Aber das Meisterrecht erhalte ich nur, wenn ich auch das Bürgerrecht erwerbe. Und das bekomme ich, wenn ich das Bürgergeld zahle und eine ehrbare Limburgerin heirate. Aber noch scheue ich davor zurück."

„*Pourquoi* – warum denn?"

„Die Tochter des Meisters wäre sicher eine gute Partie. Aber ich zögere noch. Das Weib ist störrisch, zänkisch und das Gegenteil einer liebreizenden *femme.* Komm, ich stelle sie dir vor und auch den Meister, bei dem ich eine Kammer bewohne. Du willst doch sicher bei mir nächtigen?"

In diesem Moment stapfte Stadthauptmann Bogner in die Gaststube. Phillip drängte zum Aufbruch.

Sie schlenderten sich angeregt unterhaltend bis zum Löhrviertel hinunter. Der Meister wohnte in einem älteren, aber geräumigen Fachwerkhaus neben der kleinen Synagoge. Langs Haus hatte früher einmal den Lohgerbern als Werkstatt gedient. Zu Phillips Erstaunen war der jüngere Sohn des Meisters zu Besuch.

Man saß beim Abendessen. Adelheid warf Phillip einen zornigen Blick zu:

„Hast dich wohl wieder herumgetrieben, während wir auf dich warten."

Phillip ignorierte sie.

„Meister, darf ich Euch meinen Bruder Gustave vorstellen, der überraschend zu Besuch gekommen ist. Ihr habt doch nichts dagegen, wenn er bei mir Unterschlupf findet?"

„Seid willkommen und setzt Euch zu Tisch. Was macht Ihr, woher kommt Ihr?", fragte der Meister Gustave, der sich höflich vorstellte und freundlich für die Einladung dankte.

„Phillip, willst du mich denn nicht mit deinem Bruder bekannt machen?", forderte ihn Adelheid auf. „Ach, bemühe dich nicht. Ich bin die Tochter des Meisters. Eventuell Eure Schwägerin in spe, so Gott es will und Phillip endlich mit dem verdammten Turm fertig wird. Ihr wart doch sicher auch mal am französischen Königshof. Wie geht es dort zu? Sind die Hofdamen wirklich so elegant, wie man sagt?"

„*Pardon, Mademoiselle.* Ich hatte nicht das Vergnügen, dort eingeladen zu werden. Aber unser Bruder Nicolas liefert unsere Schaumweine an den Hof von Versailles. Den solltet Ihr befragen."

„Sie sind Naturwissenschaftler?", fragte der Sohn des Meisters. „Darf ich mich vorstellen? Johann Lang. Ich studiere Physik an der Philipps-Universität zu Marburg. Derzeit höre ich ein sehr interessantes Kolleg über die neuen Dampfantriebe und die Spinnmaschinen, die aus England zu uns kommen werden. Übrigens, kennen Sie den Physiker Denis Papin?"

„Papin hat meines Wissens an der Akademie der Wissenschaften in Paris vor etwa hundert Jahren den Dampfdruck-Kochtopf erfunden. Bei der Vorführung vor den Mitgliedern der *Société* explodierte sein Topf. Er hatte das Sicherheitsventil vergessen. *Quel malheur*! Warum fragen Sie?"

„Papin kam danach nach Marburg als Professor für Mathematik und Hydraulik. Hier konstruierte er den ersten Dampfzylinder und eine Dampfdruckpumpe, die im Casseler Park Wilhelmshöhe das Wasser für den Steinhöfer'schen Wasserfall fördern sollte. Papin behauptete, er könne mit Feuer Wasser heben. Leider scheiterte er noch an den Dichtungen und an den leckenden Ventilen. Sie können sich die Exponate der Papin'schen Pumpen bei uns in Marburg ansehen, wenn Sie wollen."

„Wann reisen Sie denn zurück nach Marburg?"

„Übermorgen, ich lade Sie mit Freude ein. Sie können gern in meiner Studentenbude übernachten."

Gerade wollte Gustave überschwänglich zustimmen, als es an die Haustür heftig klopfte. Der Stadthauptmann stand in seiner ganzen Größe und ziemlich angetrunken in der Tür.

„Was wollt Ihr?", fragte Johann angewidert.

„Die Wachen haben mit zu Gehör gebracht, dass du in der Stadt bist. Als Bürger von Limburg musst du an den Wehrübungen teilnehmen. Ich erwarte dich morgen früh im Schießgraben."

„Kennt Ihr den Götz von Berlichingen?", fragte Johann keck.

„Nein, hat er ein Kommando hier bei uns?"

„Der schwäbische Reichsritter ist schon lange tot. Aber er hat einen allseits beliebten Spruch getan: ‚Sag deinem Hauptmann: Er kann mich im Arsche lecken!'"

„Zügel dein freches Maul! Solange du in Limburg bist, musst du dich zu fügen. Wenn du nicht erscheinst, werde ich die Torwachen anweisen, dich bei der nächsten Einreise zu verhaften. Du hast die Wahl ..."

Johann warf wütend die Tür vor dem verdutzten Stadthauptmann ins Schloss. „Der Kerl kann mich mal. Ich reise morgen früh sofort ab. Begleiten Sie mich, Herr Grandjeau?"

Drei Tage später kehrte Gustave wie aufgekratzt nach Limburg zurück und berichtete voller Begeisterung von seinem Besuch in Marburg. Nicht nur die Exponate von den Druckzylindern des Denis Papin hatten ihn gefesselt, sondern auch das hochinteressante Physikkolleg, das nun ‚Wissenschaftliche Technologie' genannt wurde. Nach seiner Meinung zu großspurig und reißerisch sprach man sogar von einer technischen Revolution, die sich durch zahlreiche Erfindungen von England auf den Kontinent ausbreiten werde. Die Folgen würden für die Handwerker gravierend sein. Besonderes Interesse fand die Entwicklung der Dampfmaschine des Schotten James Watt von der Universität Glasgow. Man munkelte, der preußische König Friedrich der Große habe sogar Spione nach England geschickt, um an die technischen Einzelheiten zu gelangen. Im schlesischen Tarnowitz solle bereits ein Nachbau in Angriff genommen worden sein. Gustave vergaß nicht, den Studiosus Johann überschwänglich zu loben und ihm für seine liebevolle Betreuung zu danken.

Seine Zeit war nun knapp bemessen. In einer Woche warteten seine Studenten in Reims auf die Vorlesung. Er wollte aber nicht abreisen, ohne den versprochenen Besuch im Kloster gemacht zu haben.

5

Pater Bernhard genoss im Franziskanerkloster eine Sonderstellung. Das passte so gar nicht zu den Observanzen des Ordens. Die Mönche spürten sofort, dass sich ein hochnäsiger, höchst suspekter Jesuit bei ihnen eingenistet hatte. Sie gingen ihm aus dem Weg und brachen jedes brüderliche Gespräch bei seinem Erscheinen ab. Pater Bernhard trug zwar die braune Kutte der Franziskaner und nahm an den Stundengebeten teil, dennoch blieb er ein unerwünschter Fremdling im Kloster. Der Guardian hatte der Aufnahme in den Konvent nur zögerlich zugestimmt. Aber das Empfehlungsschreiben des Erzbischofs war eindeutig. Dem Wunsch des Landesfürsten konnte er sich nicht widersetzen. So befreite er Bernhard von jeder klösterlichen Arbeit, was fürwahr im Gegensatz zu den Regeln des Heiligen Franziskus stand. An seiner Tätigkeit als Professor für Theologie war jedoch nichts auszusetzen, obwohl dem Pater bald ein Ruf als unerbittlicher Lehrmeister zugesprochen wurde. Den Barfüßern blieb auch nicht verborgen, dass Pater Bernhard immer wieder den Kontakt zum Oberamtmann, dem Limburger Statthalter des Kurfürsten, auf dem Schloss suchte. Hatte ihm der Kurfürst etwa auch eine weltliche Aufgabe hier in Limburg übertragen? Warum erschien eines Tages der Stadthauptmann bei ihm?

Sich angeregt unterhaltend wandelten der Pater und Hauptmann Bogner im weitläufigen Klostergarten umher. Den im Hortus arbeitenden Brüdern fiel durchaus auf, dass den grobschlächtigen Bogner ein mulmiges Gefühl beschlich, das ihm deutlich ins Gesicht geschrieben stand.

„Hauptmann, unser hochlöblicher Kurfürst höchstpersönlich hat mich mit einem delikaten Auftrag nach Limburg entsandt. Er empfahl mir, Sie um Unterstützung zu bitten."

„Ich habe vernommen, dass Ihr am Gymnasium Theologie unterrichtet. Wie kann ich Euch dabei behilflich sein?“

„Es geht nicht um meine Lehrtätigkeit, sondern um einen speziellen Dienst für den Kurfürsten.“

„Was verlangt Ihr von mir?“

„Lassen Sie mich etwas ausholen. Wie Sie vielleicht erfahren haben, sehen sich die Kirche und die herrschaftlichen Autoritäten einem Angriff ausgesetzt. Ich meine damit die verwerflichen Bestrebungen der Aufklärer, den kirchlichen und weltlichen Einfluss mit ihrem ketzerischen Gedankengut zu schwächen. Unser ehrwürdiger Erzbischof Clemens Wenzeslaus von Sachsen und Kurfürst von Trier hat mich gebeten, solch schändliche Bestrebungen in Limburg zu beobachten und gegebenenfalls gegenzusteuern. Dazu benötige ich Ihre Hilfe. Ich ersuche Sie, mir alle Vorkommnisse, die auch nur im Ansatz eine umstürzlerische Tendenz erkennen lassen, sofort zu melden. Wir werden gemeinsam beraten, was dann zu tun sein wird. Ich muss mich aber auf Ihre strikte Verschwiegenheit verlassen.“

„Ich stehe selbstverständlich zu Euren Diensten.“

„Nach meiner Kenntnis seid Ihr Mitglied in einer Apostelbruderschaft?“ Zunächst hatte der Pater ihm mit dem höflichen ‚Sie‘ geschmeichelt. Doch kaum hatte er Bogner für sich eingenommen, wechselte er zum bürgerlichen ‚Ihr‘. Die dialektische Schule der Jesuiten war nicht zu verleugnen. Der ungebildete Hauptmann bemerkte diese sprachliche Feinheit natürlich nicht.

„Richtig, ich gehöre der Jakobsbruderschaft an.“

„Somit kann ich auf Eure Treue zur Kirche bauen ...“

In diesem Moment trat ein Mönch heran und meldete dem ungeliebten Bruder, ein Besucher verlange, den Pater Bernhard zu sprechen.

„Hauptmann, ich geleite Euch zur Kirche hinaus. Es wäre nicht gut, wenn Ihr bei mir gesehen würdet. Ihr meldet Euch, sofern es etwas zu berichten gibt.“

„*Père* Bernhard, ich möchte mich nur verabschieden. Ich reise morgen ab“, begrüßte ihn Gustave Grandjeau.

„Haben Sie sich im schönen Limburg umgesehen? Kommen Sie, ich zeige Ihnen das Kloster und vor allem unseren herrlichen Garten. Waren Sie schon in der Stiftskirche?“

Gustave verneinte. Sie schritten plaudernd durch den Herbularius, wobei Gustave über noch nie gesehene Kräuter staunte. Pater Bernhard wies stolz auf die angrenzende Krankenpflegestation, die zunehmend Zuspruch fand. Dann führte er Gustave in die Sankt-Sebastian-Kirche. Er wies auf die erst kürzlich eingezogene Spiegeldecke mit kunstvollen Stuckarbeiten und lebensgroßen Engelsfiguren hin, auf die neu gestaltete Kanzel, die neue Orgel, den neuen Beichtstuhl und das neue Kirchengestühl.

„Die Franziskaner müssen recht vermögend sein, wenn sie sich solchen Prunk leisten können“, wunderte sich Gustave.

„Nun, dem Kloster sind weitere Niederlassungen zugeordnet, zudem eine Tuchfabrik mit Färberei, ein Gymnasium und eine Brauerei. Die Einnahmen sind nicht gering. Wollen wir hinauf zur Georgskirche gehen?“

Vor dem Stiftsfriedhof begegneten sie dem Glöckner Johann Schmitt.

„Gott zum Gruß, Pater Bernhard. Darf ich Eurem Besucher die Kirche zeigen?“

„Das mach ich schon. Aber gut, dass wir uns treffen. Man hört nichts Gutes über Euch. Ich habe vom Dechant Klagen über Euch gehört. Schaut Euch den Schmutz an, der unterhalb Eurer Glöcknerwohnung an der Fassade der Kirche klebt. Ihr werft den Unrat einfach aus dem Fenster? Wie könnt Ihr das dem geweihten Gotteshaus und dem Stadtrat antun?“

Wortlos wandte sich der Glöckner ab. Gustave staunte. Der Pater war erst einige Tage in Limburg und schon maßte er sich an, andere wegen einer Nachlässigkeit zu tadeln. Gleichwohl er das in diesem Fall zu Recht tat.

„Der Glöckner ist auch Türmer. Er wacht des Nachts über die Stadt und läutet bei Feuer- und Sturmgefahr, aber auch, wenn feindliche Heere in Sicht sind. Er ist der bestbezahlte Stadtbedienstete. Schauen Sie ihn sich an: zerlumpt wie ein Bauernknecht. Eine Schande für Stadt und Kirche."

Gustave enthielt sich jedes weiteren Kommentars. Was mokierte er sich über den Türmer? Hatte ihn der Kurfürst nicht nur wegen der Theologieprofessur nach Limburg geschickt? Sollte er hier etwa im Auftrag des Kurfürsten nach Recht und Ordnung sehen?

„Die Georgskirche hat kürzlich einen Innenanstrich in blauen, weißen und rosafarbenen Tönen erhalten sowie eine neue Orgel des Franckfurter Orgelbauers Johann Christian Köhler. Sie klebt nun wie ein Schwalbennest an der Westempore. Die güldenen Verzierungen haben die Künstler der berühmten Hadamarer Schule beigesteuert. Auch der Ziborienaltar ist durch einen neuen Altar ersetzt worden. So, und nun wollen wir uns im Klosterbräu ein Bier genehmigen, so wie wir Mönche es trinken. Ungewürzt und frisch, ein Genuss, sage ich Ihnen." Pater Bernhard leckte mit der Zunge seine Lippen, als wären sie ausgetrocknet, und setzte dabei sein gütiges Predigerlächeln auf.

Später, beim Abschied von seinem Bruder, überließ Gustave Phillip noch einige Werke von Voltaire, Montesquieu, Rousseau, Diderot und d'Alembert. Er solle sie unbedingt lesen, meinte er und gab ihm folgenden Rat:

„Hüte dich vor dem neuen Theologieprofessor *Père* Bernhard. Ein verkappter Jesuit. Der Mönch ist mit Vorsicht zu genießen und mir ziemlich suspekt."

A.D. 1780

6

Die Arbeiten am Vierungsturm der Georgskirche neigten sich dem Ende zu. Die Zimmerleute hatten die Holzkonstruktion fertiggestellt. Die Dachdecker nagelten die Schieferschindeln auf. Zur Belustigung aller setzte sich der Leyendeckermeister Lindig nach der letzten Feierabendschindel auf den Wetterhahn der Turmspitze, grüßte lauthals mit gezogenem Hut die johlende Meute, nahm einen kräftigen Schluck aus seiner Branntweinflasche und warf diese dann in weitem Bogen in die Lahn. Die Handwerker prosteten ihm zu und holten somit das Richtfest nach, das die knausrigen Stiftsherren mit dem Hinweis verweigert hatten, in der Kirche werde geweiht und kein Firstbier ausgeschenkt. Phillip beaufsichtigte das Zuschneiden der letzten Streben und Sparren, als er aus den Augenwinkeln den Stadthauptmann die Eulengasse heraufstampfen sah. Ihm schwante Unheil, hatte er doch wieder die Schießübung versäumt. Mit dem Rücken zu Bogner legte er seelenruhig einen langen Balken auf seine Schulter.

„Geselle Granschau?“, hörte Phillip eine laute Stimme sagen. Dann drehte er sich wie erschrocken abrupt um. Das Langholz schlug so heftig gegen den Schädel des Hauptmanns, dass dieser rücklings umfiel.

„*Merde*, könnt Ihr nicht aufpassen?“, fauchte ihn Phillip an. „Schleicht er sich doch heimlich hinter meinem Rücken heran und erschreckt mich.“

Stadthauptmann Bogner erhob sich derb fluchend, griff im Staub nach seiner weißen Perücke und dem Dreispitzhut und wischte mit der Hand über sein Haupt. Er blutete. Von den umherstehenden Zimmerleuten erntete er ein schallendes, hämisches Gelächter.

„Das wirst du mir büßen, das schwöre ich dir, du Krebbel", schrie er voller Zorn und eilte etwas benommen davon. Noch vor Feierabend erschien er wieder mit zwei Stadtknechten.

„Geselle Granschau, ich verhafte Euch wegen tätlichen Angriffs auf eine Amtsperson. Führt den Kamuffel ab und sperrt ihn in den Katzenturm!"

Man stieß ihn in ein dunkles Loch. Es stank bestialisch nach Erbrochenem, Urin, Fäkalien und Fäulnis. Fast hätte er sich übergeben. Resignierend setzte er sich auf den schmierigen Lehmboden. Er erinnerte sich an ein Gespräch mit einem Gesellen, der einst im Stockhaus von einer Ratte ins Bein gebissen worden war. Vorsichtshalber band er die Hosenbeine mit den Schnürsenkeln zu.

Bald wusste Phillip im finsteren Kerkerloch nicht mehr, ob es Tag oder Nacht war; ob er schon etwas gegessen hatte oder nicht; ob er einen oder schon zwei Tage hier zugebracht hatte. Eigenartig, dachte er, wenn der Mensch den natürlichen Tagesrhythmus verliert, verliert er auch seine Orientierung. Seine Zunge lag wie ein trockener Ziegel im Mund.

„Heda, Wachen! Gebt mir Wasser, ich habe Durst", schrie er und dann noch einmal und auch zum dritten Mal. Stille, nichts rührte sich. Seine Spucke schmeckte, als ob schon jemand daran herumgekaut hätte. Wie lange kann ein Mensch es in der Dunkelhaft und ohne Wasser aushalten? Der muss doch irre werden, dachte Phillip. Er ging in Gedanken die Konstruktion des Vierungsturms durch. Balken für Balken. Nur nicht Trübsal blasen, sondern den Kopf wach halten! Im schmiedeeisernen Schloss der Kerkertür wurde ein Schlüssel herumgedreht. Das gleißende Licht bei offener Tür blendete ihn.

„Ei, da hat jemand einen Korb für Euch abgegeben."

„Wer denn?"

„Eine junge Maid. Wohl Euer Liebchen, oder seid Ihr verheiratet? Sie hat uns so lange bezirzt, bis sie uns weichgeklopft hatte. Alle Achtung, die muss ganz schön verknallt in Euch sein. Aber kein Wort davon an den Hauptmann, verstanden? Der Klotzkopp reißt uns sonst die Rübe ab.“

Dann verzogen sie sich. Phillip ertastete eine wollene Decke, eine Flasche Wein, einen Krug Selterswasser, aufgeschnittenes Brot, Schwarzwurst und ein süßes Konfekt. Wenn das kein Liebesbeweis meiner Adelheid ist, dachte er dankbar. Hinter ihrer harten Schale steckt wohl doch ein gutmütiges Weib. Nun, dann steht der Hochzeit nichts mehr im Wege.

Auf Drängen seines Meisters holte man ihn schließlich nach drei Tagen aus dem Kerker und führte ihn gefesselt zum Rathaus, wo sich seine Zunftgenossen versammelt hatten und ihm einen herzlichen Empfang bereiteten. Die lauten Rufe „Bravo, Phillip!“ und „Gut gemacht, der hat es verdient!“ quittierte der Stadthauptmann Bogner mit einem strafenden Blick. Und als der Beifall nicht abebbte, schrie er zornig mit hochrotem Kopf:

„Ruhe jetzt, sonst landet ihr auch im Stockhaus!“

Schultheiß Lamboy hatte am oberen Ende des mit einem grünen Laken bedeckten Tisches Platz genommen. Neben ihm sieben in schwarze Roben gekleidete Schöffen. Der Stadtgerichtsschreiber Knoodt verlas die Anklage. Der Geselle wurde des mutwilligen tätlichen Angriffs auf den Stadthauptmann mit Verletzungsfolge beschuldigt.

„Ihr seid also der berüchtigte Franzos?“, fragte der Schultheiß.

„*Oui,* Euer Ehren. Mein Name ist Phillip Grandjeau. Phillip mit zwei L und einem P, wenn es recht ist. Ich stamme aus der Champagne und bin Geselle der Zimmermannszunft.“

„Ehrwürdiges Gericht, lassen Sie mich für den Angeklagten ein gutes Wort einlegen“, wandte sich Meister Lang an den Schultheiß.

„Nein, Ihr sprecht erst, wenn ich Euch dazu auffordere. Welche Verletzungen hat der bedauernswerte Hauptmann Bogner erlitten?“

„Der Hospitalarzt testierte eine Platzwunde an der Schläfe, etwa zwei Fingerbreit“, antwortete der Gerichtsschreiber. „Sie wurde genäht.“

„Und vergesst meine Kopfschmerzen nicht zu erwähnen!“, ergänzte Bogner mit drohender Armbewegung.

„Geselle Grandjeau, gebt Ihr zu, den Hauptmann verletzt zu haben?“

„*Oui*, aber es war keineswegs mutwillig. Der Bogner ...“

„Ihr gebt also Eure Schuld zu?“

„*Non*, ich habe zwar den Bogner mit dem Balken am Kopf erwischt, aber ...“

„Das reicht, Geselle. Mir ist es gleich, wie es dazu kam. Die Tatsachen sprechen eine eindeutige Sprache.“

„*Pardon*, Ihr wollt meine Erklärung zum Tathergang nicht zu Protokoll nehmen? Hat ein Beschuldigter vor Euerm Gericht kein Recht zu sprechen? Ich verlange, gehört zu werden, *merde*.“ Phillip schlug mit der Faust auf den Tisch.

„Werdet nicht frech. So wie Ihr Euch benehmt, scheint der Fall klar zu sein.“

Jetzt meldete sich der Meister noch einmal energisch zu Wort:

„Ehrenwerter Richter, mein Geselle ist unschuldig. Es war ein Versehen!“

„Versehen hin oder her. Phillip Grandjeau hat einen wichtigen Amtsträger angegriffen ...“

„Lasst den Meister sprechen. Wir sollten auch seine Version hören, bevor wir zum Urteil kommen“, bat ein Schöffe, den Meister Lang als Zunftmeister der Wollweber erkannte.

„Ich habe die Gesellen befragt, die den Vorgang beobachtet hatten. Der Stadthauptmann hat sich, ohne sich bemerkbar zu machen, dem Gesellen von hinten genähert. Der Geselle stand mit dem Rücken zu ihm mit einem Balken auf der Schulter. Jedes Kind weiß, dass man einen Zimmermann, der einen Balken trägt, nicht von hinten ansprechen oder erschrecken darf.“

„Der Meister berichtet von unmaßgeblichem Hörensagen. Wenn er keinen Augenzeugen präsentieren kann, nehmen wir seine Aussage nicht zur Kenntnis."

„Hab' ich mir doch gedacht, dass Ihr einem zünftigen Meister keinen Glauben schenkt. Fragt den Zimmergesellen Markus."

Schon erhob sich ein Hüne von Mann mit Pranken, die den Eindruck erweckten, ihr Besitzer benötige keine Axt, um Holz zu spalten.

„Enjoo, der Meister sagt die Wahrheit. Kerle, Phillip ist unschuldig", gab Markus mit dröhnender Stimme zu Protokoll, als wolle er mit seinen wuchtigen Pratzen sogleich jedem den Hals umdrehen, der ihm nicht glaube.

„Lasst es gut sein. Der Geselle sollte am besten wissen, wie er sich mit einem Balken auf der Schulter zu verhalten hat." Nachdem sich Lamboy kurz zu den Schöffen gebeugt hatte, fuhr er fort: „Ich verkünde das Urteil: Der Zimmermann Phillip Grandjeau wird zu drei Tagen Gefängnis verurteilt. Er hat die Strafe bereits verbüßt. Er kann gehen."

Daheim hatte die Meisterin ein üppiges Mahl vorbereitet. Frisch gewaschen und in neuer Kluft erzählte Phillip am Tisch ausführlich, wie es zu dem Vorfall gekommen war.

„Danke für den Korb, Adelheid. Der hat mir meine Haft erträglich gemacht."

„Was? Wovon sprichst du? Dich kommt wohl wieder die Spottlust an? Du glaubst doch nicht im Ernst, dass ich mich um einen Verbrecher bemühe? Die Strafe hast du verdient. Das hast du doch mit voller Absicht gemacht. Und hoffentlich hast du darüber nachgedacht, vor Gott zu bereuen."

Phillip schwieg. Er erkannte, dass es mit Adelheids Zuneigung doch nicht zum Besten stand. Aber wer hatte ihn dann so liebreich versorgt?

„Ich sollte vor Feierabend noch mal nach dem Rechten auf der Baustelle sehen", meinte er unwirsch, ließ das Mahl stehen und machte sich von dannen.

7

Die Kunde von Phillips Heldentat hatte sich in Limburg schnell verbreitet. Auf dem Weg hinauf zum Felsen grüßten ihn die Passanten freundlich. Mit einem Schlag war der mutige französische Zimmermann stadtbekannt. Am Friedhof der Stiftskirche lächelte ihn eine Maid an. Sie hatte einen leeren Korb in der Hand. Phillip stutzte.

„Johanna, hast du mir den Korb gebracht?"

„Ich konnte nicht mit ansehen, wie man mit dir umgegangen ist."

„Du hast mich beobachtet?"

Johanna zuckte vielsagend mit den Schultern und schmunzelte stumm. Ihrem verschmitzten Blick nach hatte sie wohl mehr gesehen als alle anderen.

Phillip zögerte. Er wollte sie umarmen, sich spontan mit einem Kuss bedanken. Aber einer der Maurer hielt ihn davon ab. Überschwänglich rühmte der seinen Mut, als habe er eine Schlacht für die Gesellen gewonnen. Johanna wandte sich ab. Phillip konnte ihr nur noch ein „Danke, Johanna!" zurufen. Bald kreiste die Branntweinflasche unter den fröhlich schwatzenden Männern. Doch die Lobhudeleien und das Saufen waren ihm zuwider. Er zog es vor, allein auf das Kirchendach zu steigen. Die Arbeiter hatten den Turm zum Feierabend bereits verlassen, so konnte er sich in aller Ruhe ein Bild vom Baufortschritt während seiner Abwesenheit machen. Zufrieden stieg er wieder hinab. Er wollte gerade das Außengerüst an der südlichen Kirchenseite hinunterklettern, als er ein schwaches Stöhnen vernahm. An den Fuß des Turms gelehnt hockte fröstelnd und apathisch ein junger Leyendeckerlehrling mit schweißnassem Gesicht.

„Junge, was ist mir dir? Hast du Fieber?"

Der Jüngling antwortete nicht. Er starrte ihn mit glasigen Augen an, röchelte und schien verwirrt zu sein. Im Gesicht zeigten sich blassrote Flecken. Kurzerhand legte Phillip den Körper über die Schulter, stieg das Gerüst hinunter und rief die Leyendecker herbei. Sie sollten den Kranken unverzüglich ins Hospital schaffen.

Eine Woche später erfuhr Phillip mit Schrecken, dass der junge Mann an Pocken verstorben sei. Er selbst hatte Kopf- und Gliederschmerzen verspürt, als sei eine fiebrige Grippe im Anmarsch.

„Horch emol, die Pocken grassieren in der Stadt", zog ihn der Meister sofort aus dem Haus. „Wir sollten kein Risiko eingehen, sonst steckst du uns auch noch an. Ich kenne da einen Medicus, der angeblich ein neues Wundermittel aus England gegen Pocken verabreicht."

In der Böhmergasse klopften sie an die Tür eines Fachwerkhauses mit einem hübsch verzierten Erker. Eine Magd öffnete.

„Ist der ehrwürdige Hofrat zugegen?"

Sie führte die Männer in eine Wohnstube mit modernen Louis-seize-Möbeln.

„Der Meister Lang, welch überraschender Besuch!", begrüßte sie der hochbetagte Arzt mit einer unförmigen Brille auf der Nase und einer langen Zipfelmütze auf dem Haupt.

„Doktor, horch emol. Ich bringe Euch meinen tüchtigen Gesellen Phillip. Bitte schaut ihn Euch einmal an. Er war in Kontakt mit einem Pockenkranken."

„Gleich. Wie geht es Euch denn, Meister Lang? Sind die Arbeiten an Sankt Georg beendet?"

„Gewiss, in zwei Wochen wird der Turm feierlich geweiht. Und was macht der Brunnen in Niederselters?" Phillip warf ihm einen fragenden Blick zu. Doktor Kilian sei Hofrat, Amtsarzt und medizinischer Brunnenaufseher in Niederselters, klärte ihn sein Meister auf.

„Der Brunnen sprudelt nur so", antwortete der Doktor. „Die Leute sind ganz versessen auf das Heilwasser. Es werden bereits Millionen von Tonkrügen weit über die Region hinaus geliefert.

Der Verkaufspreis liegt schon über dem Weinpreis. Wir mussten einen versierten Buchhalter einstellen. Carl Anton Trompetta hat die Aufgabe übernommen. Aber ehrlich gesagt traue ich den Krautern nicht über den Weg." Dann wandte er sich endlich an Phillip: „Fieber, Kopfschmerzen, Gliederschmerzen? Dann lasst mich mal sehen. Zieht das Hemd aus ... Ohne Zweifel. Ihr habt Euch angesteckt. Aber noch haben sich keine Papeln gebildet. Wann hattet Ihr denn Kontakt zu dem Kranken?"

„Vor einer Woche."

„Dann haben wir wohl noch Glück, dann seid Ihr noch nicht so lange infiziert. Die Inkubationszeit beträgt normalerweise zwei bis drei Wochen. In Eurem Fall könnte eine Schutzimpfung hilfreich sein. Ich habe mich intensiv mit der neuen Prophylaxe auseinandergesetzt. Den Sklavinnen des türkischen Sultanspalastes von Konstantinopel hatte man einst mit einem Messer Eiter aus einer Pockenpustel in den Arm geritzt, um sie vor einer Ansteckung zu schützen. In England hat die Ärztin Mary Montagu sogar den König Georg I. okuliert, wie man sagt, und später alle Mitglieder der königlichen Familie. Ich schlage also vor, dass wir uns unverzüglich ins Siechenhaus des Hospitals begeben, um die Prozedur hinter uns zu bringen."

„*Mon Dieu*, so werde ich doch erst recht krank."

„Keine Sorge, Geselle. Damit stimulieren wir Eure Abwehrkräfte. Sicherlich kommt es anfangs zu einer leichten Erkrankung, aber danach seid Ihr gegen jede Wiedererkrankung gefeit. Um eines muss ich Euch jedoch bitten: Bewahrt Stillschweigen darüber! Die Kirche verdammt das Okulieren, das sei ein Werk des Teufels."

Phillip war beileibe kein Angsthase, dennoch konnte er einfach nicht begreifen, dass eine bewusste Ansteckung Heilung versprechen sollte. Aber hatte er eine andere Wahl? Entweder sterben oder okulieren.

Zwei Tage lang fürchtete Phillip, die Krankheit sei nun mit aller Wucht ausgebrochen. Feuchte Pusteln zeigten sich an seinem

Oberarm, wo der ominöse Medicus ein pockeninfiziertes Messer angesetzt hatte. Der Meister hatte Phillip wie einen Aussätzigen in seine Kammer verbannt. Niemand sollte ihn sehen oder gar Kontakt zu ihm haben. Jetzt schätzte Phillip die Bücher, die sein Bruder ihm aus Frankreich mitgebracht hatte. Beim Lesen erinnerte er sich an die Diskussion über die Freimaurer und den Rosenkreuzerorden. Ob es hier in Limburg auch solche Geheimbünde gab? Die aufklärerischen Gedanken der französischen Dichter und Philosophen konnte er durchaus nachvollziehen. Aber diese Geheimzirkel wären für ihn nie infrage gekommen. Das war wohl mehr etwas für Studierte und Reiche, die nach den letzten Geheimnissen des Lebens strebten. Adelheid fragte kein einziges Mal nach, wie es ihm denn gehe. Ihm war es durchaus recht. In seinen Gedanken sah er seine liebreizende Johanna an der Stiftskirche auf ihn warten. Diese schwarzen Augen und ihr fröhliches Lächeln gingen ihm nicht aus dem Kopf. Am dritten Tag stellte sich eine deutliche Besserung ein. Das Fieber ließ nach, die Pusteln am Arm verheilten und hinterließen kleine Narben. Fieberfrei und ohne Kopfschmerzen konnte er nicht mehr an sich halten. Er musste hinaus zur Baustelle. Immer wieder schweifte sein Blick über den Friedhof vor der Kirche, doch Johanna ließ sich nicht blicken.

An jenem Abend kam es zu einem unheilvollen Streit beim Abendessen. Adelheid beschwerte sich keifend, der Geselle schneide sie. Er gehe lieber zur Stiftskirche hoch, um den Flittchen den Kopf zu verdrehen, als mit ihr zu reden. Sie redete sich derart in Rage, dass sie schließlich hasserfüllt am Tisch verkündete:

„Der Phillip wird niemals mein Mann. Er kann sich den Meister sonst wohin stecken."

„Horch emol, Adelheid, wer hier Meister wird, entscheide ich und nicht du", maßregelte sie der Meister. „Der Phillip ist mein bester Mann. Ohne ihn stünde der Turm jetzt nicht auf dem Dach der Georgskirche. Und wenn du ihn nicht heiraten willst, dann lässt du es eben. Dann sieh doch zu, ob du einen anderen findest. Aber mit deiner kratzbürstigen Art wirst du keinen Mann erobern. Notfalls landest du als vertrocknete Jungfer im Nonnenkloster."

Wutschnaubend rannte Adelheid hinaus und verkroch sich weinend in ihrer Kammer.

„Nun sag doch auch mal was dazu, Phillip!", forderte ihn die Meisterin auf. Phillip zögerte. Sollte er nun zugeben, dass er Adelheid nicht lieben könne? Dass er eine andere Maid in sein Herz geschlossen habe? Noch wollte er nicht mit der Sprache heraus, er könne sich mit Leichtigkeit beim Meister einkaufen, auch ohne Adelheid zu ehelichen. Nein, er würde sich erst erklären, wenn er für sich eine Entscheidung getroffen hätte. Entweder weiter auf die Walz zu gehen oder doch in Limburg zu bleiben. Aber eines war gewiss: Er würde seine Pläne ohne Adelheid machen.

„Adelheid ist immer so aufbrausend. Ich bin mir aber keiner Schuld bewusst. Vielleicht beruhigt sie sich wieder", meinte Phillip. Die Meisterin atmete hörbar auf.

8

Die Gaststube ‚Zum Goldenen Hirsch' am Kornmarkt war weiß Gott nicht gut besucht. Das Geld saß nicht mehr so locker wie ehedem. Selbst nach Feierabend gönnten sich nur wenige höchstens einen Becher Bier, aber das Nachtmahl wurde daheim eingenommen. Zudem war das Bier in anderen Kneipen preiswerter. Nicht ohne Grund. Der Wirt Cordonnier duldete keine ordinären Säufer bei sich. Vor einigen Jahren hatte es nach einem Zechgelage in seiner Gaststube eine wilde Rauferei zwischen Müller- und Fuhrknechten gegeben. Sie führten sich auf wie unbändige Tiere und zertrümmerten sogar die Fensterscheiben der Wirtschaft. Die Übeltäter erhielten drei Tage Turmhaft bei Wasser und Brot und mussten Schadenersatz leisten. Nun zahlten seine Gäste freiwillig etwas mehr und schätzten dafür die ruhige Geselligkeit.

Selbst an einem solch stürmischen, regenreichen Tag wie diesem fiel der Stammtisch nicht aus. Hier saßen der grauhaarige Schultheiß Johann Simon Lamboy, Stadthauptmann Kaspar Bogner, der vornehme Kaufmann Hubert Verhoffen und der einfältige Stadtwachtmeister Rompelsheim zum abendlichen Schoppen zusammen. Sie klatschten über die Leute und heckten so manche Intrige aus.

Vom Schultheiß Lamboy erzählte man sich, er stamme aus Savoyen. Sein Vater sei als Söldner nach Hadamar gekommen und habe dort als Schlosssoldat gedient. Die Stammtischfreunde sahen ihm an, dass er in den letzten Tagen schwächelte. In sein zerfurchtes Gesicht hatten sich Enttäuschung und Krankheit eingegraben, sein Elan und seine Streitsucht waren dahin. Nur der üppige Weinkonsum ließ ihn sein ständiges Unwohlsein vergessen. Lamboy platzte mit einer Neuigkeit heraus:

„Ihr kennt doch den Nagelkaufmann Friedrich Isaacky, der die Tochter des Obermüllers Zimmermann geheiratet hat. Der hat sich tatsächlich erdreistet, zusammen mit dem Schuhmacher oder Cordonnier, wie er sich hochtrabend nennt, gegen den Bürgermeister Faber vorzugehen."

„Worum geht es dabei?", fragte Bogner den alten Lamboy.

„Der Faber wohnt im Haus Schöneck in der Böhmergasse. Er hat die Gasse vor seinem Haus aufpflastern lassen. Nach Meinung von Cordonnier und Isaacky soll nun das Regenwasser in den Brunnen am Eck zum Kornmarkt laufen und ihn mit Unrat verunreinigen. Da mag ja was dran sein, aber Faber nimmt das nicht so gelassen hin. Er fordert, Isaacky und Cordonnier sollen als Aufrührer und Rebellen verurteilt werden."

„He, Cordonnier, kommt einmal zu uns!", rief der Stadtwachtmeister dem Wirt zu und zeigte seine gelben Stummelzähne. „Wir haben gehört, der Bürgermeister Faber will Euch verklagen?"

Cordonnier setzte sich mit einem Becher Wein in der Hand zu ihnen, als wäre er Teil der Stammtischrunde.

„Erst verdreckt er den Brunnen, dann bezeichnet er uns als Rebellen. Was bildet der sich ein? Kann er denn alles machen, was ihm gefällt? Ist ihm die Gesundheit der Bürger egal? Wir können das nicht hinnehmen, wir fordern unsere Rechte ein."

„Eure Rechte? Was meint Ihr damit?"

„Ei, das Recht auf ein gesundes Leben, auf sauberes Wasser. Das sind fundamentale Rechte eines jeden Bürgers. Und die lassen wir uns nicht nehmen, notfalls werden wir uns der obrigkeitlichen Willkür widersetzen."

„Das sind ketzerische Ideen der verfluchten französischen Aufklärer. Ist der Dollbabbeler etwa davon schon infiziert?", schalt ihn der Stadthauptmann und sah ihn dabei an, als wolle er ihn auf der Stelle verhaften.

„Ist mir doch egal, was die Aufklärer denken. Ich will nur mein Recht. Wir haben den Fall vor den Oberamtmann Freiherr Schütz von Holthausen gebracht."

„Na, wenn Ihr da mal nicht vom Regen in die Traufe kommt! Was seid Ihr nur für ein Dämelsack!"

Cordonnier wurde an einen anderen Tisch gerufen. In der Runde bestand bald Einigkeit darüber, dass man den Cordonnier beobachten müsse. Allein seine Namensgebung weise doch darauf hin, dass er mit den Franzosen sympathisiere. Das Pochen auf Bürgerrechte sei zudem ein klarer Beweis, dass er sich den Aufklärern angeschlossen habe.

„Und was machen deine Geschäfte, Verhoffen?“

Hubert Verhoffen war der bedeutendste Tuch-, Porzellan- und Fayencehändler der Stadt, der Geschäfte bis weit über deren Grenzen hinaus betrieb. Er zählte zu den reichsten Bürgern Limburgs, und das zeigte er auch aufreizend mit seiner modischen Kleidung.

„Die florieren prächtig. Mein englischer Tuchlieferant hat sogar eine Preissenkung in Aussicht gestellt, wenn die neuesten Webmaschinen einsatzbereit sind.“

„Das wird meinen ehemaligen Schwäher nicht erfreuen“, lachte Bogner schadenfroh und schlug sich dabei auf die Schenkel.

„Ihr meint den Vater Eurer verstorbenen Frau Maria Elisabeth, den Wollwebermeister Adam Rab?“

„Richtig. Der spuckt Gift und Galle auf Euch. Ihr Tuchhändler ruiniert ihn. Er hat mich immer wieder aufgefordert, Euch das Handwerk zu legen. Aber das wäre auch meinem Lederhandel abträglich, wenn ich gegen die Krämer vorginge. Die verdammte Rabsippe kann mir gestohlen bleiben. Der wünsche ich det Laad em Bauch.“

Alle wussten, warum er im Streit mit Rab lag. Adam Rab hatte ihn beschuldigt, am plötzlichen Tod seiner Tochter nicht unschuldig zu sein. Aber niemand wagte, an dieses Thema zu rühren.

„Ich weiß“, meinte Verhoffen, „die Wollweber verteufeln mich. Aber sie müssen einsehen, dass die Zeit der Handarbeit vorbei ist. Sie sollten sich auch diese modernen Maschinen anschaffen. Die Krämerzunft zählt bereits zwanzig Mitglieder, mehr als die Wollweberzunft. Und die Händler, wie Trompetta,

Ripamonte und Galmano, zahlen die höchsten Zunftabgaben und Steuern an den Oberamtmann."

„Ehrlich gesagt sehe ich für die Zukunft der Wollweber schwarz. Bald stehen noch mehr Weber und schnorrende Kinder auf der Straße", wandte der Schultheiß Lamboy ein. „Was soll ich nur gegen die überhandnehmende Bettelei ausrichten?"

Der dicke Stadtwachtmeister trank genüsslich seinen Becher leer. Mit seiner Statur – Stiernacken, Rauschebart und einem Hintern wie dem eines Kutschergauls – flößte er allen Furcht ein. Kraft gepaart mit Dummheit ist eine brisante Mischung.

„Wir haben die Wachen um vier Personen aufgestockt", sagte er mit seiner tiefen Bassstimme. „Noch haben wir die Lage im Griff, abgesehen von einigen Prügeleien und Diebstählen. Gestern wurde aber ein Wachmann vom Mob angegriffen. Und das Schlimmste ist, dass die dabeistehenden Bürger keinen Finger rührten und sich zum Teil noch schadenfroh auf die Seite der Angreifer gestellt haben. Alles Schlappschwänze!"

„Man munkelt, in Frankreich koche der Topf bald über, geschürt von den Philosophen und Schriftstellern", ergänzte Schultheiß Lamboy. „Wir müssen auf der Hut sein, sonst schwappen diese liberalen Ideen und der bürgerliche Zorn auch zu uns herüber. Es gilt, mögliche Rädelsführer bei uns aufzuspüren. Wehret den Anfängen!"

„Habt Ihr bestimmte Personen in Verdacht?", hakte Bogner sofort nach und erinnerte sich an den geheimen Auftrag des Mönchs.

„Ich vermute, dass unsere Universitäten eine Brutstätte für solche umstürzlerischen Gedanken darstellen. Sehen wir nicht selbst bei uns schon einen Verfall der Sitten bei der Jugend ob der mangelnden und zu nachsichtigen Aufsicht unseres Stiftschulmeisters? Die Studenten sind zudem auch unterwegs in anderen Ländern, schnappen neue Ideen auf und lassen sich von dem freiheitlichen Geschwafel infizieren."

„Genau. Der Sohn des Zimmermanns Lang ist ein Beispiel dafür", unterbrach ihn der Stadthauptmann. „Hat der Knallkobb mich doch tatsächlich unflätig beschimpft, als ich ihn zum

Schießdienst aufgefordert habe. Am nächsten Tag war er verschwunden. Soll der noch einmal zurückkommen, dann wird er was erleben!"

„Suspekt sind mir auch die Franzosen, die erst kürzlich nach Limburg kamen. Die bringen aufrührerisches Gedankengut im Gepäck mit", fuhr Lamboy fort.

„Richtig. Der Franzos Granschau hat mich doch tatsächlich tätlich angegriffen. Dem Klieskobb werde ich es noch heimzahlen!"

„Manche Schläge auf den Hinterkopf erhöhen die Denkfähigkeit", lachte Lamboy und erhob seinen Becher, um anzustoßen. Bogner prostete ihm mit einem Becher Fruchtbranntwein zu und verzog sein Gesicht zu einer gequälten Grimasse. Er wollte die bissige Bemerkung des kränkelnden, alten Schultheißen nicht weiter kommentieren. Keiner in der Runde ahnte, dass der Gevatter Tod den Schultheiß Lamboy schon im Visier hatte. Der häufige Genuss des mit Bleizucker gesüßten Weines sollte bald seine Wirkung zeigen.

Am nächsten Morgen passte der Stadthauptmann Pater Bernhard vor dem Gymnasium ab. Mit strenger Miene beaufsichtigte der Professor die im Hof herumtollenden Burschen.

„Ehrwürdiger Pater, ich sollte Euch doch zwielichtige Personen anzeigen. Ich melde untertänigst den Studenten Johann Lang und den Zimmermannsgesellen Granschau. Sie haben ..."

„Danke, mein Sohn, gute Arbeit. Behaltet sie im Auge und sichert gegebenenfalls Beweise. Übrigens hat mir der Oberamtmann vertraulich berichtet, dass er sich um die Sicherheit der Stadt und Hütung der Gärten sorge. Stadtwachtmeister Rompelsheim sei dieser Aufgabe nicht mehr gewachsen. Die Fruchtdiebstähle nehmen erschreckend zu. In der Stadt treiben sich Vaganten und liederliches Gesindel sowie fremde Bettler herum. Die Stadtpolizisten bezeichnete er als elende, ausgemergelte Gerippe und Vollsäufer, die oft selbst zu Dieben werden nach dem Motto: *hodie mihi, cras tibi.*"

Das hatte Bogner nicht verstanden, er runzelte die Stirn, bis ihn Pater Bernhard erlöste:

„Ich tue dir heute nichts, damit du mir morgen nichts tust, oder anders ausgedrückt: Eine Hand wäscht die andere. Es wäre wohl angebracht, Ihr nehmt künftig die Polizeiarbeit in Eure Hände. Schließlich habt Ihr immerhin acht Oberoffiziere in kaiserlichen Diensten unter Eurem Regiment. Der ehrwürdige Oberamtmann Freiherr Schütz von Holzhausen unterstützt meinen Vorschlag. Macht eine Eingabe beim Stadtrat. Aber nun muss ich zur Vorlesung."

A.D. 1781

9

Adelheid hatte sich beruhigt und unterließ es nun, den Gesellen Phillip ungebührlich zu bedrängen. Hatte sie sich dem Willen des Vaters gefügt oder erkannt, dass sie mit ihren Launen Phillip vergrault hatte? Die Meisterin hatte ihr ins Gewissen geredet und drängte ihren Mann, endlich die Verlobung anzusprechen. An einem kalten, regnerischen Sonntagabend im April saßen sie in der gewärmten Stube beim Abendbrot, als unversehens der ältere Sohn des Meisters hereinschneite. Michael studierte Philosophie. Er wechselte die Universitäten wie seine Socken und kleidete sich auffällig in blauem Gehrock, gelber Weste und Stulpenstiefeln. Seit zwei Jahren hatte er sich nicht mehr in Limburg sehen lassen.

„In Salzburg war es mir im letzten Jahr vergönnt, ein Klavierkonzert von einem gewissen Wolfgang Amadé Mozart zu hören, das er selbst komponiert hat. Schon hört man überall in den Gassen seine Musik. Mit sieben Jahren hat er gemeinsam mit seiner zwölfjährigen Schwester ein Aufsehen erregendes Violinkonzert in Franckfurt gegeben. Das war anno 1763, und weil er weiter nach Koblenz reiste, hat er vielleicht auch in Limburg Station gemacht. Damals wurde er zwar als Wunderkind angesehen, aber noch nicht als Musikgenie erkannt."

„Ich denke, du studierst diese Artistenfakultät, diese triviale Gedankenakrobatik? Aber du treibst dich in Salzburg herum und besuchst Konzerte. Alles unnützes Zeug. Schau dir deinen Bruder an, der wird seinen Platz in der Arbeitswelt finden. Mein Sohn, strapaziere meine Geduld und meinen Geldbeutel nicht zu sehr!"

„Lass den Jungen in Ruhe, der geht schon seinen Weg", beschwichtigte ihn seine Frau. „Eine allgemeine Bildung kann niemals schaden. Und wer hat denn hier schon etwas von diesem Mozart gehört?"

„Na und? Soll der doch schöne Musik machen, was kümmert's mich?"

„Du bist und bleibst ein Verächter der schönen Künste! Liest keine Bücher, denkst nur an die Arbeit. Immer nur an die Arbeit", ereiferte sich Michael.

„Höre ich da einen Vorwurf? Lebt ihr denn nicht alle von meiner Hände Arbeit? Und nicht schlecht, wenn sich unser Sohn sogar teure Reisen nach Salzburg leisten kann."

„Hör auf, die schönen Künste zu verteufeln. Sie werden die Zeit überdauern."

„Meinen Vierungsturm werden unsere Enkel bestaunen und mit Stolz erzählen: Den hat mein Großvater gebaut."

„Die Schriftsteller und Musiker haben auch die Welt verändert. Oder hältst du dich nicht an die Bücher der Bibel? Und hörst du nicht auch erhabene Musik zum Lobe Gottes in der Heiligen Messe? Die Zeit wird sich dramatisch verändern, dafür sorgen schon die französischen Aufklärer. Ehrlich gesagt sympathisiere ich auch mit den Freimaurern."

Nun kochte die Wut des Meisters über: „Ich will nichts mehr von diesem aufklärerischen Geschwafel hören! Sonst bekommen wir noch Ärger mit den Pfaffen."

„Vater, auch du wirst eines Tages von der Aufklärung profitieren. Die Freiheit jedes Einzelnen ist das höchste Gut. Die absolute Macht der Kirche und der Fürsten ist bald vorüber", erwiderte Michael forsch.

„Schluss jetzt! Wir sind gläubige Christen und gesetzestreue Bürger, dabei bleibt es."

Phillip hatte dem Gespräch still gelauscht und sich seine Gedanken gemacht. Sein Bruder hatte ja in das gleiche Horn geblasen. Hatten die Studierten, Künstler und Gelehrten vielleicht doch recht? Er nahm sich vor, wieder in die Bücher seines Bruders zu schauen.

„Was gibt es denn Neues von den Philosophen?“, fragte er Michael.

„Ich sage lieber nichts mehr über den Franzosen Rousseau und den Deutschen Immanuel Kant. Auch nichts über Voltaire, sonst erzürnt sich der Vater noch mehr über die freiheitlichen Ideen. Aber vom Dichter Friedrich Schiller sollte ich erzählen. Der hat in Stuttgart anonym ein aufrührerisches, freiheitliches Theaterstück ‚Die Räuber‘ veröffentlicht. Ich habe das Buch gelesen und kann mir gut vorstellen, dass er die Rache des Herzogs fürchtet.“

„Mit Recht, denn sich gegen die Herrschaft aufzulehnen, ist Frevel“, entrüstete sich der Meister.

„Sag nur, du billigst die Leibeigenschaft der Bauern und die Sklaverei?“

„Schluss damit! Ich will davon nichts mehr hören.“

„Wegsehen und weghören zeugen von Intoleranz und Feigheit.“

Der Meister schnaufte vor Wut. Nur mit Mühe bewahrte er seine Beherrschung. Die Meisterin schritt ein, um den Disput nicht eskalieren zu lassen.

„Man spricht so viel über den berühmten Advokaten Goethe. Was weißt du von ihm?“, fragte sie. Niemand am Tisch ahnte, dass sie jede Woche einen Lesezirkel besuchte, den die alte Posthalterin Scherpf in ihren Räumen veranstaltete. Dort sprach man über die neue Literatur und lauschte der weisen Dame, wenn sie aus Büchern und Journalen vorlas. Frau Scherpf hatte sich als einzige Lesekundige der Gruppe zum Ziel gesetzt, einige Limburger Frauen in die allgemeine Kultur einzuführen. Der Meister wähnte sie an jenen Nachmittagen bei einem belanglosen Frauenklatsch.

„Mein Lieblingsdichter, dieser Johann Wolfgang Goethe“, fuhr Michael mit Begeisterung fort. „Vor neun Jahren übernahm der dreiundzwanzigjährige Anwalt eine Praktikantenstelle am Reichskammergericht in Wetzlar. Unglücklicherweise verliebte er sich in die Amtmannstochter Charlotte Buff. Die war aber bereits verlobt. Als er ihr zu offen den Hof machte und die prekäre Situation zu eskalieren drohte, flüchtete er zu Fuß entlang der Lahn. Er wollte nach Ehrenbreitsein und nächtigte auch in Limburg. Die unglückliche Liebe zu Charlotte verarbeitete er später in seinem Roman ‚Die Leiden des jungen Werthers', eine dramatische Liebesgeschichte voller Weltschmerz. Goethe wurde mit einem Schlag weltberühmt." Dann fügte Michael lachend hinzu, dass ihn der Liebesroman sogar dazu animiert habe, seine Kleidung diesem Werther anzupassen.

„Jetzt hört aber endlich auf mit dem Gefasel über Romane und Liebschaften!", unterbrach ihn der Meister mürrisch. „Sollten wir nicht vielmehr über deine Verlobung sprechen, Adelheid?"

„Du willst heiraten, Schwesterlein? Ich nehme an, Phillip ist der Auserwählte. Liebst du ihn denn?"

Die Frage stand wie ein aufgeblasener Ballon im Raum, der jeden Augenblick zu platzen drohte. Alle Augen waren auf Adelheid gerichtet, doch sie wich aus und antwortete zögerlich mit hochrotem Kopf:

„Der Geselle soll den Betrieb übernehmen, wenn Vater sich zur Ruhe setzt. Vater will, dass ich Phillip heirate."

„Du hast meine Frage nicht beantwortet: Liebst du ihn?"

„Vielleicht sollte ich auch eins von deinen Büchern studieren, aber leider kann ich nicht lesen. Woher soll ich wissen, was Liebe ist?"

„Hör auf, weiter in sie zu dringen", tadelte die Meisterin ihren Sohn. „Ich glaube, wir sollten uns damit noch etwas Zeit lassen, bis sich Adelheid im Klaren ist."

Phillip atmete auf. Michael erlöste ihn mit der Frage, ob sie nicht noch einen Nachtschoppen im Gasthof ‚Zum Goldenen Hirsch' nehmen sollten.

Die Gaststube war leer. Phillip fragte nach dem Wirt und erhielt zur Antwort, dass Henri Cordonnier seit zwei Wochen spurlos verschwunden sei. Man munkele, er sei in Koblenz eingekerkert worden. Ein forscher, drahtiger Mann um die fünfzig trat in die Gaststube.

„Darf ich mich zu Euch gesellen? Ich trinke meinen Schoppen am liebsten in Gesellschaft. Euch kenne ich, Ihr seid der Bub des Zimmermanns Lang. Richtig?"

„Ja, ich bin Michael Lang. Und wer seid Ihr?"

„Ich bin der neue Schultheiß, Wilhelm Ferdinand Weinbrunn. Der alte Lamboy liegt krank danieder und kann sein Amt nicht mehr ausüben. Und Ihr seid der französische Geselle, nicht wahr?", wandte sich er sich lächelnd an Phillip. „Man redet über Euch. Man müsse sich vor Euch in Acht nehmen, riet mir der Stadthauptmann."

„Ihr solltet ihm nicht alles glauben, was er sagt. Wisst Ihr, wo der Cordonnier abgeblieben ist?", fragte Phillip.

„Unter uns gesagt, der tut mir leid. Der Oberhof zu Koblenz hat ihn zusammen mit dem Isaacky zu zwei Wochen Frondienst auf dem Hof des Kurfürsten in Ehrenbreitstein verurteilt."

„Das ist aber hart. War es denn gerecht? Weshalb wurden sie verurteilt?"

„Sie haben sich gegen die Obrigkeit gestellt. Letztlich war ein schlechtes Leumundszeugnis ausschlaggebend, das der übereifrige Bogner über die beiden Männer ausgestellt hatte."

„Ihr mögt den Stadthauptmann wohl nicht?"

„Sagen wir es mal so: Der Mann maßt sich in meinen Augen zu viel an. Er meint, in Limburg mit harter Hand aufräumen zu müssen. Jetzt hat er sogar auf Drängen des Oberamtmannes die Stadtwache übernommen. Die Schmeißfliege setzt sich auf jeden Misthaufen. Täglich schleppt er mir irgendwelche vermeintlichen Gesetzesübertreter an. Zudem meint er, im Namen des Kurfürsten gegen Aufwiegler vorgehen zu müssen."

Sie tranken noch zwei Schoppen zusammen, dann verabschiedete sich der neue Schultheiß.

„Der Mann gefällt mir. Das sind ganz neue Töne aus dem Mund eines strengen Gesetzesvertreters."

„Die Adelheid kann ganz schön kratzbürstig sein", meinte Michael beim vierten Becher Bier.

„Da magst du nicht ganz unrecht haben. Ehrlich gesagt schwanke ich, ob ich nicht lieber fortziehe und *mon amour* in einer anderen Stadt suche. In Coeln gibt es sicher auch hübsche Mädels."

„Das wird den Vater aber nicht freuen. Gefällt es dir nicht in Limburg?"

„Doch, doch, auch in Limburg gibt es schöne Jungfern."

„Dann verkuppele doch die Adelheid an einen anderen Burschen und suche dir eine andere Meisterstelle." Michael lachte aus vollem Hals. Phillip bestellte für ihn Bier und für sich einen Balduinsteiner Roten nach. Am Abend überließ ihm Michael noch einige seiner Bücher von Goethe, Schiller und Kant. Es lohne sich, sie zu lesen. Nach der Lektüre möge er sie ihm zurückgeben.

10

Am blauen, arbeitsfreien Montag traf sich Phillip mit dem Gesellen Markus und anderen Zunftgenossen in froher Runde beim Schweißbad in der Badstube am Katzenturm. Die Stuffa betrieb der bärbeißige Scharfrichter Engelbert Krauss, ein angesehener und versierter Wundheiler. Im Bad achtete er auf peinliche Sauberkeit, Ordnung und strenge Sittsamkeit. Die Weibsleute mussten draußen bleiben. Phillip hatte sich einen bellenden Husten eingefangen. Er hoffte, ihn beim Schwitzen wieder loszuwerden. Bader Krauss holte ihn sofort von der Schweißbank herunter.

„Ei, so geht es nicht, Geselle. Ihr steckt mir meine Gäste an. Nehmt lieber ein Wannenbad mit wohltuenden Kräutern. Ich lasse es für Euch richten."

Dem vollbärtigen Krauss wagte sich niemand zu widersetzen. Nicht, weil er wegen seines todbringenden Zusatzbrotes gefürchtet war, vielmehr zählte er zu den wenigen reichen Bürgern.

„Ich empfehle Euch einen schleimlösenden Absud. Der Sohn unseres neuen Bürgermeisters Burckhard hält die Kräuter in der neuen Apotheke bereit."

Schau an, der Scharfrichter schmeichelt sich beim Bürgermeister ein, dachte Phillip. Eine Hand wäscht die andere.

„Ihr könnt Euch aber auch einen Kaffee beim Zuckerbäcker Peter Neukirch am Rossmarkt gönnen. Neukirch hat neben seiner Backstube ein kleines Kaffeehaus aufgemacht. Der Kaffee ist zwar nicht gerade billig, aber wohltuend. Durch die schweiß- und urintreibende Wirkung des Kaffees wird der Schleim Eurer Lunge entzogen. Zudem stärkt er noch die Manneskraft, aber das habt Ihr wohl noch nicht nötig, oder?"

Markus lachte in der Wanne neben ihm aus vollem Halse. Seine Beine hingen über den Wannenrand hinaus. Er schmauchte genüsslich seine Tonpfeife und frotzelte:

„Schaden kann's jedenfalls nicht, wenn du für deinen Mörser schon mal einen ausreichenden Vorrat an Schwarzpulver anlegst."

„Da kann ich Euch helfen", pries Krauss seine begehrten Wundermittel an. „Zur Erhöhung der Manneskraft halte ich besondere Präparate bereit: Penisfetzen von Gehenkten, ein Stück Galgenstrick oder auch Menschenfett."

„Warum sollen eigentlich Eure wundersamen Arzneien die Manneskraft erhöhen?", fragte Phillip.

„Das Geheimnis liegt im phallischen Mysterium: Sobald der Henkersstrick den Hals abschnürt, erlebt der arme Sünder sein letztes erhebendes Lustgefühl. Und diese Zauberkraft ist in meinen Mitteln enthalten."

„Danke, aber wir brauchen das Teufelszeug bei Gott nicht", wiegelte Markus ab und zog schmunzelnd an seiner Tonpfeife.

„Wie steht es denn bei dir mit einer Liebschaft, Markus?", fragte Phillip.

„Welche Jungfer will denn schon einen mittellosen Gesellen haben? Die Weiber schauen erst auf deinen Hintern, dann sofort in deinen Geldbeutel. Du weißt, Geld ist nicht alles, aber ohne Geld bist du nichts."

„Übrigens, was ich dich schon lange fragen wollte. Hast du den Vorfall mit dem Stadthauptmann wirklich gesehen?"

„Unsinn. Ich war oben im Turm. Do hot's en Bomsch gedon, als wenn einer mit dem Scheit an einen hängenden Kupferkessel geschlagen hätte."

„Das war der Hohlkopf vom Bogner!", lachte Phillip.

„Genau, gehirnlos, dumm und voller Scheiße."

Krauss blickte sie vorwurfsvoll und kopfschüttelnd an.

„Hat dir mein Meister Geld angeboten für den Dienst?"

„Ei schon. Ich könnte es auch gut gebrauchen. Hab' aber abgelehnt. Das ging mir gegen den Strich. Wann steht denn deine Hochzeit mit der Meistertochter an, Phillip?"

„Ich will nichts übers Knie brechen. Und du, hast du eine Meisterstelle in Aussicht?"

„Ennaa, keine Chance. Mein Meister ist zu jung. Den kann ich nicht beerben. Ich könnte mir eine Meisterstelle beim Zunftmeister kaufen, aber mir fehlt das nötige Geld dazu. So muss ich wohl meinen Traum begraben und mich damit abfinden, mein Leben als Zimmermann und gemeiner Bauer zu fristen."

„Wie kaufen?"

„Ei, die Spatzen pfeifen es von den Dächern. Alles ist käuflich. Geld stinkt nicht. Was glaubst du denn, warum so viele Zünfte überbesetzt sind?"

Gleich nach dem Bad schlenderte Phillip zum Rossmarkt hinunter. Diesen wohltuenden Kaffee wollte er sich leisten. Auch wenn der nicht gerade billig und nur den gut betuchten Bürgern vorbehalten war. Der schmächtige Zuckerbäcker Neukirch begrüßte ihn freundlich.

„Ich hätte gern ein Kaffeegetränk. Der Bader meint, es würde meiner Erkältung guttun."

„Sehr gern, mein Herr. Der Kaffee löst das Sekret der Lungen und reinigt das Blut. Johanna, einen starken Kaffee bitte für den Herrn!", rief er zur offenen Küchentür.

Phillip erschrak, verspürte plötzlich ein flaues Gefühl im Magen. Seine Johanna, die ihm einen Korb zum Katzenturm gebracht hatte, trat mit einer dampfenden weißen Porzellantasse in den Schankraum. Ein Engel in blauem Linnenkleid, einer weißen Schürze, die ihren gertenschlanken Körper umhüllte, und einem weißen Spitzenhäubchen auf dem Kopf.

„*Monsieur*, Ihr Kaffee bitte."

Phillip griff mit zittrigen Händen zur Tasse und konnte seine Augen nicht von seiner Angebeteten lassen. Sie schenkte ihm ein strahlendes Lächeln. Mit einem Mal war seine Selbstsicherheit dahin. Schamesröte stieg in sein Gesicht, sein Atem beschleunigte sich, der fliegende Puls klopfte im Hals.

„Johanna, schön dich zu sehen. Was machst du denn hier?", hauchte er verlegen.

„Ich helfe meinem Vater, brühe das Kaffeegetränk auf und forme die schmackhaften Pralinen und Kuchen. Ich habe dir ein Konfekt dazugelegt."

„In deinem Korb habe ich wohl auch eines davon probieren dürfen. Leider konnte ich es nicht sehen, nur schmecken. Welch himmlischer Genuss! *Très délicieux*!" Immer wenn er sich aufregte, fehlten ihm die deutschen Ausdrücke.

„Du siehst krank aus. Hast du Fieber?"

„*Non, non*, nichts Ernstes. Meine feurige Erregung ist allein dem unverhofften Wiedersehen zuzuschreiben."

„Jetzt weißt du, wo du mich treffen kannst. Ich lade dich jederzeit zu einer Tasse Kaffee mit Zichorie und Kräutern ein."

Der Zuckerbäckermeister schaute ihnen höchst interessiert und voller Neugier zu. Phillip fasste sich ein Herz und flüsterte ihr verlegen zu:

„Können wir uns irgendwo *tranquille*, ich meine ungestört treffen?"

„Am Sonntag nach dem Hochamt gehe ich zu meinem Oheim nach Kreuch. Willst du mitkommen? Ich warte Schlag zwölf am äußeren Brückentor auf dich."

Nach der Heiligen Messe in der Stiftskirche entschuldigte sich Phillip beim Meister. Man solle mit dem Essen nicht auf ihn warten. Pünktlich erschien seine holde Johanna mit einem Korb in der Hand auf der Lahnbrücke.

„Mein Oheim Nepomuk bewirtschaftet eine Hofreite in Kreuch. Sonntags besuche ich ihn und verbringe den Tag bei meinen Verwandten. Sie werden dich sicher willkommen heißen."

„Darf ich dir den Korb abnehmen, *Jeanne*?"

„Gern. Ich bringe ihnen einige Leckereien mit." Sie schmunzelte. „Jeanne klingt viel schöner als Johanna."

Die Gemarkung Kreuch bestand nur noch aus einem Bauernhof. Einem strohgedeckten, zweigeschossigen Fachwerkbau mit Küche und Wohnstube im Erdgeschoss. Im Obergeschoss befanden sich zwei Schlafzimmer und eine Kammer. Ställe und

Scheune waren im Winkel angebaut. Der Weg führte Phillip und Johanna auf der Landstraße in Richtung Offheim. Auf halber Strecke gelangten sie zu der alten, in die Jahre gekommenen Hofreite. Mit großer Freude wurden sie von der Bäuerin empfangen. Eine recht hagere Gestalt, gezeichnet von der harten Feldarbeit.

„Ich habe heute einen Gast mitgebracht. Ich darf doch?"

„Ein strammer Bursche ist immer willkommen. Weiß mein Bruder von ihm? Natürlich nicht, aber mir soll's recht sein. Ich bin verschwiegen wie ein Grab. Wie heißt denn der Junker? Phillip, schöner Name! Ihr habt einen französischen Akzent in Eurer Stimme. Kommt herein und setzt euch zu Tisch."

Die Überraschung stand Phillip deutlich ins Gesicht geschrieben, als er die Stube betrat und dort seinen Zunftgenossen und Freund Markus vorfand. Als sich die beiden herzlich begrüßten und erklärten, dass sie als Zimmermannsgesellen zusammenarbeiteten, wurde Phillip umso herzlicher aufgenommen.

„Buhlst du etwa um meine Cousine?", flüsterte ihm Markus zu. „Das wird deine Adelheid aber nicht gern sehen."

„Können wir später darüber reden?", bat Phillip und erkundigte sich dann bei den Bauern über das Leben auf der Hofreite, über den Ackerbau und die Viehhaltung, um freundliches Interesse zu zeigen.

„Unser Boden hier ist schlammig. Die Krume ist mit Sand versetzt. Wir sagen ‚Rotähr' dazu. Er eignet sich besonders gut für den gemeinen Landweizen. Nicht jedes Feld trägt jede Frucht. Zuerst liegt ein Acker ein Jahr lang brach. Dann bauen wir nur Klee, Flachs, Rübsamen und Ackerbohnen an und brauchen darauf keinen Zehnten zahlen. Im Herbst pflügen wir dann und säen das Wintergetreide aus, das wir im Spätsommer einbringen. Danach folgt die Sommergerste."

„Wie groß ist Euer Feld?"

„Drei Morgen misst meine Kraicher Ahl. Ein Feld, wie es die Bauern mögen: lang und schmal. So brauchen wir beim Pflügen das Ochsengespann nicht so oft zu wenden."

„Morgen? Wie groß ist das?"

„Damit bezeichnet man das Land, das an einem Vormittag umgepflügt werden kann."

Zur Feier des Tages gab es gebratenen Lahnbarsch mit Erbsen und Karotten. Phillip stellte mit Genugtuung fest, dass das Mahl weitaus schmackhafter als bei seiner Meisterin war. Anschließend reichte Johanna ein Stück vom mitgebrachten Erdbeerkuchen mit Zuckerguss. Nach dem Essen bot der Bauer noch ein Glas selbst gebrannten Korns an: „Hoch de Humbe, Nachbar stumbe, kurz gewunke, ausgetrunke." Danach zog er sich zur Mittagsruhe zurück. Markus schmauchte indes seine Tonpfeife und sagte schließlich:

„Ich lasse euch wohl besser allein. Ei, kannst du über Nacht bleiben?"

Einen schöneren Frühsommertag hätten sich Phillip und Johanna für das erste Rendezvous nicht wünschen können. Wolkenfreier Himmel, warme Landluft, ein laues Lüftchen wehte. Sie schlenderten am Krüje Bäck eine Trift entlang hinunter zur Lahn. Bald standen sie vor einem Bündel Stroh, das an einen Holzpfahl gebunden war. Auf seinen fragenden Blick hin erklärte Johanna:

„Der Strohwisch gilt als Verbotszeichen. Der Weg ist für Fremde gesperrt."

Zunächst gingen sie noch sehr sittsam und still, doch bald Händchen haltend. Phillip spürte die scheue Aufgeregtheit seiner Jeanne und überlegte krampfhaft, wie er das Gespräch einfädeln sollte.

„Hat dein Oheim den Hof gepachtet?", fragte er und ärgerte sich sofort über seine plumpe Frage.

„Ja, vom Cordonnier, dem Gastwirt vom ‚Goldenen Hirsch'."

Schweigen, Nachdenken, schweißnasse Hände und glühende Gesichter.

„Phillip, mein Cousin meinte, du seist der Tochter des Zimmermeisters Lang versprochen?"

Phillip lachte erleichtert.

„*Non, non*, nicht versprochen. Der Meister wollte mir die Zimmerei übergeben. Aber das wäre nur gegangen, wenn ich die Adelheid eheliche."

„Du sprichst in der Vergangenheit?"

„Das Thema ist passé. Ich werde Adelheid nicht heiraten. Und dein Liebster?"

„Da gibt es keinen", hauchte sie verlegen lächelnd. Phillip atmete tief durch.

Inzwischen waren sie dem Käsbach folgend hinunter zur Lahn gegangen und stiegen die steile Uferböschung hinab. War es Schicksal, dass sie sich ängstlich auf seine Schulter stützte? Nie hatte ihn ein solch zartes, himmlisches Wesen berührt! Fast hätte er sich gewünscht, sie möge straucheln, dass er sie in seinen Armen auffangen könne. Wie gern hätte er sie an sein Herz gedrückt! Er spürte, dass seine Angebetete seine Zuneigung erwiderte. Schließlich setzten sie sich Hand in Hand an die Uferböschung und erfreuten sich an der Natur, die sie nun mit einem nie empfundenen Entzücken betrachteten. Sie schwärmten über die träg dahinfließende Lahn. Die Uferweiden spiegelten sich im ruhigen Wasser. Stockenten näherten sich in Scharen, um etwas Fressbares zu erhaschen. Nie hatten sie eine schönere Musik als das fröhliche Gezwitscher der Amseln und das Schnattern der Enten gehört. Der Blick zur Stiftskirche über die Lahnbrücke erinnerte Johanna an das Gemälde eines englischen Malers, das sie einmal beim Buchhändler entdeckt hatte. Stumm saßen sie beieinander, fühlten eine unsagbare Geborgenheit voller Glück, Harmonie und Wonne. Hier rasteten nicht zwei müde Wanderer, sondern ein liebendes Paar in stummer Eintracht. Schweigen ist eine besondere Art inniger Zwiesprache, wie sie nur bei einander vertrauten Menschen möglich ist. Nach einer scheinbar ewigen Weile schauten sie sich tief in die Augen voll sehnsüchtigem Verlangen. Johanna kam seinem Gesicht näher und drückte ihm geschwind einen zaghaften Kuss auf, um sich sofort mit hochrotem Kopf zurückzuziehen. Entschlossen schlang Phillip seine Arme um sie und bedeckte ihr schönes Antlitz mit warmen Küssen. Der Damm war gebrochen ...

Als sie das Angelusläuten der Limburger Kirchen vernahmen, drängte Johanna zum Aufbruch. Sie wolle zum Abendessen daheim sein. Unterwegs pflückte Phillip einen Strauß rosafarbener Blumen für seine Angebetete.

„Oh, weißt du, was du da gepflückt hast?"

Phillip schüttelte den Kopf. Er fand die aufgeblühten Dolden besonders hübsch.

„Das ist das Tausendguldenkraut, eine sehr gefragte Heilpflanze. Nach der Legende soll ein reicher Mann demjenigen tausend Gulden versprochen haben, der ihn von seinem Fieber befreien könne. Man gab ihm dieses Kraut, er wurde geheilt. Übrigens halten wir den Fundort streng geheim. Die Bäuerin würde es nicht gern sehen, wenn sich hier andere bedienen."

Phillip begleitete sie bis zum Brückenturm. Unterwegs erzählte er von seiner Jugend in der Champagne und Johanna von ihrer Mädchenzeit in der Schweiz, wo ihr Vater das Handwerk des Zuckerbäckers erlernt hatte. Sie wussten nun das Notdürftigste voneinander. Sie hatten noch viel Zeit, sich besser kennenzulernen.

Am lauen Abend, der Mond war schon aufgezogen, kredenzte Markus auf der Holzbank vor dem Bauernhaus seinem Freund einen Schoppen Roten aus Niederbrechen. Er selbst begnügte sich mit selbst gekeltertem Apfelwein und seinem Tabakgenuss.

„Der Hof wirft nicht viel ab. Deswegen muss ich mir mein Geld als Zimmermann verdienen. Morgens und abends helfe ich meinem Vater. Mein Leben ist ganz von von Arbeit bestimmt."

„Habt ihr denn keinen Knecht, der euch zur Hand geht?"

„Ei, Gesinde können wir uns nicht leisten. Ein starker Knecht bekommt 35 Gulden als Monatslohn, zwei Hemden, zwei Paar Schuhe, ein Camisol, eine Schürze und ein Pfund Wolle. Das alles kostet 53 Gulden. Bei dringenden Arbeiten nehmen wir Tagelöhner zu Hilfe, die gibt es zuhauf. Sie erhalten 15 Kreuzer plus Kost."

„Wirst du den Hof mal übernehmen? Dein Vater wird es allein wohl nicht mehr lange schaffen."

„Nepomuk ist sehr rüstig, der macht es noch eine Weile. Aber welch andere Wahl habe ich? Die Pachtzinsen steigen unaufhörlich. Uns bleibt nur so viel, dass wir nicht verhungern. Im letzten Jahr haben wir notgedrungen einen Teil der Saat verfuttert. Um den Hof halten zu können, muss ich hinzuverdienen. Eine Zimmerei wäre schon mein Traum, aber ein unerfüllbarer Traum. Und jetzt musst du mir erklären, was du von Johanna willst."

11

Es war Herbst geworden, die Felder waren abgeerntet und die Jagdzeit hatte begonnen. Die Limburger Jäger hatten sich zu einem Kesseltreiben in ihren Gemarkungen an der Landesgrenze zu Nassau-Diez eingefunden. Eigentlich war das allgemeine Jagdprivileg dem Trierer Kurfürsten vorbehalten, doch der hatte den Limburgern großzügig gestattet, in ihren Gemarkungen frei zu jagen. Wohl auch deshalb, weil der Wildschaden auf den bewirtschafteten Feldern den Bauern erhebliche Ernteeinbußen bescherte. Zornig hatten diese Entschädigungen von ihm verlangt. Sollen sich doch die Limburger selber damit herumschlagen, hatte der Kurfürst entschieden. So gingen die Bauern leer aus und griffen nicht selten selbst zur Flinte, um das Wild von den Äckern fernzuhalten.

Mit geschulterten, einläufigen Schrotbüchsen versammelten sich die Limburger Jäger im kalten Morgengrauen. Nebelschwaden standen auf den Wiesen und Äckern. Nach einem wärmenden Schluck bildeten die Männer einen weiten Kreis und näherten sich zusammen mit den laut schreienden Treibern der Kreismitte. Als der erste Schuss auf einen Feldhasen fiel, zogen plötzlich Soldaten aus Richtung Diez auf. Der forsche, aparte Diezer Hauptmann von Flotow rief den Jägern zu, man möge unverzüglich das Schießen einstellen.

„Ihr erdreistet Euch, unsere Heimgerechtigkeit mit gewaffneter Hand zu stören? Ich sehe das als einen Angriff auf unsere Landesgrenze an."

Die Jäger schauten sich verblüfft um. Sie wähnten sich auf Limburger Gemarkung. Der Jagdleiter, Kaufmann Hubert Verhoffen, stellte den Hauptmann lautstark zur Rede:

„Ich muss doch sehr bitten. Das Gelände ist kurtrierisch. Wollt Ihr Kalljes machen?"

„Jawohl, mit großem Nachdruck. Ihr befindet Euch auf Nassauer Gerechtigkeit. Verschwindet, oder ich lasse die Soldaten in Stellung gehen."

Verhoffen wies einen Treiber an, er möge sofort zum Stadthauptmann Bogner eilen und den Vorfall melden. Nach vierzig Minuten, in denen sich Schrotbüchsen und Flinten feindlich gegenüberstanden, erschien Bogner mit zehn bewaffneten Landsknechten.

„Ei, verflucht noch emol. Was ist hier los?", polterte er los und baute sich drohend vor dem Diezer Hauptmann auf.

„Es ist meine Pflicht, die Unverletztheit unserer Grenze und unseres Territoriums zu verteidigen. Ich verbiete die Jagd auf unserem Terrain. Ich ersuche Euch, abzuziehen", gab Flotow kühl zurück.

„Da irrt Ihr gewaltig. Das Gelände zählt zur Limburger Gemarkung. Ich lasse mich von Euch nicht einschüchtern. Macht Euch vom Acker, sonst gibt es Ärger! Die Jagd geht weiter."

Doch das ließ der Diezer Hauptmann nicht zu. Er gab Befehl, in die Luft zu schießen. Sofort gingen die Limburger Schützen in Stellung und legten ihre Gewehre an. Wie in Schlachtformation standen sich nun die gegnerischen Parteien gegenüber. Jeder weitere Schuss würde in einer wüsten Schießerei enden. Bogner wähnte sich im Recht, meinte einen ernsten Angriff auf kurtrierische Gerechtigkeit abwehren zu müssen. Eine fatale, nahezu ausweglose Situation! Dem Hauptmann Flotow Auge in Auge gegenüberstehend, sah sich Bogner unvermittelt einem Zweikampf ausgesetzt. Flotow griff nach seiner Handfeuerwaffe. Bogner kam ihm zuvor, zog seine Pistole und schoss zweimal auf ihn. Mit weit aufgerissenen Augen fasste sich dieser an die Brust und sackte zu Boden. Blut rann durch seine Finger. Den Umstehenden fuhr der Schrecken in die Glieder. Alle sahen mit entsetztem Blick auf den verletzten Hauptmann. Es herrschte eine bedrückende Stille, Totenstille.

„Was glotzt ihr? Bringt ihn ins Hospital nach Diez, sonst verblutet er noch!“, schrie Bogner die Diezer Schützen an. Und zu den Limburgern gewandt fügte er hinzu: „Die Jagd ist vorbei. Geht nach Hause!“

Die Schussverletzung war tödlich. Von Flotow verstarb noch in den Armen seiner ungläubig dreinschauenden Soldaten.

12

Die Verliebten lechzten jedem Wiedersehen entgegen, als müssten sie sechs Tage lang dürsten und könnten erst in Kreuch von ihren Seelenqualen erlöst werden. Bauer Nepomuk und seine Frau hatten Phillip bald ins Herz geschlossen. Ihnen war es nach einer Fehlgeburt nicht vergönnt gewesen, außer Markus noch weitere Kinder zu bekommen, die doch so nötig für die bäuerliche Arbeit gebraucht wurden. Mit dem höflichen, klugen und kräftigen Phillip wähnten sie das Glück eines Familienzuwachses gekommen. Sie hofften sehr, die zarte Liebelei der beiden werde bald in eine Hochzeit münden. Phillip nahm die Einladung seines Freundes zum Übernachten gern an. Am blauen Montag gingen sie gemeinsam dem Bauern zur Hand. So entwickelte sich eine innige Freundschaft wie unter Zwillingsbrüdern.

Johanna fürchtete, ihre Muhme werde schließlich doch den Mund nicht halten können. Und so gestand sie ihrer Mutter mit klopfendem Herzen, sich in den Franzosen verliebt zu haben. Sie pries ihren Auserwählten in den höchsten Tönen und fügte eifrig hinzu, Phillip entspreche ganz den Vorstellungen der Mutter von einem Eidam: Gut gewachsen sei er, klug, fleißig und ehrlich und habe so schöne Augen wie der Prinz im Märchen. Ihre Mutter lächelte sie gütig an und umarmte sie. Johanna fiel ein Stein vom Herzen. Mit großer Erleichterung erntete sie statt eines tadelnden Blickes eine aufrichtige, freudige Zustimmung. Das Versteckspiel hatte nun ein Ende gefunden. Bald wurde Phillip auch in der Zuckerbäckerei herzlich willkommen geheißen. Sooft es seine Arbeit zuließ, lief er zum Neukirch und genehmigte sich eine Pause mit einem Zuckergebäck. Doch ihm war klar, dass er sich in absehbarer Zeit würde erklären müssen, um nicht als gemeiner Schmarotzer zu gelten, der auch noch der Tochter den Kopf verdrehe ...

Im Hause des Zimmermeisters Lang dagegen war die Zwietracht eingezogen. Während der Meister sich auf die Seite seines tüchtigen Gesellen stellte, begegneten ihm die Meisterin und vor allem Adelheid mit unverhohlenem Hass. Hatten sie doch von der heimlichen Liebelei erfahren und drängten den Vater nun, sich von Phillip zu trennen. Doch der hielt an seinem Gesellen unverdrossen fest und wischte das Verlangen der Frauen mit einer abweisenden Handbewegung gebieterisch vom Tisch.

Eines Tages schlug Phillip dem Meister vor, den Dachstuhl am Erbacher Hof der Zisterziensermönche gemeinsam mit dem Gesellen Markus zu planen. Dessen Meister habe bereits zugestimmt. Wenn sich zwei Zimmermeister die Arbeit teilten, wäre die Chance größer, den heiß umkämpften Auftrag zu erhalten. So kam es, dass Markus bald bei Meister Lang ein- und ausging und sogar am gemeinsamen Abendessen teilnahm. Phillip bemerkte innerlich frohlockend, dass Adelheid offensichtlich Gefallen an Markus gefunden hatte. Zumindest betrachtete sie ihn in Phillips Gegenwart auffallend wohlwollend. Oder wollte sie ihn nur mit gespielter Freundlichkeit eifersüchtig machen? Hatte sie ihn noch nicht aufgegeben, nicht erkannt, dass sie ihn bereits verloren hatte? Schmunzelnd sah Phillip, dass Markus die schmeichelnden Blicke Adelheids erwiderte.

Einige Wochen später überbrachte der Postbote zwei Briefe Michaels, des jungen Studiosus der Philosophie. Einer war an die Eltern gerichtet, der andere an seine Schwester Adelheid. Der Meister überflog die Zeilen seines Sohnes und übergab das Schreiben mürrisch schweigend seiner Frau. Unheil ahnend sah sie ihn verwundert an und verlangte sofort, er solle ihr die Nachricht ihres Sohnes mitteilen. Verstört nahm Adelheid ihren Brief entgegen. Zur Überraschung Phillips bat sie ihn, ihr in ihre Kammer zu folgen.

„Kannst du mir den Brief vorlesen? Bitte, Phillip."

Es war das erste Mal, dass ihn Adelheid um einen Gefallen bat. Er entfaltete das Schreiben und las:

Liebes Schwesterlein,
du hast mir einmal gestanden, dass du nicht weißt, was Liebe ist. Lass es mich erklären, denn mir ist die wahre, echte Liebe widerfahren. Mein Herz quillt über voller warmer Gefühle. Ich schwebe im siebten Himmel. Meine Seele sehnt sich nach einem himmlischen Mädchen, das ich nicht mehr aus dem Sinn bekomme.
Mein Verlangen nach ihr raubt mir jede Besinnung. Ich kann mich nicht mehr auf das Studium konzentrieren, bin blind für das Alltägliche und gehe hinaus in die wundersame Natur, die mir wie das Paradies erscheint. Wenn ich im sanften Abendwind dem Gesang des Pirols im Wald lausche, wenn die Mücken in der lauen Abendsonne tanzen, wenn das Abendrot aufzieht, fühlt mein Herz die überfließende Fülle der reinen Natur. Und dann sehe ich das verklärte Bild meiner Angebeteten vor meinen Augen, mein Puls schwingt sich in ungeahnte Höhen empor. Ich finde keinen Schlaf mehr, wache die Nacht und hoffe auf den Tag, an dem ich mich meiner Liebsten mit Wonne nähern kann, den Blick ihrer blauen Augen erhasche und vielleicht ein freundliches Lächeln gewinne, was mich zum glücklichsten Menschen auf Erden macht. Ich ertrinke im Meer der Sehnsucht!
Doch mein Liebesglück ist getrübt. Ich bin mir gewiss, dass mein Engel auch eine heimliche Zuneigung mir gegenüber hegt, aber sie wird es mir niemals offen zeigen. Denn ich habe mich unsterblich in eine verheiratete Frau verliebt! All meine Liebesmüh ist vergebens. Tiefer Schmerz zermürbt meine Seele, ich leide viel, zu viel. Es ist mir so unerträglich, dass ich schon an den Tod denke, wie der unglückliche Werther bei Goethe, der im Freitod den einzigen Ausweg aus seiner hoffnungslosen Lage gesehen hat. Aber ich bin zu feige, selbst Hand an mich zu legen. So habe ich mein Schicksal in Gottes Hand gegeben und mich von den Husaren anwerben lassen. Wenn ich im Feld sterbe, dann soll es in Gottes Namen geschehen.
Leb wohl, mein liebes Schwesterlein. Mögest du die Liebe erfahren, die mir versagt geblieben ist.
Dein Bruder Michael

Adelheid weinte. Phillip legte seinen Arm um sie und schwieg. Zum ersten Mal teilten sie ein Gefühl miteinander. Zum ersten Mal zeigte Adelheid ein weiches, mitfühlendes Herz. Sollte er sich so sehr in ihr getäuscht haben? Er entfernte sich vorsichtig und überließ Adelheid ihrem Schmerz. Im Hause herrschte betretenes Schweigen. Jede Heiterkeit war gewichen. Man sprach nur das Allernötigste, als trauere man um einem verstorbenen Sohn. Der Meister verurteilte Michaels Entschluss aufs Schärfste. Schließlich habe er nicht so viel Geld in ihn gesteckt, damit er bei den Husaren lande. Er wusste nur zu gut, dass die Husaren oft in einem Atemzug mit Bettelweibern und Packknechten genannt und, falls man sie beim Plündern erwischte, sofort gehenkt wurden. Und er erinnerte sich an einen Vorfall aus dem Jahr 1763: Da waren eines Mittags drei bayerische Husaren beim Limburger Bürgermeister erschienen und hatten mit langem Wortschwall eine Menge Hafer und Heu verlangt, die sie angeblich ihrem Regiment abliefern sollten. Dummerweise ließ sich der einfältige Bürgermeister nicht die entsprechende Order des Offiziers vorlegen. Der allzu vertrauensselige Stadtrat handelte mit den vermeintlichen Husaren ersatzweise eine Zahlung von hundert Gulden aus. Und so zogen die Männer mit dem Geld zum Tor hinaus und machten sich aus dem Staub. Erst später bemerkten die Stadtväter, dass sie von losen, heerflüchtigen Gesellen übers Ohr gehauen worden waren.

13

Der ernste Jagdvorfall hatte natürlich ein Nachspiel. Oberamtmann Freiherr Schütz von Holthausen setzte sofort eine Inspektion ein, um den Grenzverlauf zu Nassau-Diez zu überprüfen. Tatsächlich war die Demarkationslinie nicht eindeutig zu bestimmen. In seinem Zorn wies er eine Kommission an, mit Diez über eine klare Grenzziehung zu verhandeln, um jedem künftigen Disput aus dem Wege zu gehen. Aber die Wut der Diezer über den erschossenen Hauptmann kochte über. Der ungeheuerliche Vorfall könne nicht ungesühnt bleiben. Die Grafen von Nassau-Diez, ihres Zeichens auch Fürsten von Nassau-Oranien, setzten eine geharnischte Querulation an den Trierer Kurfürsten Clemens Wenzeslaus von Sachsen auf. Sie verlangten die Bestrafung des Limburger Stadthauptmanns, besser noch seine Auslieferung, und forderten Unterhaltszahlungen an die Witwe des Verstorbenen. Der Kurfürst sah sich gezwungen, den Vorfall schriftlich zu bedauern und zu versichern, man werde künftig die Grenze eindeutig festlegen und achten. Der Witwe ließ er fünfzig Reichstaler überbringen.

Eine Woche nach den Todesschüssen bestellte der Oberamtmann den Stadthauptmann zum Rapport ein. Bogner zog mit flauem Gefühl im Magen und einer Branntweinfahne früh am Morgen hinauf zum Burgschloss. Er schnaufte wie ein alter Lastenträger. Der Weg hinauf zum Felsen schien ihm an jenem Tag zu steil. Aber die Beklemmungen in seiner Brust waren weniger der Anstrengung geschuldet als vielmehr seinem schlechten Gewissen und der Angst vor einer unbeherrschten Reaktion des Oberamtmanns oder gar des Kurfürsten. Immer wieder suchten seine Gedanken Antwort auf die entscheidende Frage: Warum? Warum hatte er die tödlichen Schüsse abgefeuert?

Der gähe Zugang zum Schloss war eng und krumm. Das Tor neben dem alten Lindenbaum war so schmal, dass die Zinsbauern mit ihren Karren oftmals hängen blieben. Jedem Kutscher, der eine gewichtige Fracht ins Schloss bringen sollte, war angst und bange. Die Hälfte des Schlossplatzes nahm ein dampfender Dunghaufen ein. Er war mit einer offenen, gepflasterten Grabenrinne umgeben, um das übel riechende Regenwasser aufzunehmen. Ein verdeckter Kändel leitete die Jauche hinunter in den Lahnstrom. Zwei Maronenbäume und zwei Lindenbäume vor dem Brunnen sollten die Blicke von dem stinkenden Misthaufen ablenken. Rechter Hand lagen die Stallungen für Pferde und Rindvieh. Die fürstlichen Wohngebäude des Schlosses linker Hand vermittelten nicht den Eindruck eines planmäßigen Ausbaus, sie hatten nichts Regelmäßiges, nichts Zierliches, wie man es von einem Schloss erwarten sollte. Der Oberamtmann hatte sich mehrfach über die kameralistische Sparsamkeit seines Dienstherrn beschwert, die jede so dringend nötige Renovierung verhinderte.

Bogner wählte kurz entschlossen eine der drei Eingangstüren zum Schlossgebäude. Bedächtig strich er seine Stiefel am Eisenkratzer ab und stand überrascht in der gewölbten Küche mit den Ausmaßen einer Reitschule. Es duftete nach köstlichem Kalbsbraten. Links am Feuerherd mit den eisernen Ringplatten und dem sorgsam aufgestapelten Scheit- und Reiserholz vorbei schritt er in ein kleines, niedriges Zimmerchen, die Schreibstube der Beamten. Verblüfft fragte er, wo er denn den Oberamtmann finde. Ein Schreibknecht führte ihn daraufhin in die zweite, deutlich vornehmere Abteilung des Hauses. Einst hatte dort die deutsche Königin Imagina, die Gemahlin des Königs Adolf von Nassau, das Licht der Welt erblickt. Auch Kaiser Maximilian hatte einmal einige Tage hier verbracht. An der Burgkapelle Sankt Peter vorbei stiegen sie eine hölzerne Schneckentreppe im runden Turm hinauf zu den herrschaftlichen Gemächern. Bogner riskierte einen Blick in ein größeres Zimmer, das Seiner Kurfürstlichen Durchlaucht zum Aufenthalt diente. An den bleiverglasten Fenstern fehlten die sonst üblichen schweren, bedruckten Kattunvorhänge, die gewöhnlich die Schlossräume in ein dunkles Dämmerlicht tauchten. An den Decken klebten pralle Putten aus Gipsspat. In der Ecke stand ein Gerüst, auf welchem die Anstreicher den frischen Stuck an der Decke kalkten. Die kostbaren Louis-seize-Möbel hatte man hinweggenommen und zum Schloss Schönbornlust verbracht. Nur eine Prunkpendule tickte aufdringlich.

Der Knecht wies Bogner an, er möge im Antichambre warten. Ungeduldig schritt der Stadthauptmann mit auf dem Rücken verschränkten Händen auf und ab. Die Eichendielen knarzten. Vor einem Kristallspiegel prüfte er den Sitz seiner Uniform und des Degens. Sein Blick fiel auf seine Stulpenstiefel. Er sah sich kurz um, nahm dann ein Schnäuztuch aus seinem Hosensack und rieb die Zierschnallen mit schweißnassen Händen blank. Dann schlenderte er zu der Stuhlreihe und setzte sich. Dass man ihn so lange warten ließ, behagte ihm gar nicht. Endlich bedeutete ihm ein Diener, er könne nun in den Saal eintreten.

Dort erwartete ihn der Oberamtmann Freiherr Schütz von Holthausen mit Ungeduld. Unruhig lief er auf und ab, ballte seine rechte Hand zur Faust und schlug sie wie ein Boxer in die linke, offene Hand. Das ließ nichts Gutes erwarten. Bürgermeister Paul Felix Calmano und der Schultheiß Wilhelm Ferdinand Weinbrunn hatten mit finsterem Gesichtsausdruck gegenüber der Tür Aufstellung genommen und sich auf die Gehstöcke gestützt. Kalter Schweiß lief dem Stadthauptmann aus seiner Perücke ins Gesicht.

„Da ist der Schießwütige ja endlich!“, wetterte Holthausen schließlich los. „Unser durchlauchtigster Kurfürst ist aufs Äußerste erbost. Nicht nur, dass Er sich in einen Grenzstreit hineinziehen lassen hat, nein, Er hat auch noch einen Amtsträger erschossen. Wollte Er einen Krieg anzetteln? Was hat Er sich dabei nur gedacht, Hauptmann?“

Bogner, zackig Haltung annehmend, brachte mit fester Stimme seine Verteidigung vor, die er unterwegs einstudiert hatte:

„Euer Wohlgeboren, ich bin nur meiner Pflicht nachgekommen und habe einen Angriff auf die Gerechtigkeit des kurfürstlichen Gebietes abgewehrt. Es tut mir leid, dass der Diezer Kollege dabei zu Tode kam."

„Soso, es tut Ihm leid. Ist das alles, was Er zu seiner Rechtfertigung vortragen kann?"

„Ganz ergebenst erlaube ich mir untertänigst zu deklarieren, dass der hitzköpfige Diezer seine Pistole wie bei einem Duell zweier Offiziere zuerst gezogen hat." So geschwollen hatte Bogner noch nie dahergeredet. „Wenn ich dem Kamuffel nicht zuvorgekommen wäre, läge ich jetzt an seiner statt in der Kiste."

„Sein tödlicher Angriff war unverhältnismäßig und höchst verwerflich. Glaubt Er denn, Er könne in Selbstherrlichkeit einen Offizier einfach erschießen? Hat unser hochlöblicher Kurfürst etwa das Kriegsrecht ausgerufen? Ich verlange von einem seriösen Hauptmann etwas mehr an überlegter Umsicht und zurückhaltender Disziplin. Jedenfalls zu Friedenszeiten. Sein Handeln ist unverzeihlich! Eine Provokation ungeheuerlichen Ausmaßes! Schultheiß, wie beurteilt Ihr den Vorfall aus juristischer Sicht?"

„Bogner ist als strenger, manchmal unbeherrschter Hauptmann bekannt. Er ist ein Hitzeblitz, wie wir sagen. Es mangelt ihm gewiss an diplomatischem Geschick, Schliff und Politur. Sein unseliges Verhalten ist seinem ungestümen Eifer zuzuschreiben. Ich unterstelle dem Stadthauptmann keine unredlichen Absichten. Dennoch wäre dem Berserker anzuraten, sich künftig im Zaum zu halten."

„Ich sollte ihn abberufen, vor das Schöffengericht stellen oder, besser noch, den Diezern ausliefern."

Ein Hitzeanfall kochte in Bogner auf. Das Atmen fiel ihm schwer. Er glaubte, in seiner engen Uniform ersticken zu müssen. Mit dem Zeigefinger fuhr er zwischen Hals und Hemdkragen entlang.

„Ehrwürdiger Oberamtmann, eine Verurteilung oder Auslieferung würde bei den Bürgern auf Unverständnis stoßen", wandte der Schultheiß ein. „In den Augen der Limburger ist er tapfer den Angreifern begegnet, wenn auch mit einer voreiligen, unnötigen Schießerei."

Bürgermeister Calmano ergänzte:

„Die Jagdgesellschaft zollt ihm Respekt und hat mich gebeten, mich für Bogner zu verwenden. Bedenkt, dass die angesehensten Kaufleute der Stadt zur Jagd geblasen hatten."

„Nun, eine Unruhe unter den kräftigsten Steuerzahlern kann ich mir nicht leisten." Holthausen zog nachdenklich an seiner Tonpfeife. „Belassen wir es daher bei einer ernsten Ermahnung und Rüge. Sollte Er noch einmal Seine Kompetenzen auch nur um einen Deut überschreiten, Seinen Übereifer nicht zügeln können und noch einmal Anlass zur Klage geben, beende ich unverzüglich Seine Amtszeit. Ich warne Ihn, Bogner. Er steht von nun an unter meiner besonderen Beobachtung."

Hauptmann Bogner knabberte sich mit den Zähnen die Haut von den Lippen, schlug nach militärischer Manier die Hacken seiner Stulpenstiefel zusammen, salutierte und wollte abziehen.

„Halt! Hab ich Ihn schon entlassen? Unser durchlauchtigster Kurfürst hat der Witwe einen Unterhalt von fünfzig Reichstalern zugebilligt. Bogner, das hat Er zu übernehmen. Gehe Er mir aus den Augen!"

Bogner erblasste. Wo sollte er die fünfzig Reichstaler auftreiben? Das überstieg bei Weitem seine Ersparnisse. Nachdem er das Schloss verlassen hatte, überlegte er kurz und lenkte dann seine Schritte zum Kornmarkt. Verhoffen musste ihm helfen, schließlich stand die Jagd unter seiner Leitung ...

14

In der Stadt herrschte ein fröhliches, geschäftiges Treiben. Es war ein milder Altweibersommertag am Sonntag nach Bartholomäus, trocken und sonnig. Die Menschen hatten sich herausgeputzt und zogen schwatzend in Scharen zum Kalkoffen, dem Jahrmarktplatz außerhalb der Stadtmauer. Auch Phillip, Markus und Johanna wollten sich das beliebte Spektakel nicht entgehen lassen. Zunächst schlenderten sie an den Verkaufsständen vorbei, staunten über die fremdländischen Spezereien und die hübschen Taschen und Schuhe nach französischer Allmoda. Zwei recht magere Bären erregten Johannas Aufmerksamkeit.

„Mein Gott, sind die dürr!"

„Vorsicht Johanna", mahnte Markus, „die Bären tanzen nur mit leerem Magen. Mein Vater hat mir erzählt, dass einmal ein hungriger Tanzbär auf dem Limburger Jahrmarkt zwei Kinder angefallen hat. Sie haben nicht überlebt. Lass uns lieber weiterziehen."

„Keine Angst. Johanna ist zu mager. Die suchen sich ein dralles Weib", lachte Phillip und erhielt dafür einen strafenden Stoß in seine Rippen.

Ein Zauberer erregte ihre Aufmerksamkeit.

„Wer von euch hat den Mut, das Pendel zu befragen? Es sagt euch die Zukunft voraus und verrät euch, ob eure intimsten Wünsche in Erfüllung gehen. Gibt es unter euch eine Frau, die sich der Liebe ihres Auserwählten nicht gewiss ist? Will jemand etwa mit einem Geist oder Ahnen in Verbindung treten? Das Pendel wird euch Antwort geben. Nur Mut, das sollte euch doch einen halben Gulden wert sein."

Markus stupste Johanna an. „Nun geh schon." Phillip kramte einen halben Gulden aus seinem Hosensack und reichte ihn seiner Angebeteten. Doch Johanna zierte sich.

„Ich lasse doch nicht vor allen Leuten meine geheimsten Gedanken deuten. Außerdem glaube ich nicht an solchen Humbug."

Da half auch kein Zureden. Inzwischen meldete sich eine junge Maid, zahlte den geforderten Preis und verlangte Gewissheit darüber zu erhalten, ob ihr neuer Verehrer das erhoffte Liebesglück bringen werde. Im Nu war der Stand von einer neugierigen Menschentraube umringt. Der Magier fragte sie, ob sie denn ein Bild ihres Galans bei sich trüge. Sie möge es auf den Tisch legen.

„Wir müssen uns noch verständigen, welches Pendelzeichen dafür stehe, dass Euch Glück beschieden sei. Kreisen oder ein Schwingen in gerader Linie?"

„Kreisen", entschied die Maid.

Sogleich bat der Zauberer um absolute Ruhe. Niemand solle den magischen Zirkel stören. Dann streifte er ihr einen Ring mit dem Pendel über den Zeigefinger. Sie sollte nun den Finger ohne jegliches Schwanken ausstrecken. Das frei schwingende Pendel schwebte über dem Bild des Freundes. Atemlose Stille. Die junge Frau bemühte sich sichtlich, die Hand in völliger Erstarrung zu halten. Tatsächlich wurde das Pendel wie in einem Wirbel fortgerissen und kreiste über dem Konterfei. Ein erleichtertes Lächeln stieg in ihr errötendes Gesicht. Die Menge klatschte begeistert Beifall. Obschon der Magier die Menschen von seinen Künsten überzeugt hatte, genoss er es, die Bewunderung noch einmal zu steigern. Einer vorbeigehenden Hökerin mit einem Korb Eiern rief er zu:

„He, Bäuerin, was kostet ein Ei?"

„Ei, zehn Albus, mein Herr."

„Wie, nur zehn Albus? Aber gute Frau, wisst Ihr denn nicht, welch Schätze in Euren Eiern verborgen sind? Gebt mir ein Ei, ich werde es Euch zeigen."

Von Neugier getrieben kamen immer mehr Schaulustige hinzu. Was wollte der Magier wohl mit dem Ei anstellen? Er hielt es gegen das Licht, schaute zufrieden, schlug das Ei auf und heraus fiel ein Goldstück! Das hob er mit einem glücklichen Lachen auf, putzte es sorgfältig, zeigte es der Menge und steckte es in die Tasche.

„Noch einmal, das war Zufall", rief man ihm zu. Schon reichte ihm die Bäuerin ein weiteres Ei aus ihrem Korb. Und wieder kam ein Goldstück zum Vorschein. Da wurde es der Bauersfrau zu bunt. Geschwind rannte sie davon. Diejenigen, die ihr folgten, sahen mit an, wie sie ein Ei nach dem anderen aufschlug, ohne dass ein weiteres Goldstück zum Vorschein kam.

Johanna, Phillip und Markus schlenderten weiter und kamen an einem Verkaufsstand vorbei, der mit kunstvoll geschnitzten, schneeweißen Tabakpfeifen bestückt war. Solche Exemplare hatte Markus noch nie gesehen.

„Mein Herr, Ihr seid sicher Raucher. Ja, da kommt man ins Staunen bei unseren ‚Weißen Göttinnen', nicht wahr?"

„Aus welchem Material sind die geschnitzt?"

„Österreichstein, oder wie manche auch sagen, Meerschaum. Sehr angenehm zu rauchen."

„Woher kommen die?"

„Das Material stammt aus Osmanien. Geschnitzt wurden sie in Wien."

Vorsichtig nahm Markus eine Pfeife in die Hand. Wie leicht sie doch war. Er fragte erst gar nicht nach dem Preis und gab sie mit einem seufzenden Bedauern zurück.

Phillip zog inzwischen Johanna zielstrebig zu einem grauhaarigen Mann mit einem ziemlich ramponierten schwarzen Hut auf dem Kopf. Er saß vor einem Schaukasten mit silbernen Amuletten, hatte eine kleine, feine Schere in der Hand und wartete sehnsüchtig auf Kundschaft. Sofort sprach er Johanna an:

„Ein Schattenriss gefällig? Meine Dame, gebt mir die Ehre, Euer schönes Profil schneiden zu dürfen. Der Herr möge inzwischen ein passendes Amulett aussuchen."

Nun ließ sich Johanna nicht zweimal bitten. Sie nahm vor dem Scherenschneider Platz. Mit großem Geschick hatte er bald ein filigranes Schattenbild geschnitten, das unverkennbar Johanna darstellte. Phillip reichte ihm ein flaches, silbernes Herzmedaillon, in das der Scherenschneider nun den Schwarzschnitt legte. Johanna war so begeistert, dass sie Phillip überschwänglich bat, auch sein Schattenbild als Medaillon tragen zu dürfen. Phillip zahlte, ohne zu zaudern, den recht hohen Preis der beiden Schmuckstücke. Überglücklich drückte Johanna ihm einen Kuss auf.

Verwundert schauten sie den Feuerfressern, den Eisenbiegern und Wasserspeiern, den Jongleuren und Schlangenbeschwörern zu. Sorgsam vermieden sie, dem Stadthauptmann Bogner in die Arme zu laufen, der mit strengem Blick nach Vaganten Ausschau hielt, nach Bettlern, Gauklern, Lotterbuben und vogelfreien Zigeunern. Eine orientalisch bunt gekleidete alte Frau rief ihnen halb bettelnd zu:

„Junge, schöne Maid, zeig mir deine Hand. Ich lese daraus deine Zukunft. Gib mir dafür, was du für richtig hältst.“ Sie sah Johanna mit ihren glutvollen Augen an, als schaue sie tief in ihre Seele. Um den Kopf trug sie ein buntes Kopftuch, unter dem eine Fülle silbergrauen Haares hervorquoll.

Johanna zierte sich. Sie wollte nicht wissen, was das Schicksal mit ihr vorhabe. Das lag in Gottes Hand. Kurzerhand schob sie Phillip der Frau zu.

„Reich mir deine Arbeitshand, junger Mann.“ Die alte Frau ergriff mit ihren langen, runzligen Fingern seine rechte Hand und betrachtete sie sorgfältig. Dann hob sie zum Zeichen des Erstaunens die schwarzen Augenbrauen und schüttelte bedenklich den Kopf, dass ihre großen, runden Ohrringe nur so klingelten.

„Deine kräftige Lebenslinie weist auf eine Person mit großer Lebenskraft, Gesundheit und langem Leben hin. Du wirst ein treuer Ehemann sein mit viel Leidenschaft. Die Kopflinie ist etwas verästelt. Ich vermute, du bist handwerklich begabt, geschickt und erfindungsreich.“

Phillip lächelte erleichtert. Die Handleserin hatte ins Schwarze getroffen.

„Ihr stutzt aber. Was seht Ihr noch in meiner Hand?“

„Nun, nach der Schicksalslinie zu urteilen, werden äußere Umstände einen unguten Einfluss auf dich ausüben. Ich vermisse deine Sonnenlinie. Du wirst hart gegen diese Schicksalsschläge ankämpfen müssen. Kurzum, ich sage dir ein glückliches, liebevolles Leben voraus. Aber du wirst dich deiner Feinde erwehren müssen. Schließlich wirst du aber a Masel haben ... Ist das deine Angebetete? Komm, zeig mir deine Hand."

Doch Johanna weigerte sich. Ihr war die Frau unheimlich. Als Phillip ihr einige Münzen reichte, fühlte er plötzlich eine Hand auf seiner Schulter.

„Na, Geselle Phillip, bist du mit der Weissagung zufrieden?"

Der Studiosus Johann Lang stand mit feixendem Gesicht vor ihm. Neben ihm seine Schwester Adelheid, wie immer fein herausgeputzt mit einem Sonnenschirm in der Hand.

„*Quelle surprise*, Hennes, du in Limburg? Der Stadthauptmann läuft hier herum. Wenn der dich greift, bekommst du Schwierigkeiten. Du weißt, *pourquoi*."

„Keine Sorge. Ich bin außerhalb der Stadtmauer und nur zu einem kurzen Besuch von Marburg nach Limburg gekommen."

Adelheid fixierte unterdessen Johanna mit feindseligem Blick, als wolle sie ihr an die Gurgel gehen und ihren Zorn über ihr ausschütten. Johanna fasste die Hand Phillips fester. Ihr schwante Böses und so schwieg sie.

„Hast du jetzt dem Phillip den Kopf verdreht oder gar dem Markus?"

„Adelheid, das ist meine Cousine, damit du nicht auf falsche Gedanken kommst", klärte Markus sie sofort auf, um die Situation zu entschärfen. In diesem Moment erkannte Adelheid, dass Johanna und Phillip ein Paar waren. Am liebsten hätte sie Phillip die Augen ausgekratzt. Sie hielt sich aber zurück und schluckte ihre aufsteigende Wut hinunter.

15

Im ‚Goldenen Hirsch' traf sich die übliche Stammtischrunde um den Stadthauptmann Bogner. Nur der alte Schultheiß fehlte. Johann Simon Lamboy war verstorben. Sein blumengeschmückter Sarg wurde auf einem mit schwarzem Tuch verhangenen Kutschwagen, der von sechs Pferden gezogen wurde, durch die Stadt gefahren und mit allen Ehren und kirchlichem Prunk auf dem Herrgottsacker der Stiftskirche beerdigt. Den neuen Schultheiß Weinbrunn mochte der Hauptmann nicht bei der Männerrunde dabeihaben. Der hatte ihn beim Oberamtmann als ungestümen Hitzeblitz ohne jegliches diplomatisches Geschick charakterisiert. Aber das werde er noch büßen, hatte sich Bogner geschworen.

„Der Weinbrunn hat mir erzählt, er plane eine Wollspinnerei im Hospital einzurichten, um die bettelnden Kinder von der Straße zu holen", eröffnete Kaufmann Verhoffen den Tratsch.

„Und was haben die Wollweber dazu gesagt?"

„Die wären grundsätzlich bereit, die Fabrik zu führen. Aber sie fordern von der Hospitalkasse erhebliche Zuschüsse. Dann hat auch noch der Weinbrunn die Chuzpe gehabt, mich zu bitten, die Tuche der Kinderfabrik zu speziellen Preisen abzunehmen. Was bildet er sich ein? Ich soll für die Plage des Bettelgesindels mein Geschäft ruinieren? Die Wollweber können mir jetzt schon keine Tuche zu konkurrenzfähigen Preisen liefern. Und wer steht dann für die Qualität ein? Nein, da bleibe ich lieber bei meinen englischen Lieferanten."

„Aber die Bettelei nimmt überhand", sagte der dickbäuchige Stadtwachtmeister Rompelsheim mit vollem Mund und biss noch einmal von einer Schwarzwurst ab. „Die Armenhäuser und Gefängnisse sind voll mit jungem Gesindel. Die Eltern sehen ihre Zöglinge lieber im Loch, wo sie geregeltes Essen bekommen. Der Spinnlohn ist so niedrig, dass die Kinder selbst das

Brot, welches sie dabei essen, nicht verdienen. Die Armenhäuser stöhnen unter den Kosten. Zum Glück werden sie noch von barmherzigen Bürgern unterstützt, wie zum Beispiel von der alten Posthalterin Scherpf."

„Macht Euch keinen warmen Kopf. Ich werde das liederliche Gesoggs mit harter Hand vertreiben", grunzte Bogner und wollte so das Thema abwürgen.

„Mein lieber Bogner, so einfach wirst du das Problem nicht handhaben können. Sollten wir wieder eine schlechte Ernte einbringen, sollten die Fruchtpreise weiter steigen, sollten noch mehr Weber die Arbeit verlieren, dann wird es unweigerlich zu einem Volksauflauf kommen. Vor allem im Winter fehlt den armen Leuten der gewöhnliche Verdienst. Bei der großen Teuerung können sie sich weder Feuerung leisten noch Grundbirn, noch Brot und müssen darben. Eine solche Not bringt Unruhe in die Bevölkerung und ist für Limburg abträglich", meinte Verhoffen.

„Du meinst, wir stehen vor einem möglichen Aufstand?", fragte der einfältige Rompelsheim.

„Wenn ich die Armut, die Hungersnot und die aufrührerischen Gedanken, die aus Frankreich herüberschwappen, addiere, dann kommt unterm Strich eine Revolte raus. Die Macht der Ohnmacht mündet im Terror."

„Was bist du nur für ein Ängstschisser, Verhoffen. Mach kein groß Geschiss daraus. Ich werde mit den möglichen Rädelsführern schon fertig. Cordonnier, unsere Becher sind leer. Bringt noch eine Runde Daawerner!"

Verhoffen tat, als habe er die derbe Beleidigung gar nicht bemerkt. Er hatte sie aber sehr wohl registriert und würde es Bogner bei passender Gelegenheit heimzahlen. Später, denn heute würde jedes Widerwort verpuffen. Cordonnier blickte von seiner Zeitung auf und füllte die Schnapsbecher. Bogner wollte unterdessen den Abtritt im Hof aufsuchen. Als er am Tresen vorbeiging, warf er einen Blick auf die Zeitung, die Cordonnier gerade zur Seite gelegt hatte. Es war das französische

Journal encyclopédique. Bogner vergaß seine gefüllte Blase und stellte den Wirt zur Rede.

„Cordonnier, Ihr lest ein französisches Blatt? Habt Ihr dafür eine Erklärung?“

„Sicher. Ich will meine Französischkenntnisse erweitern. Da ist doch wohl nichts Anstößiges daran.“

„Ihr lasst Euch von den unheilvollen Ideen der Franzosen anstecken? Oder paktiert Ihr sogar mit ihnen?“

„Ach, lasst mir doch meine Ruhe, Hauptmann. Ich kann lesen, was ich will.“

„So einfach kommt Ihr mir nicht davon. Ich beschlagnahme die Zeitung. Ihr hört von mir.“

„Ihr habt kein Recht dazu. Gebt mir meine Zeitung wieder.“

In diesem Moment erschienen Phillip und Markus in der Wirtsstube. Sie wollten das Gasthaus sogleich wieder verlassen, als sie Bogner erblickten und die letzten Worte des Wirtes hörten. Phillip erkannte zwar, dass Bogner den Wirt in arge Bedrängnis brachte, dennoch wollten sie sich heraushalten.

„Lass uns lieber ‚Zur Krone‘ ziehen“, schlug Phillip vor.

„Moment, Geselle Grandjeau. Ich brauche Euch als Zeugen. Der Stadthauptmann will mir verbieten, eine französische Zeitung zu lesen.“

Phillip verstand sofort, als er das Journal bemerkte. Er kannte die Zeitung. Sein Bruder hatte ihm ein Exemplar mitgebracht und so war er sich sofort der Brisanz der Situation bewusst. Das französische *Journal encyclopédique* verbreitete philosophische Thesen mit ziemlich radikalen, aufklärerischen Positionen. Selbst in Frankreich wurde es nur heimlich gelesen. Wenn der Bogner den Inhalt erfuhr, drohte dem Cordonnier Ärger.

„Stadthauptmann, gebt mir meine Zeitung zurück“, forderte Phillip. „Ich hatte sie dem Cordonnier ausgeborgt. Er wollte sein Französisch verbessern.“

„So ist das also. Ihr seid es, der aufwiegelnde Ideen in Limburg verbreitet!“

„Was redet Ihr für *absurdité*. Da steht nur Klatsch und Tratsch drin ... Hier zum Beispiel wird vom königlichen Hof berichtet ... Hier von der Osterpredigt in Notre-Dame ... Lest doch selber. Die Zeitung ist schon alt, aber der Cordonnier kann sie für seine Zwecke noch gebrauchen."

„Bogner, lass ab und setze dich wieder zu uns an den Tisch", beruhigte Verhoffen den nun unschlüssig dreinschauenden Hauptmann. Phillip schnappte sich die Zeitung und verschwand damit.

16

Am nächsten Abend erschien Phillip in schmucker Zimmermannstracht im Hause des Zuckerbäckers. Verwundert bat ihn Neukirch in die Stube, wo Johanna und ihre Mutter saßen. Nachdem man eine Weile geplaudert hatte, konnte der Hausherr seine Neugier nicht mehr bezähmen und fragte Phillip:

„Gibt es einen besonderen Anlass für deinen festlichen Aufzug?"

Phillip schmunzelte. Er stand feierlich auf, strich seine schwarze Weste glatt und sprach:

„Meister Neukirch, ich bitte Euch um die Hand Eurer Tochter."

Für einen Moment herrschte erschrockenes Schweigen. Johanna schien nach Luft zu ringen. Phillip meinte schon, die überraschten Eltern würden sein Begehren ablehnen. Doch dann erhob sich der Zuckerbäcker und reichte Phillip mit einem strahlenden Lächeln seine Hand:

„Mit großer Freude nehmen wir dich zum Eidam!"

Frau Neukirch umarmte Phillip. Johanna drückte ihm verstohlen mit hochrotem Kopf einen Kuss auf. Das Verlöbnis wurde mit Champagner begossen, den Phillip in weiser Voraussicht mitgebracht hatte.

Am nächsten Tag nahm Phillip seinen Meister auf der Baustelle zur Seite.

„Mit Gunst, Meister, wir haben etwas Wichtiges zu bereden."

Als Heinrich Lang von dem Verlöbnis erfuhr, schwieg er sichtlich betroffen einen Moment. Dann beglückwünschte er seinen Gesellen und akzeptierte zähneknirschend dessen Entschluss. Er hatte so etwas geahnt, jedoch weiterhin gehofft, seine Tochter werde sich besinnen und Phillip aus rein rationalen Gründen der Verbindung zustimmen.

„Dann wird es wohl nichts mit meiner Nachfolge, oder?"

„Ihr wisst, wie gern ich Eure Werkstatt übernommen hätte. Nehmt den Gesellen Markus an meiner statt zu Eurem Nachfolger und Eurem Eidam."

„Du willst Adelheid verkuppeln? Und was wird mit dir?"

„Ich verlange von Euch nicht mehr, als mich freizugeben. Allerdings möchte ich noch um eine Gunst bitten. Ermöglicht mir, selbst eine Zimmerei zu eröffnen. Als Zunftmeister könnt ihr mir den Meistertitel zusprechen. Erkennt den Vierungsturm als mein Meisterstück an."

„Den Meister kann ich dir sicherlich verschaffen. Aber ob ich die Zustimmung der Zunft für einen weiteren Zimmermannsbetrieb erlange, steht in den Sternen."

„Meister, mit Gunst. Euer Wort hat Gewicht. Eventuell kann ich mit einer Geldzuwendung in die Zunftlade das Wohlwollen der Meister finden?"

Meister Lang schwieg, sah seinem Gesellen tief in die Augen, als wäre der Abschied gekommen.

„Lass mich darüber nachdenken. In der Zwischenzeit kein Wort darüber zu Adelheid, verstanden?"

Adelheid hatte sich verändert. Scheu und in sich gekehrt, machte sie sich Vorwürfe. Sie ärgerte sich maßlos über ihre Boshaftigkeit, verfluchte ihr herrisches Verhalten dem Gesellen gegenüber, suchte täglich die Stiftskirche zum Gebet auf und benahm sich fortan wie eine sittsame, brave, fromme Jungfer, die sich verstohlen nach einem Burschen umsieht. Phillip wohnte zwar noch beim Meister in der Löhrgasse, ging ihr aber aus dem Weg.

Zu seinem 65. Namenstag hatte Meister Lang zu einem „kleinen Fest" im ‚Goldenen Hirsch' eingeladen.

Das kleine Fest entpuppte sich als üppiges Mahl mit festlich gewandeten Gästen vorwiegend aus den Zünften und dem Kreis der Freunde. Von der weltlichen Obrigkeit war nur der Schultheiß Weinbrunn zugegen; vom Klerus dagegen der Stiftsdekan Alberich Joseph Dornuff, der Baumeister des Georgstifts und der Erbacher Zisterzienserabt Adolf II. Werner.

Die Damen nutzten die in Limburg seltene Gelegenheit, sich festlich herauszuputzen und ihre prunkvollste Allmoda vorzuführen, mit steifem Mieder geschnürte Wespentaille, ein weiter, kuppelförmiger Reifrock aus Seidendamast, goldene Ohrhänger und goldbestickte Seidenpantoffeln mit hohen Absätzen. Für den Teint wurde weißer Puder aufgelegt, dazu Rouge und Lippenrot in teilweise grellen Tönen und großen Mengen. Andere hatten mit einer Quecksilbertinktur eine vornehme Blässe in ihr Gesicht gezaubert. Einige besonders elegante Damen hatten sich Mouches in Form von Monden, Sternen, Herzen und Putten ins Gesicht oder aufs Dekolleté geklebt. So wie es am französischen Hof Usus war. Nur die Eingeweihten wussten um die frivole Bedeutung dieser amourösen Signale. Ein Herz auf der Wange signalisierte: Ich bin zu allem bereit. So hielten es die Konkubinen am Königshof. Hier in der Stadt galten freilich andere Regeln. Liebesdienste gab es gegen Bezahlung bei der Hübschlerinnen in der Rosengasse. Man erkannte sie an dem gelben Saum ihrer Kleider.

Die Damen versprühten aus gläsernen Flakons verschwenderisch den Duft, den der Italiener Johann Maria Farina in Coeln als ‚Eau de Cologne' auf den Markt gebracht hatte. Sein Elixier roch nach Orangen, Pampelmusen, Citronen, Bergamotte, Cedrat, Limette oder, wie er selbst behauptete, wie ein italienischer Frühlingsmorgen nach dem Regen. Wohlriechender Puder und Parfüm ersetzten das Waschen, denn das war verpönt in der feinen Gesellschaft.

Bei den eleganten Herren prägte das Justaucorps, der nach unten auseinanderklaffende, knielange Gehrock mit weiten Rockschößen, die Mode. Die vorherrschende Farbe der Röcke war rot, während das knielange Gilet in Gold gehalten war. Um den Hals wickelte man die Caravate, die aus einem gestärkten, hohen Band bestand, an dem vorn die herabfallenden Spitzenenden befestigt waren. Noch zählte die weiße, gepuderte Perücke zur Standardmode, doch einige mutige Männer hatten sie bereits verbannt. Stattdessen trugen sie das eigene Haar mittellang und ein wenig Sturm-und-Drang-mäßig zerzaust.

Die dominierenden Zunfttrachten komplettierten die Modenschau und erinnerten daran, dass man hier kein höfisches Fest feierte, sondern den Namenstag eines ehrenwerten Limburger Handwerksmeisters.

Die Herrschaften nahmen ein üppiges Mahl an den mit weißen Tüchern und Kandelabern geschmückten Tischen ein. Meister Lang hatte ein Mastschwein schlachten lassen. Zunächst wurde die Broksel, eine Branntweinsuppe, gereicht. Danach gab es das Fleisch vom Schwein, Kapaun, Fasan und Reh mit verschiedenen Gemüsen und Grundbirn. Der Zuckerbäcker hatte klein gewürfelte Honigkuchen und süßes Backwerk geliefert. Neukirch selbst ließ sich aber auf dem Fest nicht sehen, ebenso seine Tochter Johanna. Auf jedem Tisch standen zusätzlich Brotkörbe, Butter und Dippes mit Latwerge und Bimbes sowie Käse für diejenigen, die noch nicht gesättigt waren. Währenddessen drückten sich draußen die hungernden Bettelkinder an die regennassen Fensterscheiben. Sie wollten wenigstens bestaunen, woran sie nicht teilhaben durften. Die Posthalterin Scherpf hielt es nicht auf ihrem Stuhl. Kurz entschlossen sprach sie die Meisterin an. Sogleich eilten sie in die Küche. Mit Körben voller Butter- und Latwergbrote sowie Krimmelkuchen eilten sie zum Eingang des Gasthofes.

Nach dem Essen spielte eine Kapelle zum Tanz auf.

„Komm Markus, ziere dich nicht und fordere die Adelheid zum Tanz auf“, lachte Phillip und stupste seinen Freund scherzend an.

Da er immer noch keine Anstalten machte, sich zu erheben, kam Adelheid – herausgeputzt nach französischer Mode – mit einem bezirzenden Lächeln auf ihn zu. Markus bat zögerlich um den Tanz. Verlegen schaute er sich in der Runde um. Etwas gequält sah er auf die Tanzenden. Dann legte er mutig seine Arme um Adelheid und wirbelte mit ihr im Kreis herum. An seinem lachenden

Gesicht erkannte man: Es gefiel ihm, sich mit Adelheid beim Ländler im Takt der Musik zu drehen. Bald herzten sich die beiden vor Vergnügen und zogen alle Blicke auf sich. Sie wurden als das hübscheste Paar des Festes angesehen. Der Tanz löste jedoch einigen Tratsch aus. Wusste man doch, dass der tüchtige Franzosengeselle Langs Tochter ehelichen sollte. Wie sollte man es deuten, dass Phillip dem Treiben mit einem Schmunzeln im Gesicht zusah? Erschöpft und schwindelig von der wilden Tanzerei zog Adelheid Markus an den Tisch ihrer Eltern, wo er aufs Freundlichste begrüßt wurde. Adelheids Mutter kümmerte sich besonders zuvorkommend um ihn und bot ihm ein Selterswasser zur Erfrischung an.

Der Meister erhob sich, klopfte an sein Glas zum Zeichen, dass er etwas sagen wollte. Stille im Saal. Erst sprach Lang über seine nunmehr fünfzigjährige Zimmermannstätigkeit und wünschte sich, dass sein Lebenswerk, der Vierungsturm der Stiftskirche, noch viele Generationen nach ihm überdauern werde. Alsdann machte er eine bedeutungsvolle Pause, holte noch einmal tief Luft und erklärte:

„Meine lieben Gäste. Heute, an meinem 65. Namenstag, ist es an der Zeit zu verkünden, dass ich mich aus dem Geschäft zurückziehen werde. Meine beiden Söhne haben sich entschieden, nicht das Zimmermannshandwerk zu erlernen. Ich werde daher meinen Betrieb in fremde Hände legen."

Im Saal herrschte gespannte Ruhe. Alle Blicke waren auf den Gesellen Phillip gerichtet, der als künftiger Eidam des Meisters angesehen wurde. Doch der saß abseits und zeigte keine besondere Regung. Was Meister Lang nun preisgab, versetzte alle in größtes Erstaunen.

„Meine Tochter Adelheid wird den Gesellen Markus heiraten. Das Verlöbnis ist bereits verabredet. Markus wird die Werkstatt übernehmen, sobald er den Meisterbrief in der Hand hält. Lasst uns auf das junge Paar anstoßen!"

Die Verlobung von Markus und Adelheid wurde gleich am nächsten Tag im ‚Goldenen Hirsch' gefeiert.

A.D. 1782

17

Es war ein trockener, kalter Januartag. Die Weibsleute hatten die Vorarbeiten auf dem Hopp bereits am Vortag abgeschlossen. Alle benötigten Gerätschaften standen tadellos gesäubert bereit. Der Zuckerbäcker Neukirch hatte seinen Schwager gebeten, die Verlobung seiner Tochter Johanna mit Phillip mit einem Schlachtfest zu feiern. So versammelten sich Freunde, Nachbarn und Bekannte in bäuerlicher Festtagstracht auf dem Hof.

Schon früh am Morgen hatte Nepomuk dem Schwein eine Schlachtmaske aufgesetzt, um es vor unnötiger Aufregung zu bewahren, die den Geschmack des Fleisches beeinträchtigen könnte. Dann hängte er die Sau an einen Eisenring in der Scheune und brach sie auf. Jetzt gab es den ersten Schluck Korn. „Wenn das Schwein am Haken hängt, wird einer ausgeschenkt" sagte Nepomuk.

Alle packten mit an, als das Fleisch herausgeschnitten wurde. Ein Teil wurde in Pökelfässern in eine Salzlake gelegt, ein anderer landete im Kessel und wurde gekocht. Am späten Nachmittag setzten sich die Gäste an den mit weißen Tüchern gedeckten Tisch und verzehrten die kräftige Metzelsopp und das Quellflaasch mit dicken Ranken frischen Brots und reichlich Bier und Schnaps.

Nepomuk hatte einen Elzer Blechkopp als Dudelsackspieler engagiert, der nach dem deftigen Mahl zum Tanz aufspielte. In ausgelassener, feuchtfröhlicher Stimmung kreisten die Gäste schon beschwipst und leicht torkelnd um den langen Buchenholztisch. Die Knaben in kurzen Hosen und langen, gestrickten Strümpfen spielten am warmen Ofen mit dem Kramladen oder mit Bauklötzen, die der Bauer früher für seinen Sohn liebevoll hergestellt hatte. Die Meisterin hatte sie vom Speicher geholt. Einige Kinder ließen den Dobsch tanzen. Die Mädchen in den weißen Schürzen über den blauen Linnenkleidern spielten mit ihren Lumpenpuppen.

Markus versprühte eine überschwänglich gute Laune und griff beim selbst gekelterten Apfelwein tüchtig zu.

„Wo ist Adelheid?", fragte ihn Phillip.

„Die ist lieber daheim geblieben. Ich habe ihr auch nicht zugeredet, zu kommen. Das wollte ich der Johanna nicht antun. Du bist meiner Verlobung ja auch ferngeblieben."

„Und wie kommt ihr miteinander aus?"

„Ei, ab und zu knallt es schon zwischen uns. Der Streit um die Oberhoheit hat schon begonnen. Aber wenn ich mit einem klaren Wort dazwischenhaue, ist erst mal Ruhe, und sie fügt sich. Zwar muckt sie noch, hält sich aber zurück. Es stimmt wohl, die Ehe macht das Weib zum zahmen Lamm."

„Und was haben deine Eltern zu deinem überraschenden Antrag gesagt?"

„Zuerst schüttelten sie den Kopf über meine Dummheit. Sie meinten, ich habe mich vom Meister übertölpeln lassen. Aber letztlich stimmten sie zu. Es ist ja schließlich eine große Chance für mich. Und du? Was wird mit dir?"

„Den Meisterbrief bekomme ich zu Ostern. Wenn ich das Bürgergeld bezahle und ein Vermögen von 150 Talern nachweise, darf ich mich niederlassen. Dann werde ich mir auch eine Werkstatt in der Stadt suchen."

„150 Taler! Hast du das Geld?"

„Mein verstorbener Vater hat mir etwas vererbt. *Alors*, ich bin bald mein eigener Herr."

„Und wenn du nicht geerbt hättest, wäre dir nur die Hochzeit mit Adelheid geblieben, oder?"

„Da magst du recht haben. Wir sagen *bonne pioche*, Glück gehabt!"

„Du magst Adelheid nicht?"

„*Mon amour* gilt Jeanne."

„Kerle, du heiratest aus Liebe und mir hast du zu einer Vernunftehe geraten."

„Ich kann es mir leisten, du nicht. Lass uns trinken auf unser Wohl, auf unser Glück, auf unsere Frauen. *Santé.*"

„Darf man sich anschließen?", fragte der Stiftsdechant Alberich Dornuff, der von Phillip eingeladen worden war, und bat die beiden um ein Gespräch unter sechs Augen. „Wie ich hörte, wollt ihr beide in den Stand der Ehe treten. Habt ihr denn schon das Ehepfand ausgetauscht?"

„Was mich betrifft, habe ich meiner Johanna ein Schmuckstück gegeben", antwortete Phillip.

„Und ich Handschuhe, wie es üblich ist. Die Adelheid hat mir bestickte Hochzeitsstrümpfe beschert. Ich lasse gerade Hochzeitsschuhe für sie anfertigen."

„Somit habt ihr ein festes, unauflösliches Eheversprechen abgelegt. Denkt daran, die Verlobung ist nicht mehr zu lösen, weder vor der Kirche noch vor dem Ehegericht. Auf eins muss ich euch aber mit aller Ernsthaftigkeit hinweisen: Die Kirche verbietet rigoros den vorehelichen Verkehr. Sie erlaubt den Beischlaf erst nach der kirchlichen Trauung."

„*Alors*, Hochwürden, das hättet Ihr mir eher sagen sollen", lachte Phillip. Doch als er den strafenden Blick des Dechanten erhaschte, korrigierte er sich schnell, das sei ein Scherz gewesen.

„Der weitere Ablauf ist wie folgt, meine Söhne. Wir werden uns zu einem Brautexamen treffen. Danach verkünde ich drei Mal das Aufgebot von der Kanzel, um der Gemeinde die Gelegenheit zu geben, auf etwaige Hindernisse hinzuweisen. Phillip, bei dir sehe ich noch eine Schwierigkeit. Gab es zwischen dir und der Adelheid ein Eheversprechen?"

„Von meiner Seite jedenfalls nicht, weder mit Worten noch mit Geschenken."

„Gut, dann ist das auch geklärt. Was den Termin der kirchlichen Trauung betrifft, bieten sich die Sommermonate an. Dann habt ihr die übliche Verlobungszeit eingehalten. Ich schlage einen Wochentag im Heumonat vor. Sonn- und Feiertage sind dem Herrgott vorbehalten. So, nun wisst ihr, wie ihr euch zu verhalten habt“, schloss der Dekan und entfernte sich. Markus stierte in seinen Becher und überlegte stumm.

„Du, da kommt mir ein teuflischer Gedanke. Wenn das Gewirreoos von Adelheid beim Brautexamen erklärt, sie sei dir versprochen gewesen, ist meine Hochzeit geplatzt.“

„Warum sollte sie das behaupten? Sie will dich doch heiraten, oder?“

An einem blauen Montag hatte Markus seine Verlobte auf den elterlichen Hof eingeladen. Adelheid gab sich sehr reserviert. Der beißende Gestank von Misthaufen und Schweinestall stieg in ihre Nase. Angewidert bat sie, ins Haus zurückgehen zu dürfen.

„Bleibst du zum Essen? Es gibt Roppsel“, fragte die Bäuerin.

Eigentlich wollte sie nur weg. Fort vom dreckigen, stinkenden Hof. Aber Markus entschied ohne Umschweife, dass sie bleiben würden. Adelheid fügte sich.

„Du kannst mir bei der Küchenarbeit zur Hand gehen, Adelheid. Putzt du schon mal die Pastinaken?“

„Habt Ihr keine Magd, die sich um das Essen kümmert?“

Die Bäuerin lachte nur und legte den Kappes auf den Tisch. Sie möge ihn waschen und klein schneiden für den Eintopf. Mit langen Fingern schnitt Adelheid unbeholfen zum ersten Mal in ihrem Leben den Kohl. Belustigt sah ihr die Bäuerin zu.

„Hast du schon deine Aussteuer zusammen?“

„Die liegt in der Brautkiste bereit: Leibwäsche, Waschunterröcke, Nachtjacken, Wollkleider, Schuhe und Betttücher, sogar Biber-Bettwäsche, Tischtücher und Handtücher. An Kleidern und Wäsche mangelt mir es wahrlich nicht.“

„Dann warst du als Jungfer fleißig, hast genäht, gehäkelt und gestickt?“

„Wo denkt Ihr hin? Das hat alles meine Mutter für mich besorgt.“

„Kochen kannst du dann wohl auch nicht. Also, dann schau mir mal genau zu, damit du später deinen Mann ernähren kannst."

Die Bäuerin hatte es tatsächlich geschafft, Adelheid in der Küche anzustellen. Wie eine unbedarfte Magd half sie beim Kochen und empfand eine stille Freude, etwas gelernt zu haben. Das karge Mahl mundete ihr nicht besonders. Sie schluckte aber brav die fette Suppe hinunter. Nach dem Essen ließ sie sich zu einem selbst gebrannten Korn verleiten. Und als Bauer Nepomuk einen seiner beliebten Trinksprüche ausbrachte – „Hätt' Adam unsren Schnaps besessen, hätt' er den Apfel nicht gegessen" –, wurde noch einer eingeschenkt. Die Bäuerin entließ das versprochene Paar, sie würde selbst das Geschirr abwaschen.

Markus zog seine angeschickerte Adelheid in die Scheune und bedrängte sie ausgelassen, sich ins Heu zu legen. Halb zog er sie, halb sank sie hin. Stürmisch drückte er ihr einen Kuss auf. Sie ließ ihn gewähren ...

18

In der Regel trafen sich die Gesellen der fünfzehn in Limburg vertretenen Zünfte einmal im Monat am blauen Montag in der Bruderschaft. Gewöhnlich hielten sie ihre Zusammenkünfte im Gasthaus ‚Zum Goldenen Adler' in der Salzgasse in einer Hinterstube ab. Den blauen Montag hatten sich die Gesellenbünde erstritten, als sie ihre Lohnforderungen nicht hatten durchsetzen können. Stattdessen griffen sie zur Selbsthilfe und nahmen sich einen zweiten arbeitsfreien Tag.

Die Gesellenbünde pflegten ein ähnliches Zeremoniell wie die Zunftmeister. Die Versammlungen nannten sie Auflagen, weil sie ihre Geldbeiträge auf die Lade legten. Davon wurde die gemeinsame Zeche bezahlt. Der Altgeselle Johann Magnus eröffnete die Morgensprache.

„Lasst uns anstoßen mit Gunst auf den neu angekommenen Metzgergesellen Friedrich, der aus Mainz zu uns gestoßen ist. Wir heißen dich in unserer Runde willkommen. Wie ich vernommen habe, bist du beim Meister Mollenthiel untergekommen. Erhebt euer Glas. Auf dein Wohl!"

Alle standen auf und tranken die Becher in einem Zuge aus.

„Hat jemand Klagen vorzubringen?"

„Wir Wollweber stehen kurz vor dem Ruin. Die Händler nehmen uns keine Tuche mehr ab. So kann das nicht weitergehen. Wir müssen uns wehren."

„Uns Gerbern geht es ebenso. Es gibt schon neun Lederhändler in der Stadt. Der Schlimmste von allen ist der Stadthauptmann Bogner. Der kauft das Leder dort ein, wo es am billigsten ist, aber nicht bei uns."

„Genossen, ihr wisst, dass durch die Lockerung der Zunftregeln keinem mehr ein auskömmliches Einkommen garantiert werden kann. Niemand hält sich an die vorgegebenen Preise. Die billige Konkurrenz aus dem Ausland ist schuld. Hinzu kommt, dass durch die Reichszunftordnung die Selbstverwaltung der Zünfte aufgehoben wurde. Zum Glück wird bei uns das Gesetz nicht so strikt angewandt wie in Preußen. Aber wir müssen uns mit dem zunehmenden Wettbewerb abfinden. Da hilft kein Jammern."

Betretenes Schweigen. Die Lage war aussichtslos, jedenfalls für diejenigen, die dem Konkurrenzdruck nicht standhalten konnten.

„Genossen, wir wollen uns auf die Fronleichnamsprozession konzentrieren. Sie wird an Johannissonntag stattfinden. Wir haben noch zweieinhalb Monate Zeit. Letztes Jahr haben wir es gerade noch rechtzeitig geschafft. Besser, wir sprechen jetzt schon darüber. Der Zug beginnt mit einer Messe in der Dietkirchener Sankt-Lubentius-Basilika und endet in der Limburger Stiftskirche. Wir werden ihn mit unseren Schauwagen von der Koblenzer Vorstadt bis zum Rossmarkt begleiten. Wie im letzten Jahr stellen wir wieder drei lebende Schaubilder: den Sündenfall im Paradies, Jesus mit dem Kreuz und eine Darstellung der Hölle."

Als der offizielle Teil vorbei war, drängte Markus seinen Freund in die Schankstube, um ungestört ein Bier zu trinken.

„Phillip, ich muss etwas Wichtiges mit dir besprechen."

„Hast du Ärger mit Adelheid?"

„Nein, aber ich werde bald Ärger bekommen. De Giggel hot e Hinggel geflattscherd."

„*Pardon*? Was redest du?"

„Adelheid ist schwanger."

Vor Schreck verschluckte sich Phillip und prustete das Bier heraus.

„*Merde*, das gibt Ärger. Konntest du nicht abwarten?"

„Abwarten? Ja schon. Aber du kennst mich: Ei, ich hatte Schiss, Adelheid würde beim Brautexamen dummes Zeug schwätzen. Von wegen dir versprochen und so."

„Sag bloß, du hast es darauf angelegt? *Chapeau, mon ami.* Echt mutig. Jetzt hast du der Adelheid den Wind aus den Segeln genommen. Wissen deine Schwieger Bescheid?"

„Natürlich. Die Anzeichen waren nicht zu übersehen. Adelheid musste sich übergeben und verweigerte bestimmte Speisen. Schließlich hat sie sich ihrer Mutter anvertraut."

„Und jetzt?"

„Wie und jetzt?"

„Was wollt ihr dem Pfaffen sagen?"

„Ei, beim Brautexamen soll Adelheid die Schwangerschaft verheimlichen."

„Parbleu! Schweigen ist Gold, verschweigen eine Sünde."

„Was soll's. So schnell wird Gott mich nicht verstoßen. Aber ich weiß nicht, wie ich es meinen Eltern beibiegen soll."

„Verstehe. Du willst, dass ich es ihnen sage."

Im Schuppen schärfte Bauer Nepomuk das Sech seines Spitzpflugs. Phillip säuberte und kontrollierte indes das verstellbare Streichblech. Ein Offheimer Bauer war zu Besuch und wartete auf einem Willkommensschluck. Der klare Nepomuk-Korn zog die Nachbarn an wie die Kerzen die Motten. Er mundete aber auch allzu gut. Nepomuk hatte wie gewöhnlich einen derben Trinkspruch parat:

„Trinkt ihn morgens in der Woch', er reinigt den Magen und putzt das Loch."

„Habt Ihr schon gehört, Bauer Nepomuk? Die verfluchten Mannebacher haben uns wieder den Heiligen gestohlen", schimpfte der Nachbar.

Nepomuk griente schadenfroh:

„Die haben ihn doch nur für die Nacht ausgeborgt. Ihr habt ihn doch wieder?"

„Was hat es denn mit dem Heiligen auf sich?", fragte Phillip.

„Ei, wir haben in der Offemer Kapelle einen Bildstock mit einer Sankt-Sebastians-Figur stehen. Sebastian ist unser Pestpatron. In der Nacht stehlen die Mannebacher unseren Heiligen. Am nächsten Morgen steht er wieder am alten Platz."

„Vielleicht meinen sie, die Pest komme nur in der Nacht?"

„Egal, was sie denken, aber es ist eine Frechheit. Wir überlegen schon, Wachen aufzustellen."

Die Flasche Korn kreiste. Erst als sie geleert war, zog der Nachbar angeheitert davon.

„Kann ich dich etwas fragen, Nepomuk?"

Der Schnaps hatte Nepomuk fröhlich gestimmt. Genau der passende Moment, die brisante Nachricht loszuwerden, dachte Phillip.

„Nur zu, was hast du denn auf der Seele?"

„Wie stehst du zur Adelheid?"

„Ehrlich gesagt hätte ich mir schon eine zupackende Schnur gewünscht. Aber Markus hat Gefallen an ihr, und dazu bekommt er noch eine Meisterstelle. Meinen Segen hat er. Warum fragst du?"

„Und die Kinder eures Sohnes wirst du auch freudig aufnehmen, *n'est-ce pas*?"

„Ei, dazu ist die Ehe doch da. Aber du führst doch etwas im Schilde, raus mit der Sprache."

„Markus wird euch eher zu Großeltern machen, als ihr glaubt."

Die Hochzeit wurde auf einen Montag Anfang Mai festgesetzt. Beim Brautexamen schwante dem Dechant Dornuff, dass das Brautpaar etwas zu verheimlichen hatte, weil Markus den ursprünglichen Hochzeitstermin vorziehen wollte. Er unterließ das insistierende Fragen und wies nur darauf hin, dass sie beichten müssten, hätten sie ihm etwas verschwiegen.

Das dreimalige Aufgebot von der Kanzel hatte keine Einsprüche ergeben. Adelheid erschien in einem wallenden, weißen Brautkleid in der Stiftskirche. Sie trug einen Jungfernkranz aus Myrten auf dem Kopf, der jeden Zweifel an ihrer Jungfräulichkeit wegwischte. Anschließend gab es ein rauschendes Fest im ‚Goldenen Hirsch'. Meister Lang ließ sich nicht lumpen.

Zur Überraschung von Markus hatte Phillip ein Geschenk für ihn parat: eine ‚weiße Göttin', wie er sagte. Phillip hatte die Meerschaumpfeife mit dem kunstvoll geschnitzten Mädchenkopf damals auf dem Jahrmarkt gekauft. Er war sich sicher gewesen, dafür einen besonderen Anlass zu finden.

In feuchtfröhlicher Runde nahm Meister Lang seinen Gesellen Phillip zur Seite.

„Horch emol, Phillip. Jetzt, wo die Hochzeit verbrieft ist, ist für dich die Zeit gekommen, mein Haus zu verlassen. Die Hochzeiter brauchen deine Kammer. Das verstehst du doch? Hast du schon das Bürgergeld bezahlt?"

Phillip bestätigte.

„Sehr gut. Übermorgen wird dir die Meisterwürde erteilt. Ich habe mit der Zunft vereinbart, dass du bei dieser Gelegenheit fünfzig Gulden in die Zunftlade zahlst. Dann bekommst du offiziell die Erlaubnis, eine eigene Zimmerei zu führen. Hast du dich schon nach einer Bleibe umgesehen?"

„Der Zuckerbäcker hat uns eine kleine Wohnung am Schuhmarkt überlassen. Da kann ich schon einziehen, allerdings ohne meine Jeanne. Kann ich denn bis zur Hochzeit bei Euch arbeiten oder werft Ihr mich hinaus?"

„Wo denkst du hin, es gibt Arbeit genug. Bis Markus seinen Meister gemacht hat, wirst du meine Stelle einnehmen. Dann kann ich kürzertreten. Mein Herz macht mir zu schaffen."

19

Mit dem Stadthauptmann Bogner ging es alsbald rapide bergab. Seine Frau Maria Elisabeth erwischte ihn eines Abends, als sie von einer Reise nach Koblenz etwas früher als erwartet heimkehrte, wie er sich ungestüm mit der einfältigen Magd auf der ehelichen Schlafstatt vergnügte. Nicht der geile Bocksprung erzürnte sie – auch sie hatte ihrem Mann bereits Hörner aufgesetzt –, sondern allein die Unverschämtheit, das Ehebett zu beschmutzen. Auf der Stelle warf sie das Flittchen aus dem Haus und den Gatten aus ihrem Schlafgemach. Sie wandte sich vollends von ihm ab und ließ sogar das Türschloss am Haus in der Barfüßerstraße austauschen. Bogner musste sich eine neue Bleibe suchen. Der Scharfrichter und Bader Krauss half ihm aus der Patsche und bot ihm Logis an. Ihm unterstanden die Hübschlerinnen in der Rosengasse. Und so verbrachte Bogner die Nächte bei den Huren. Alle vierzehn Tage leistete er sich ein Bad in der Stuffa. Krauss bot sich an, sein Unterkleid waschen zu lassen. Alles natürlich gegen Bezahlung. Man sah es ihm an, dass er zunehmend seine Hygiene vernachlässigte, und er verbreitete einen widerwärtigen Gestank, den er mit Branntwein zu überdecken suchte.

Aber es sollte noch schlimmer kommen. Die geschwängerte Magd forderte Unterhalt. Doch Bogner lehnte barsch ab, drohte ihr sogar. Sie solle den Bastard wegmachen lassen. Er nannte ihr eine alte Hebamme im Westerwald, die kenne sich damit aus, wisse die richtige Mixtur für solche Fälle anzumischen. Das sei zwar sehr kostspielig, aber er sei bereit, das zu übernehmen. Mehr aber nicht. Die Magd ging darauf nicht ein. Wusste sie doch, dass so manche junge Frau die schmerzhafte Tortur nicht überlebt hatte und nie mehr gesehen wurde. Schließlich verklagte sie ihn. Schultheiß Weinbrunn ermahnte Bogner, freiwillig zu zahlen. Andernfalls werde er mit einem gerichtlichen

Zahlungsbefehl rechnen müssen. Er malte ihm die fatalen Konsequenzen aus, die er zu erwarten habe: Er werde sein Amt verlieren. So zahlte Bogner zähneknirschend. Seine Ersparnisse waren nahezu aufgebraucht, denn die Nächte in der Rosengasse verschlangen viel Geld. Er wusste, dass in Wiesbaden anno 1771 eine Spielbank eröffnet hatte. Einmal im Monat versuchte er nun dort sein Glück im Hazardspiel „Vingt-un". Das stürzte ihn in noch tiefere pekuniäre Nöte. Von den Pachteinkünften seiner Frau sah er keinen Heller. Sein Sold ging für die Dirnen, den Branntwein, das Glücksspiel und für die Unterhaltszahlungen drauf. Bald führte er sein Amt missmutiger, unbeherrschter und brutaler denn je. Niemand war vor seiner üblen Laune sicher.

Von diesem Zeitpunkt an war der ‚Puddelhauptmann', wie er – nach Jauche stinkend – hinter vorgehaltener Hand genannt wurde, in der Stadt verschrien und verhasst. Die Kinder riefen ihm schadenfroh nach: „Puddel, Puddel, Puddel, der Hauptmann liegt im Suddel."

In seinem unbändigen Zorn ging er mit allzu harter Hand nun noch gnaden- und rücksichtsloser gegen die Bettelplage vor. Bogner sendete Häscher aus, um die Kinder aufzuspüren und einzufangen. Er rekrutierte seine Helfer unter den ausgemusterten Soldaten, den Gassenfegern, Straßenpflasterern und den zahlreichen Erwerbslosen. Allen versprach er ein Kopfgeld. Die mehrmals erwischten Kinder erwarteten drakonische Strafen, sogar Auspeitschen und das Einbrennen von Brandzeichen am Körper. Zudem wurden die Kinder herangezogen, den Unrat zu beseitigen, die Abtritte zu säubern oder sie wurden kurzerhand aus der Stadt hinausgejagt.

Bogner übertrieb. Er machte sich Feinde. Und so kam es, wie es kommen musste: Als er in einer dunklen Nacht bei strömendem Regen aus dem ‚Goldenen Hirsch' torkelte, wurde er von vermummten Gestalten arg verprügelt. Das hatte eine blutige Nase und Rippenbrüche zur Folge, die ihm kaum Luft zum Atmen ließen. Seine Uniform samt Dreispitz war ramponiert.

Seine Bitte an den Stadtrat, ihm eine neue Uniform zu zahlen, wurde mit Hinweis auf die schmale Stadtkasse abgelehnt. Sein Sold müsse ausreichen, sich selbst neue Kleidung schneidern zu lassen. Doch dazu fehlte ihm das nötige Geld. So ließ er seinen lädierten Rock von einer geschickten Hübschlerin notdürftig zusammenflicken. Bald nannte man ihn den ‚lumpigen Puddelhauptmann'. Er gab wahrlich eine traurige Figur ab. Eine Schande für die Stadt.

Als Bogner eines Abend wie gewohnt am Stammtisch im ‚Goldenen Hirsch' Platz nahm, rückten seine Kollegen von ihm ab, nicht nur wegen seiner üblen Körperausdünstungen und seines zerschlissenen Aufzuges. Wenn er seinen Mund mit den gelben Zahnstümpfen aufmachte, quoll ein Schwall aus faulem Atem und Alkoholdunst heraus.

„Bogner, was ist mit dir? Läufst herum wie ein Blaggebajaß in einer zerschlissenen Uniform. Die Leute zerreißen sich schadenfroh die Mäuler über dich", wies ihn Verhoffen zurecht.

„Mich schert es nicht. Ihr kennt meine missliche Lage. Die geschwängerte Magd verlangt Unterhalt von mir. Mein Weib hat mich aus der Wohnung geworfen. Dann hat man mich feige zusammengeschlagen."

„Und jetzt lässt du die Sau raus und machst auf die armen Kinder Jagd. Die sind wahrlich nicht schuld an deiner Misere. So macht man sich keine Freunde."

„Hat die Bettelplage nicht nachgelassen?"

„Bogner, du schießt mit Kanonen auf Spatzen."

„Mag sein, aber der Stadtrat ist zufrieden."

„Wer weiß, wie lange. Noch sollst du eine Respektsperson abgeben. Aber schau dich doch an. Du säufst, hurst und läufst herum, wie ein abgebrannter, versoffener, verlotterter Landsknecht. Mein Gott, reiß dich zusammen!", ermahnte ihn der Wachtmeister Rompelsheim.

„Ihr habt gut schwätze. Von meinem Sold kann ich mir keine Wohnung und keine neue Uniform leisten. Verhoffen, kannst du mir nicht vielleicht noch einmal aus der Verlegenheit helfen?“

„Mit Geld? Wo denkst du hin. Wie willst du deine Schulden je zurückzahlen? Frag den Schutzjuden Abraham Jakob. Vielleicht hat der ein Einsehen.“ In seinem Gedächtnis hallte nach, dass Bogner ihn einst als Hosenscheißer bezeichnet hatte. Und nun kam er angekrochen und winselte um Hilfe. Da war er bei ihm gerade an den Richtigen geraten!

„Ei, beim Itzig war ich schon. Der pocht auf Sicherheiten. Ich habe ihm eine Wiese auf dem Kiesel angeboten, die ich mal vom Bürgermeister Stephani gekauft habe. Aber der Mauschel hat abgewunken. Der halbe Morgen Land lasse sich nicht zu barer Münze machen. Braucht einer von euch das Land?“

„Der seifige Brühl am Kiesel? Der eignet sich höchstens als Schafsweide. Warst du beim Kauf besoffen? Wie konntest du dir das Land nur aufschwatzen lassen? Was bist du nur für ein einfältiger Dormel!“, ereiferte sich Verhoffen. Peng, das hatte gesessen. Nun waren sie quitt.

Ihre Becher waren leer. Cordonnier brachte Nachschub, allerdings nicht für Bogner.

„Cordonnier, Ihr habt mich vergessen!“

„Vergessen? Ihr habt vergessen, Eure Rechnungen zu bezahlen. Ihr steht bei mir in der Kreide, dass es auf keine Kuhhaut mehr geht. Ihr wollt auf meine Kosten saufen. Damit ist jetzt Schluss. Bezahlt, dann kriegt Ihr auch noch etwas.“

Stadtwachtmeister Rompelsheim wies den Wirt an, ihm auf seine Kosten ein Bier zu bringen und fügte an Bogner gewandt hinzu:

„Übrigens habe ich gestern den Oberamtmann getroffen. Er hat gefragt, was mit dir los ist. Du fällst in der Stadt unangenehm auf. Er sprach von Beschwerden, die ihm zugetragen worden seien, und nannte dich einen Zossel. Der Hüter von Gesetz und Ordnung sei von den Halunken nicht mehr zu unterscheiden. Er meinte, dann müsse eben der Stadtrat mir wieder das Wachkommando übertragen. Bogner, deine Tage als Hauptmann sind gezählt, wenn du dich nicht berappelst.“

„Der Dummschwätzer! Was weiß der aufgeblasene Forzknote denn, was in der Stadt los ist. Der macht sich nur wichtig. Aber glaubt mir, bei dem stinkt es genau wie bei euch, wenn er einen Bumbes lässt", grunzte er, griff zum Becher, trank ihn in einem Zug leer, rülpste unflätig und machte sich von dannen.

Sie hatten ihm ins Gewissen geredet, aber nicht geholfen. Aus Angst, seinen Ruf komplett zu ruinieren und schließlich auch noch die Hauptmannsstelle zu verlieren, gab er eine neue Uniform in Auftrag. In der zerschlissenen konnte er keinesfalls die Fronleichnamsprozession anführen. Das Geld würde er schon aufbringen. Und tatsächlich fand er bald eine neue Art, sich die Mittel zu beschaffen ...

20

Die Schwangerschaft von Adelheid war nicht mehr zu verheimlichen. Meister Lang schickte seine Tochter zu seiner jüngeren, mit einem Nagelschmied verheirateten Schwester nach Mengerskirchen. Dort sei sie keinem unangenehmen Tratsch ausgesetzt. Dort könne sie ihr Kind zur Welt bringen und vor allem dem Sendschöffen aus dem Wege gehen. Adelheid wurde von ihrer Muhme sorgsam behütet. Sie dankte es ihr, indem sie bei der Küchenarbeit zur Hand ging, so wie sie es bei ihrer Schwieger gelernt hatte.

Markus verkraftete die Trennung von seiner Angetrauten durchaus. Konnte er doch ohne lästiges Keifen seiner Frau immer wieder nach Kreuch ausweichen. Er sehnte sich nach dem elterlichen Hof. Da hatte er Platz genug; da wurde er von seiner Mutter umsorgt; da konnte er frei atmen. Das quirlige Gedränge in den engen Gassen der Stadt war ihm zuwider. Er verabscheute den bestialischen Gestank aus dem Stadtgraben, der Abtritte, der Gerbereien, der Seifer, der rußenden Schornsteine. Er vermisste die Natur, die Weite der Äcker, die freie Sicht zum Horizont. Das vertraute Zusammensein mit Adelheid hatte er sich anders vorgestellt. Inniger und aufregender. Die ehelichen Pflichten sollten doch sinnlich sein und ihn seine Triebe ausleben lassen. Doch Adelheid verweigerte sich ihm mit dem Hinweis auf ihre Schwangerschaft. So war es nicht verwunderlich, dass er sich in die Arbeit stürzte.

Sein Meisterstück hatte er immer noch nicht vollendet. In der täglichen Arbeit mit Phillip erkannte er, dass dieser ihm fachlich weit überlegen war. Phillip hatte nun das Sagen in der Zimmerei. Meister Lang hatte sich krankheitsbedingt mehr und mehr vom Geschäft zurückgezogen. Markus musste sich Phillip fügen. Das wurmte ihn, war er doch zum künftigen Meister bestimmt. Darunter litt auch die Freundschaft der Zimmermänner. Markus verdächtigte Phillip, ihn bei seinem Meisterstück nicht ehrlich zu unterstützen, um selbst möglichst lange den Betrieb führen zu können. Phillip gab sich auch gereizt, schrie die Gesellen an, verlangte zu viel. Die Zimmerleute meinten, ihm sei der Meisterbrief zu Kopf gestiegen. Er spiele nun den gestrengen Maschores. Sein Verhalten gründete jedoch in seiner Ungeduld, endlich seine eigene Werkstatt führen und das Eheglück mit Johanna genießen zu können. Er lebte allein in der kleinen Wohnung am Schuhmarkt. Zum Frühstück erschien er in der Zuckerbäckerei und wurde von seiner Johanna liebevoll versorgt. Die Abende waren jedoch trist und einsam. Der Saft seiner Lenden stieg in ihm hoch wie schwarze Galle. Johanna vermied es, bei ihm zu nächtigen, aus Angst, sie könne das gleiche Schicksal wie Adelheid erleiden. Phillip zeigte ihr zwar Kondome aus Tierdarm, die er besorgt hatte. Zudem sollten eingeführte Zitronenscheiben vor ungewollter Schwangerschaft schützen. Aber Johanna wies ihn schmunzelnd ab. Er möge sich gedulden. Sie wolle ihre Jungfräulichkeit bis zur Hochzeitsnacht bewahren. Sie hielt sich an die mahnenden Worte des Dechanten Dornuff beim Brautexamen, das Phillip wahrlich nicht behagt hatte. Dornuff war Phillips französische Abstammung suspekt. Immer wieder hatte er nach seiner Gesinnung, nach der religiösen Einstellung seiner Eltern gefragt. Phillip hatte sich mehr wie bei einem Verhör als bei der Vorbereitung seiner Hochzeit gefühlt. Sein Zorn erreichte den Höhepunkt, als Dornuff andeutete, man müsse eigentlich das Aufgebot auch in seiner Heimatstadt in der Champagne von der Kanzel verkünden. Bei Gesellen, die über eine lange Zeit auf der Walz waren, komme es immer wieder vor, dass Einsprüche erhoben würden, weil es doch Eheversprechen gegeben hätte. Phillip konnte nicht wissen, dass Pater Bernhard im Vorfeld ein vertrauliches Gespräch mit dem Dechanten geführt hatte. Der Pater verdächtigte ihn, ein Gegner der Kirche zu sein. Schließlich hatte Dornuff aber der bittenden Johanna zuliebe, ohne weitere Zweifel zu äußern, dem Aufgebot zugestimmt und sie hatten sich auf einen

Hochzeitstermin im Heumonat geeinigt. Alles war besprochen, als Dornuff eine höchst brisante Frage an sie richtete:

„Man munkelt, die Adelheid sei in guter Hoffnung? Stimmt das?"

Johanna sah Phillip erschrocken an. Sie konnte doch den Dechant nicht belügen. Gereizt antwortete Phillip, das sei ausschließlich eine Angelegenheit von Markus, nicht seine. Er werde dazu nichts sagen. Dornuff sah in dieser ausweichenden Antwort eine Bestätigung seiner Vermutung.

Drei Wochen später läutete die Totenglocke. Meister Lang war verstorben. Der Medicus stellte einen plötzlichen Schlagfluss fest. Lang hatte bei guter Vernunft das Zeitliche gesegnet und sein Erbe aufgeteilt. Markus war die Zimmerei zugedacht, aber erst nach der Meisterprüfung. Das Trauerhaus glich nun einem Taubenschlag. Freunde, Bekannte und Würdenträger nahmen drei Tage lang am Totenbett Abschied. Markus und Phillip hielten die Totenwache. Der Alkohol löste ihre Zungen.

„Ei, bei der Beerdigung muss doch Adelheid anwesend sein. Wenn sie fehlt, muss man mit wildem Klatsch rechnen. Verdammt, dann wird die Schwangerschaft auffliegen."

„*Mon ami*, ihr könnt die Schwangerschaft nicht totschweigen. Oder soll Adelheid lange fernbleiben und plötzlich mit einem Wurm zurückkommen?"

„Aber der Dechant wird uns die Hölle heiß machen."

„Meinst du denn, der wittert nicht schon eure Sünde? Er hat uns beim Brautexamen auf euch angesprochen. Er ahnt etwas. *Non*, ich habe ihm nichts gesagt. Aber ich gebe dir den Rat, noch vor der Beerdigung zu beichten. Dann bist du *sorti d'affaire*, aus dem Schneider."

Zwei Tage vor der Beerdigung reiste Markus nach Mengerskirchen, um seine Adelheid zu holen. Inzwischen war auch der Studiosus Johann aus Marburg eingetroffen, während der Husar Michael nicht zu erreichen war. Die letzte Post hatten die Eltern vor sieben Monaten erhalten. Ob er noch lebte? Markus überredete Adelheid, noch vor der Bestattung zur Beichte zu gehen. Als sie mit blassen Gesichtern den Beichtstuhl verließen, sah man ihnen die Erleichterung an. Dechant Dornuff tadelte sie zwar wegen des ‚stupri simplicis', erteilte ihnen jedoch die Absolution. Dann legte er ihnen eine Buße auf, die einen Katalog von Gebeten umfasste, zusätzlich die Aufforderung, der Kirche ein Votivgemälde zu stiften und innerhalb der nächsten drei Jahre eine Wallfahrt zu unternehmen. Markus schimpfte lautstark über die vielfältigen Bußauflagen, die seien doch übertrieben für eine simple Lüge. Aber er fügte sich. Der Dechant hatte aus dem Eintrag des Kirchenregisters der Hochzeiten ein Wort durchgestrichen: ‚jungfräulich' ...

21

Am Fronleichnamstag zu Johannis waren die Gläubigen schon sehr früh auf den Beinen. Es war ein sonniger, trockener Tag. Der Himmel wolkenlos, wie geschaffen für das große Spektakel. Die Limburger machten sich früh am Morgen auf den Weg zur Dietkirchener Sankt-Lubentius-Kirche. Aus dem Westerwald strömten die Menschen mit Kind und Kegel in Scharen herbei. Alle hatten sich in feinste Sonntagskleider oder in farbenprächtige Trachten gehüllt. Nach dem Gottesdienst setzte sich die Fronleichnamsprozession auf der Hanegasse oberhalb der Lahn langsam in Richtung Limburg in Bewegung. Vorneweg ritt der Stadthauptmann in seiner neuen Uniform. Sie war zwar noch nicht bezahlt, aber das störte Bogner nicht im Geringsten. Zumindest hatte sich das üble Geschwätz um seine Person gelegt. Hinter ihm marschierte eine Abordnung der Landmiliz, angeführt von acht Oberoffizieren in kaiserlichen Diensten. Es folgten zahlreiche Fahnenträger mit den Stadtwappen. Hinter dem ein Holzkreuz tragenden Ministranten und zwei kräftig räuchernden Thuriferaren folgte, angeführt von Meister Galmano, die berittene Krämerzunft. Danach reihten sich die anderen Zünfte ein. Sie führten ihre Fahnen und Standarten mit sich. Der Zeremoniar wies die erste Gruppe von Gläubigen an, sich anzuschließen. Ein Kirchenchor kündigte die Abteilung der Kleriker an. Den Georgsstab der Stiftskirche trug der Stabler Hans Peter Stephanie. Das Stableramt galt als prestigeträchtiges Ehrenamt und war heftig umworben, obwohl es mit großer körperlicher Anstrengung verbunden war, denn der Georgsstab war recht schwer. Es folgten die Blumen streuenden Schul- und Erstkommunionkinder. Die Franziskaner bestanden auf diesem Brauch nach dem Motto ‚Die Armen, die Gott liebt, streuen Blumen, über die Gott wie über einen Teppich schreitet'. Etwa in der Mitte des Zuges eröffnete die große Schar der Ceroferare den langen Zug der Subdiakone, Diakone und Priester. Dechant Dornuff schritt im Schatten des Baldachins und hielt schwitzend das Sanctissimum in die Höhe. Den Tragehimmel trugen vier in Schwarz gekleidete Honoratioren der Stadt. Auch dieses Ehrenamt blieb angesehenen Familien vorbehalten und wurde sogar vererbt. Zwölf Weihrauch schwingende und schellende Ministranten begleiteten die Monstranz mit dem Allerheiligsten, die der Dechant Dornuff mit den Zipfeln seines goldenen Brokatumhangs in die Höhe hielt. Dem Himmel folgten sogleich die Mönche und Nonnen. Eine Blasmusikkapelle führte den zweiten Zug der Gläubigen an. In ihrer Mitte wurde die ungewöhnliche Darstellung der Heiligen Kümmernis mitgeführt: eine bärtige Frau, die in einem prunkvollen Kleid ans Kreuz genagelt war.

Auf halber Strecke kam der Prozessionszug an einem Evangelienaltar zum Stehen. Dechant Dornuff setzte die Monstranz ab. Das Tragen des Allerheiligsten war wohl zu anstrengend. Die Arme des alten Dechanten ermüdeten. Er brauchte eine Pause und hörte einem Vikar zu, der aus dem Markusevangelium vorlas. Danach erteilte er den Segen. Mit dem Prozessionsruf „Lasset uns ziehen in Frieden, im Namen Christi. Amen" setzte sich der Zug wieder in Bewegung. Jetzt trug der Stadtpfarrer das Allerheiligste.

Als der lange Zug die Koblenzer Vorstadt erreichte, reihten sich die von den Zunftgesellen vorbereiteten Wagen mit figürlichen Szenen ein. Unter dem Abschießen von Salven bog die Prozession zum Brückentor ab. Die Wachen salutierten beim Erscheinen des Allerheiligsten. Die Stadt hatte sich festlich herausgeputzt. In den Eingängen und Fenstern der Häuser hingen bunte Fahnen und Girlanden. Der Weg durch die Stadt war mit frisch geschnittenen Birkenbäumchen eingesäumt. Auf dem Basaltpflaster waren kunstvolle Blumenteppiche ausgebreitet, dazwischen frisches Gras gestreut.

Die Prozession stoppte, als sich das erste Pferdefuhrwerk mit dem Paradiesbild gleich hinter der Musikkapelle einfädelte. Es musste den zweiten Halt am Schuhmarkt abwarten. Das Te Deum laudamus hallte über die Lahn. Nach einer Weile erreichte der erste Wagen mit dem ersten lebenden Bild den Halteplatz. Die Gesellen hatten einen Apfelbaum auf der Ladefläche aufgerichtet, an dessen Stamm sich eine künstliche Schlange hinaufschlängelte und sich in Kopfhöhe zur Eva neigte. Die Jungfer mit blonder Lockenpracht, schamhaft in ein Schafsfell gewickelt, erhob ihren Arm, um einen roten Apfel zu pflücken. Adam, ein junger Bursche der Wollweberzunft, ebenfalls in ein Fell gewickelt, gab ihr mit abweisender Handbewegung zu verstehen, sie solle das unterlassen. Doch Eva nahm mit verklärtem Ausdruck den Apfel, biss hinein und reichte dem Adam verführerisch einen anderen. Sogleich erschien der in ein rotes Gewand gekleidete Cherub, zückte sein großes Flammenschwert und wies sie aus dem Paradies. Weinend und jammervoll klagend winselten Adam und Eva um Gnade. Doch der Engel erhob drohend sein loderndes Schwert. Das Volk bekreuzigte sich und klatschte ergriffen in die Hände.

Schwitzende Männer schulterten bildliche Darstellungen aus dem Alten und Neuen Testament, vor allem aus dem Leben Jesu. In gebührlichem Abstand erreichte der zweite Wagen ‚Jesus mit dem Kreuz' inmitten der singenden Gläubigen den Schuhmarkt. Phillip hatte sich für dieses Schauspiel ein besonderes Spektakel ausgedacht. Er selbst trug das große Holzkreuz. Es schien viel zu schwer für ihn zu sein. Von der Dornenkrone auf seinem Haupt rann Blut über das Gesicht und das weiße, knöchellange und halb zerfetzte Hemd. Vor dem Mitleid erregenden Jesus fuchtelte ein römischer Legionär mit seiner Lederpeitsche herum. Vier weitere Römer standen zur Sicherheit neben dem Kreuz, so es vom Wagen fallen sollte. Ein kalter Schauer lief den Zuschauern über den Rücken.

„Ist denn hier kein kräftiger Mann, der dem König der Juden das Kreuz abnehmen will?", schrie der die Peitsche schwingende Römer in die Menge. Dann sprang er vom Wagen, fasste einen groß gewachsenen, kräftigen Burschen am Arm und zerrte ihn auf den Wagen. Die vier Legionäre hielten einen Moment das Kreuz. Jesus fiel zu Boden und machte seinem Helfer Platz, der sich nun tapfer den Kreuzbalken über die Schulter legte. Aber er vermochte die schwere Last nicht zu tragen. Er sank zu Boden. Die Zuschauer erschraken. Sofort griffen die Legionäre zu und nahmen ihm das erdrückende Gewicht wieder ab. Mit hochrotem Kopf sprang der Bursche vom Wagen und verschwand in der Menge. Jesus erhob sich und schulterte mit leidendem Ausdruck das mächtige Kreuz. Jetzt waren die Leute nicht mehr zu halten. Beifall brandete auf. Der Mann musste über übernatürliche Kräfte verfügen! Phillip war in ihren Augen ein Held. Er zeigte überdeutlich, welche Mühen und Qualen sich Jesus aufgeladen hatte, um die Menschheit zu erlösen. Sie konnten nicht wissen, dass die Soldaten den langen Kreuzbalken in eine Führung geschoben hatten, die das schwere Holzkreuz in schräger Lage fixierte. Phillip hatte also keine Last auf seinen Schultern. Sobald aber ein Helfer auf den Wagen sprang, schoben sie den Balken aus der Führung. Der arme Bursche hatte das volle Gewicht aufnehmen müssen.

Das Leiden Christi wurde von einer Frauengruppe ergänzt. Sie trugen die ‚Jungfrauen-Sodalität', ein geschmücktes Bild der ‚Schmerzhaften Muttergottes' mit ihrem toten Sohn auf dem Schoß.

Auf dem dritten Schauwagen ‚Die Hölle' stand ein großer Holzbottich. Vier junge Weiber in klatschnassen Unterkleidern schauten mit qualvollen Gesichtern und erbärmlich schreiend vom Bottichrand in die Menge. Mit wilden Gesten forderten sie die verlegen dreinschauenden jungen Männer in der vordersten Reihe der Schaulustigen auf: „Holt uns hier raus! Helft uns!" Unter dem Zuber loderte eine Flamme und entwickelte einen gewaltigen, weißen Rauch. Das Feuer schürte ein in ein rotes, eng anliegendes Trikot gekleideter, Furcht erregender Mann. Auch sein Gesicht war rot geschminkt. Die spitzen Hörner in seiner wilden Mähne und der Pferdefuß wiesen ihn als Teufel aus. Es stank höllisch nach Schwefel. Die wild klagenden Weiber erhoben sich zur Freude der Gaffer abwechselnd. Das Volk jubelte, wenn sich dabei ihre hüpfenden Brüste im nassen Hemd abzeichneten. Oder wenn eine Verdammte den Rand des Bottichs übersteigen und fliehen wollte. Dann war Luzifer mit seinem Dreizack sofort zur Stelle und stieß sie in das scheinbar kochende Wasser zurück. Ein dreister Bursche sprang auf den Wagen und wollte sich zu den Weibern in den Bottich stürzen. Doch Satan bedrohte ihn mit seiner Höllengabel derart wütend, dass er es vorzog, wieder zu verschwinden. Das Publikum kreischte vor Begeisterung und klatschte Beifall. Die Kinder krallten sich ängstlich in die Schürzen ihrer Mütter. Die Burschen verfolgten den Wagen, um sich das Spektakel noch einmal anzusehen. Die Ordnungshüter in der Menge rührten sich nicht und sahen belustigt den sich immer dreister zeigenden Weibern zu.

Alles lief planmäßig ab, bis hierher. Doch dann überstürzten sich die Ereignisse. Kaum hatte der letzte Schauwagen die enge Kurve zum Walderdorff'schen Hof hin genommen, machte eine Gruppe auf sich aufmerksam. Sie folgte direkt dem Höllenwagen. Zuerst konnte man sich keinen Reim auf die Männer machen. Die meisten waren in lumpige Bauernkleider gehüllt, nur einige zeigten sich in farbenprächtiger Hoftracht. Urplötzlich stellten sich die Bauern zu einem Chor zusammen und sangen ein wohl einstudiertes Lied mit einer Melodie, die sofort in die Ohren ging:

Wer bist du, Fürst, dass ohne Scheu
zerrollen mich dein Wagenrad,
zerschlagen darf dein Ross?

Wer bist du, Fürst, dass in mein Fleisch
dein Freund, dein Jagdhund, ungebleut
darf Klau' und Rachen hau'n?

Du Fürst hast nicht bei Egg' und Pflug,
hast nicht den Erntetag durchschwitzt.
Mein, mein ist Fleiß und Brot!

Ha! Du wärst Obrigkeit von Gott?
Gott spendet Segen aus; du raubst!
Du nicht von Gott, Tyrann!

Noch bevor die erschrockenen, ungläubig dreinschauenden Menschen die Hände zum Klatschen erhoben, zogen die Bauern Knüppel hervor und bedrohten die prunkvoll Gekleideten. Erst jetzt entdeckte man unter ihnen einen als Fürst und einen als Bischof verkleideten Schausteller. Die höfische Gesellschaft rannte nun in Panik dem Höllenwagen hinterher. Die Botschaft war eindeutig: Die nach Freiheit lechzenden Bauern jagten die Obrigkeit zum Teufel!

Die arglosen Ordnungshüter schauten dem Treiben zu, ohne die dreiste Provokation zu erkennen. Niemand wies sie an, einzuschreiten. Dann ertönte von irgendwoher ein Kommando. Ungestüm drängten sich die Wachleute in der Menschenmenge nach vorn. Aber man versperrte ihnen den Weg. Diese Zeit nutzte die Gruppe, sich geschwind aus dem Staub zu machen und in der Masse der Schaulustigen unterzutauchen. Der Spuk war vorüber.

Inzwischen hatte das Allerheiligste die letzte Gebetsstation an der Sebastianskirche erreicht. Die Schauwagen der Gesellen scherten am Rossmarkt aus und fuhren auf der Böhmergasse davon. Stadthauptmann Bogner galoppierte ungestüm an ihnen vorbei. Danach zog die Prozession zur Stiftskirche hinauf. Dechant Dornuff spendete der Gemeinde den Wettersegen.

22

Der unerhörte Vorfall erregte die Gemüter des Stadtrats. Sowohl Stadthauptmann Bogner als auch Stadtwachtmeister Rompelsheim gerieten arg in Bedrängnis.

„Haben Eure Wachmänner geschlafen? Warum haben sie den dreisten Auftritt nicht sofort unterbunden? Eine Schande für die Stadt! Bogner, Ihr habt Eure Mannschaft nicht im Griff!“, ereiferte sich der Bürgermeister Burckhard. „Nicht auszudenken, was Seine Gnaden, der ehrwürdige Erzbischof und Kurfürst, zu dieser Insolenz sagen wird. Der Oberamtmann wird toben.“

Bogner und Rompelsheim schwiegen. Jede Verteidigung war sinnlos. Ihre Leute hatten tatsächlich versagt. Wohl auch deshalb, weil die größte Truppe auf den Kornmarkt beordert worden war. Dort hatten sich die meisten Schaulustigen eingefunden. Die von Bogner unverzüglich eingeleitete Suchaktion verlief im Sande. Er hatte die Stadttore sofort schließen lassen. Aber die unverfrorene Gruppe hatte sich wohl im Gewühl der abziehenden Besucher aus dem Staub gemacht.

„Bogner, Ihr müsst die verdammten Aufrührer aufspüren. Ich mache Euch dafür verantwortlich. Wir dulden keine rebellischen Geister in unserer Stadt.“

Genau darauf hatte Bogner gewartet. Jetzt sah er seine Stunde gekommen, seinen teuflischen Plan durchzusetzen.

„Gebt mir mehr Leute, Bürgermeister!“

„Ich höre wohl nicht recht. Ihr verfügt über neunzig Männer.“

„Meine Miliz kann ich für diese Aufgabe nicht einsetzen. Ich kann keine Uniformierten aussenden, um Hinweise zu beschaffen. Ennaa, meine Landser haben weiß Gott andere Pflichten.“

„Woran denkt Ihr dann?“

„Ei, ich brauche Kundschafter. Leute in Zivil. Sie dürfen nicht auffallen und müssen sich unerkannt und diskret umhören. Nur so kommen wir den Aufwieglern auf die Schliche."

„Einverstanden. Nehmt Euch, was Ihr braucht. Und wie stellt Ihr Euch die Entlohnung vor?"

„So wie ich die Späher nach den Bettelkindern bezahle. Mit Kopfgeld. Genehmigt mir eine Kasse, die ich dafür einsetzen kann."

„Und Ihr wollt sicher darüber nach Eurem Gutdünken verfügen, nicht wahr? Vergesst es! Die Stadtkasse ist leer."

„Wollt Ihr die Aufrührer dingfest machen oder nicht?"

„Lasst uns allein, Bogner. Der Stadtrat muss sich beraten."

„Gut, bedenkt aber, ohne Geld ist nichts zu machen. Und verschont mich mit einem kleinlichen Nachweis, wie ich die Gelder einsetze. Sollte ein Informant letztlich keinen verwertbaren Hinweis geben, muss er natürlich auch entschädigt werden. Entweder Ihr vertraut mir, oder ich stehe nicht zur Verfügung."

„Rompelsheim, könnt Ihr den Auftrag übernehmen?"

„Mit Eurer Erlaubnis, nein. Die Leute zu bespitzeln, ist ein schmutziges Geschäft. Bei aller Liebe, das ist mit mir nicht zu machen. Seid froh, wenn sich Bogner darauf einlässt."

Es wurde eine lange Sitzung des Stadtrates. Zuerst schienen die Bedenkenträger die Oberhand zu behaupten. Der Bogner habe Schulden; um seine Ökonomie sei es übel bestellt; ihm sei nicht zu trauen. Doch allmählich setzte sich die Meinung durch, nur der verwegene und unerschrockene Haudegen käme für eine solch heikle Aufgabe in Betracht. Man müsse in den sauren Apfel beißen und Geld dafür auftreiben. Nur so könne man den Oberamtmann beschwichtigen. Bogner hatte erreicht, was er wollte: eine Geheimtruppe unter seinem Kommando und dazu noch mit dem nötigen Geld ausgestattet. Damit avancierte er zum gefürchtetsten und meistgehassten Amtsträger der Stadt ...

Sein erster Weg führte ihn zum Franziskanerkloster. Die klösterliche Mittagspause war soeben beendet, als er darum nachsuchte, Pater Bernhard sprechen zu dürfen.

„Unerhört, was sich während der Prozession zugetragen hat!“, fuhr ihn der Mönch an. „Mein Bericht an den erlauchtesten Erzbischof wird nicht ohne Folgen bleiben. Habe ich Euch nicht immer wieder eindringlich aufgefordert, mir mögliche Aufwiegler zu nennen? Müssen wir erst jetzt erkennen, dass sich subversive Elemente in der Stadt herumtreiben? Wo habt Ihr nur Eure Augen und Ohren? Merkt Ihr nicht, was sich in der Stadt abspielt?“

„Ehrwürdiger Vater, bisher hatte ich keinen Grund, an der Redlichkeit der Limburger zu zweifeln. Aber jetzt habe ich das Instrumentarium, mit aller Macht dagegen vorzugehen.“

„Was meint Ihr?“

„Ich werde mit offizieller Genehmigung Spitzel einsetzen, die mir die nötigen Informationen beschaffen.“

„Wenigstens ein Lichtblick. Ich gebe Euch noch einen Rat: Sucht die Aufwiegler nicht unter den Bauern. Die sind zu feige und dumm dazu. Habt stattdessen die Gebildeten im Visier, die sich mit Hilfe von Schriften und Büchern von den aufklärerischen Gedanken anstecken lassen. Was ist zum Beispiel mit dem Franzosen, den Ihr mir einmal genannt habt?“

„Der Granschau hat jetzt seinen Meistertitel. Er will eine eigene Zimmerei aufmachen und heiraten.“

„Ich weiß sehr wohl Bescheid. Habt Ihr seine Gesinnung überprüft?“

„Ei, dazu fehlte mir ein triftiger Anlass.“

„Soso, Ihr habt keinen triftigen Anlass. Wenn Ihr ihn Euch nicht vornehmt, findet Ihr auch keinen Anlass. Wenn Ihr schon eine solche Spezialtruppe einsetzt, solltet Ihr auch spezielle Maßnahmen ergreifen.“

Als Bogner das Kloster verließ, machte sich ein flaues Gefühl in seinem Magen breit. Er hatte die Geister, die er rief, unterschätzt. Die Spitzelei galt als die schändlichste und verwerflichste Tätigkeit überhaupt. Eine Sünde an den Mitbürgern. Doch seine Zweifel verflogen im Nu, als er an den Geldtopf dachte.

Seine Frau Maria Elisabeth hatte ihn aus der gemeinsamen Wohnung verbannt, sie wollte sich von ihm trennen. Wahrscheinlich suchte sie deshalb immer häufiger einen Advokaten in Koblenz auf. Das Interesse an seiner Frau hatte er verloren, nicht jedoch an deren Einkünften. So beeilte er sich, die Pachtzinsen frühzeitig einzufordern, die eigentlich seiner Maria Elisabeth zustanden. Bisher hatte sie sich nicht beklagt. Wahrscheinlich hegte sie noch keinen Argwohn. Jetzt, da er über eine gefüllte Kasse verfügte, zahlte Bogner sofort einen Teil seiner Schulden beim Gewandmacher für die neue Uniform, bei der Putzmacherin für den neuen Dreispitz und beim Cordonnier, um weiterhin seinen Abendschoppen genießen zu können. Die Limburger sollten sich nicht die Mäuler über seine Geldnot zerreißen. Der Nachweis der Ausgaben stand in weiter Ferne. Zudem war es in seinen Augen höchst fraglich, ob es überhaupt etwas abzurechnen gäbe.

Seine geheime Mannschaft suchte er sorgsam aus. Zunächst sprach er einen verstoßenen Gesellen der Lederzunft an. Er solle sich im Gesellenbund umtun und vor allem Auskünfte über den Franzosen beschaffen. Er machte auch einen gescheiterten Studiosus aus. Der sollte sich unter den Studenten aus Limburg umhören. Bald schleuste er einige Erwerbslose bei verschiedenen Kaufleuten ein, ohne dass diese einen Argwohn hegten. Zwölf Spitzel lockte er mit dem Versprechen einer großzügigen Entlohnung.

23

Im Haus des Zuckerbäckers fieberte man der bevorstehenden Hochzeit entgegen. Phillip hatte für seine Johanna Brautschuhe und ein edles Hochzeitskleid aus goldfarbenem Seidendamast mit eingestickten Blumenmustern und weißen Spitzen an den Ärmeln und dazu einen Manteau aus kostbarem Lampasgewebe anfertigen lassen. Atemberaubend schön und sündhaft teuer. Mit diesen Geschenken wurde er endgültig als Eidam in die Familie Neukirch aufgenommen. Johanna wollte auch Phillips Familie kennenlernen. Sie sandten einen Brief an Gustave. Er möge doch bitte zur Hochzeit erscheinen, sofern er es einrichten könne. Zusätzlich versprach ihr Phillip eine Reise in die Champagne. Die Hochzeiter schwelgten im siebten Himmel ...

Der Familie Lang dagegen stand ein böses Erwachen bevor. Eines frühen Morgens, als Markus bereits zur Arbeit aufgebrochen war, verlangte der Stadthauptmann Bogner im rüden Befehlston Zutritt zum Haus des verstorbenen Meisters. Sein Spitzel hatte ihm zugetragen, dass der Studiosus Michael Lang sich schon zu früheren Zeiten mit seinem Wissen über die französischen Philosophen gebrüstet habe. Bei ihm würde man sicher aufrührerische Lektüre finden.

„Was wollt Ihr, Hauptmann?“, fragte die hochschwangere Adelheid erschrocken. Sie war allein im Haus. Ihre Mutter war mit der Magd auf dem Kornmarkt einkaufen.

„Ich sehe mich gezwungen, die Räume in Augenschein zu nehmen, macht Platz.“

Er schob Adelheid einfach zur Seite und stürmte ins Haus. Bald hatte er gefunden, wonach er suchte: ein Bücherregal mit philosophischen Schriften und einige Exemplare der neueren Literatur von Goethe, Schiller und Lessing.

„Wem gehören diese Bücher?“

Adelheid verstand kein Wort. Warum sollten die Bücher verboten sein? Man konnte sie doch überall kaufen. Sie erinnerte sich an den Streit, den Michael bei seinem letzten Besuch in Limburg mit dem Vater gehabt hatte. Sollte Michael etwas Unerlaubtes getan haben, was ihn jetzt in Schwierigkeiten bringen konnte? Unentschlossen sah sie zur Tür, aber ihre Mutter war noch nicht zu sehen.

„Was ist mit den Büchern? Warum wollt Ihr wissen, wem sie gehören?"

„Habt Ihr denn nicht von dem unverschämten Auftritt bei der Prozession gehört? Ich suche nach den Rädelsführern."

„Aber doch nicht bei uns. Mein Bruder Michael hat sich bei den Husaren verdingt. Johann studiert in Marburg. Beide waren zur Prozession nicht in Limburg."

„Und wem gehören die Bücher? Du kannst doch sicher nicht lesen."

Just in diesem Augenblick spürte sie einen boshaften Stich in ihrem Herzen. Warum kam ihr jetzt Phillip in den Sinn? Insgeheim gestand sie sich ein, dass Phillip die bessere Partie gewesen wäre. Er war gescheiter, schöner, mutiger als ihr ruppiger Markus. Kurzum ein Mann, wie sie sich ihren Gatten ausgemalt hatte. Aber der hatte sie einfach sitzen lassen. Sie hasste ihn. Wenn gescheiterte Liebe in Hass umschlägt, verfehlen die Pfeile Amors das Herz. Sie bohren sich tief in die Seele, schmerzhaft und den Wunsch nach Rache aufstachelnd. In der verletzten Seele setzt sich der Teufel fest, hinterlistig, perfide und niederträchtig. Eine boshafte innere Stimme sagte ihr, jetzt sei die Zeit gekommen, Phillip einen Denkzettel zu verpassen.

„Der Geselle Phillip hat einmal bei uns gewohnt. Dem gehören die Bücher. Er hat nur einige mitgenommen. Ihr könnt ihn am Schuhmarkt finden."

„Sieh an, der verdammte Granschau. Verflucht, der wird was erleben!"

Adelheid erschrak. Nein, schaden wollte sie ihm nicht. Aber ihre Worte konnte sie nicht mehr zurückziehen. In diesem Augenblick schleppte ihre Mutter einen schweren Korb mit Gemüse herein.

„Was ist hier los, Hauptmann?"

„Ich konfisziere Eure Bücher. Sie enthalten aufrührerisches Gedankengut."

„Ihr seid wohl nicht bei Sinnen. Was fällt Euch ein, in mein Haus zu dringen? Die Bücher bleiben hier! Und Ihr verschwindet auf der Stelle. Oder soll ich den Wachtmeister Rompelsheim rufen?"

„Ich warne Euch, Fachedel. Macht kein Gedeens. Oder muss ich Gewalt anwenden?"

„Ihr wollt mir drohen? Ich lasse mich nicht von einem lumpigen Hauptmann einschüchtern. Macht Euch fort."

Mit solcher Gegenwehr hatte Bogner nicht gerechnet. Witwe Lang schob ihn unsanft zur Tür hinaus.

Erneut wurde er mit der Nase auf diesen vermaledeiten Granschau gestoßen! Pater Bernhard hatte ihn speziell auf den Franzosen hingewiesen. Wusste er mehr? War der Zimmermann die treibende Kraft im Gesellenbund? Hatte er die infamen Burschen aufgewiegelt?

Am Nachmittag traf er sich mit dem verstoßenen Ledergesellen am Lahnufer unterhalb der Stiftskirche. Sie folgten dem Steiger, dem Fußweg zur Obermühle. Dort waren sie ungestört.

„Also, was weißt du über den Granschau?"

„Ei, unter den Gesellen wird geschwätzt, der hat sich die Meisterstelle erkauft. Er soll fuffzisch Gulden in die Zunftlade gezahlt haben. Dafür hat er die Genehmigung bekommen, eine eigene Werkstatt aufzumachen. Dabei weiß doch jeder, dass es genügend Zimmermeister in der Stadt gibt."

„Du meinst, das ging nicht redlich zu mit dem Granschau?"

„Enjoo."

„Hat er das Sagen im Gesellenbund?"

„Ennaa, aber was der sagt, wird gemacht."

„Hat Granschau etwas mit dem Schmählied auf der Prozession zu tun?"

„Ei, weiß nicht. Aber er war für die Schauwagen verantwortlich."

„Gute Arbeit, mein Lieber. Bring mir noch einen Zeugen, der bereit ist, vor Gericht gegen Granschau auszusagen. Oder willst du das machen? Ich lasse auch einen zusätzlichen Gulden springen."

„Nur einen?"

Es war schon später Abend, als es heftig am Hauseingang polterte. Phillip hatte sich schon zu Bett begeben. Barfuß, mit einer Kerze in der Hand und nur mit dem Unterkleid bekleidet, öffnete er schlaftrunken die Tür. Er traute seinen Augen nicht. Da stand der verhasste Stadthauptmann mit zwei grimmig dreinschauenden Landsknechten.

„Granschau, ich muss Eure Wohnung inspizieren!"

„*Capitaine*, was habt Ihr vor? Jetzt, in der Nacht? Bei mir gibt es nichts zu holen."

„Das wird sich zeigen. Macht Platz!"

Zielstrebig stapfte er ins Wohnzimmer und dort auf ein Bord mit Büchern zu.

„Hab ich es mir doch gedacht. Ein Haufen französischer Schund ... Sogar von diesem Russau ... Und hier, was ist das? Kant?"

„*Et alors*? Ist es verboten, diese Schriften zu lesen?"

„Wenn es nur beim Lesen bleibt, ist nichts dagegen einzuwenden. Aber wenn Ihr diese ruchlosen Thesen verbreitet, dann wiegelt Ihr auf."

„Ihr redet *des conneries*, Unsinn. Ihr wollt mir wieder etwas anhängen. *Vous partirez d'ici, de gré ou de force*, verschwindet, sonst mach ich Euch Beine!" Phillip baute sich drohend vor ihm auf. Bogner zog den Degen. Ein Blick auf die kampfbereiten Landser reichte: Phillip sah ein, dass es ist klüger sei, sich der Übermacht beugen.

„Machen wir es kurz. Schafft ihn in den Turm. Die Bücher sind beschlagnahmt."

24

Am nächsten Morgen wunderte sich Johanna, dass ihr Liebster nicht zum gewohnten Frühstück erschien. Als er zum Mittagessen noch immer nicht auftauchte, suchte sie bei Markus Rat. Angst packte beide. War ihm etwas zugestoßen? War er krank? Er wird doch nicht davongezogen sein? Oder steckte der lumpige Puddelhauptmann dahinter? Sie wandten sich an den Schultheiß Weinbrunn.

„Ich kann Euch sagen, wo er steckt", antwortete der mit finsterer Miene. „Der Hauptmann hat ihn in den Katzenturm werfen lassen."

Entsetzt rissen sie die Augen auf.

„Um Himmels willen, warum?"

„Genau kann ich es Euch nicht sagen. Bogner bereitet die Anklage gegen ihn vor. Wir müssen die Schrift abwarten."

„Aber wir wollen doch in zwei Wochen heiraten!", schluchzte Johanna.

„Da kennt Ihr den Hauptmann aber schlecht. Das ist ihm völlig egal. Mit Bitten könnt Ihr bei ihm nichts erreichen. Mitleid ist für ihn ein Fremdwort. Jetzt bleibt nur abzuwarten, welche Anschuldigung er vorträgt."

In panischer Angst liefen sie die Löhrgasse hinunter zum Stadtgefängnis.

„Was geht dort vor?", wunderte sich Markus, als sie am Lahnufer ankamen. Die Knechte hoben gerade einen fast leblosen Körper von einem Karren und stießen ihn in den Karzer.

„War das der Grandjeau?", fragte Johanna.

„Nein, der bekommt jetzt Gesellschaft."

„Wer ist der andere Mann, den Ihr ins Loch gesteckt habt?"

„Keine Ahnung, wir folgen nur den Befehlen."

„Kann ich meinem Verlobten Essen bringen?"

„Ach, jetzt erkenne ich Euch. Ihr habt dem Franzosen schon einmal einen Korb gebracht. Dem scheint es hier wohl zu gefallen. Aber keine Sorge, so schnell verhungert bei uns keiner.“

Dicke Tränen liefen über Johannas Gesicht. Sollte ihr Glück mit einem Schlag zerronnen sein? Was hatte Phillip angestellt, dass er im Kerker landete? Hatte er wieder die Schießübungen versäumt? Phillip hatte sich doch vom Militärdienst loskaufen wollen. Hatte er es verschwitzt? Sie zitterte, sah ihre Hochzeit schon in weite Ferne rücken und schluchzte herzzerreißend.

„Aber einen Korb darf ich ihm doch bringen, bitte.“

„Ich habe Euch doch gesagt ...“

Ehe er den Satz zu Ende gesprochen hatte, zog Markus den Landsknecht zur Seite, tuschelte mit ihm und gab ihm ein Geldstück.

Im dunklen Loch konnte Phillip seinen Mithäftling nicht erkennen. Er sprach den bewegungslos am Boden Liegenden an, vernahm aber nur ein leises Röcheln. Er kroch näher und fühle dessen heiße, nasse Stirn.

„Mein Gott, was ist mit dir? Wache, holt einen Arzt!“ Sein Rufen verhallte, ohne eine Antwort zu erhalten. Dann zog er sein Schnäuztuch aus dem Säckel und tupfte das schweißnasse Gesicht ab. Der Mann schien hohes Fieber zu haben. Immer wieder sprach er auf ihn ein. Aber der regte sich kaum und rang keuchend nach Luft. Aus seinen Kleidern stieg ein widerlicher, muffiger Geruch, der den ekligen Gestank der Zelle noch übertraf.

„Wache, ich brauche Wasser. Hört mich denn niemand? Der Mann ist schwer krank!“

So laut er auch schrie, die Antwort blieb aus. Nun beugte er sich dicht mit seinem Sacktuch vor der Nase über das Antlitz des Häftlings und sah die geschlossenen Augen. Das bärtige, mit Flecken übersäte, zerfurchte Gesicht konnte nur zu einem alten, maladen Mann gehören. Der Kerl stirbt hier noch, dachte er voller Schrecken. Oder ist er gar schon tot? Entschlossen knöpfte er das zerlumpte Wams auf, legte sein Ohr auf die schmächtige Brust und glaubte, das Herz noch schwach schlagen zu hören. Wütend schlug er nun mit beiden Fäusten an die Eichentür und schrie um Hilfe. Vergebens.

Inzwischen suchte Bogner mit einem Landsknecht den Pater Bernhard auf, dem der überraschende Besuch sichtlich unangenehm war. Schnell zog er den Hauptmann in eine stille Ecke des Klostergartens.

„Was wollt Ihr? Was habt Ihr da im Sack?“

„Pater, ich habe beim Franzosen verdächtige Bücher gefunden. Der Knecht hat sie mitgebracht. Bitte schaut einmal hinein. Ich kann kein Französisch.“

„Und warum sollte ich das tun?“

„Ich habe sie dem Granschau abgenommen. Er ist jetzt im Katzenturm festgesetzt. Wenn ich ihn vor das Gericht bringen will, muss die Anklage hieb- und stichfest sein. Ihr müsst mir helfen. Ich muss wissen, was in den Büchern steht.“

Pater Bernhard nahm ein Buch nach dem anderen in die Hand und sah nur kurz hinein. Es schien, als ob er deren Inhalte kannte. Dann beschied er mit ernster Miene:

„Die Werke sind voller freiheitlicher Gedanken und unterschwelliger Anklage gegen die Obrigkeit und den Klerus.“

„Ei, hab ich mir's doch gedacht. Der Franzose ist ein Aufrührer.“

„Vorsicht, Bogner. Der Besitz der Bücher ist nicht strafbar. Jeder kann sie kaufen.“

„Mag ja sein. Aber irgendeiner muss doch diese unverschämte Gruppe während der Prozession aufgewiegelt haben. Ihr habt selbst gesagt, dass der Granschau verdächtig ist. Wir müssen ihn aus dem Verkehr ziehen.“

„Um Himmels willen, was habt Ihr vor?“

Bogner schickte den Knecht mit dem Sack voller Bücher barsch weg. Er solle ihn zum Schultheiß bringen, das sei ein Corpus Delicti.

„Der Granschau hat sich seinen Meister erkauft. Ein klarer Verstoß gegen die Zunftregeln. Dafür bringe ich ihn vor das Gericht. Ihr selbst habt mir empfohlen, spezielle Maßnahmen zu ergreifen. Der Granschau wird künftig keinen Ärger mehr machen, darauf habt Ihr mein Wort."

In der Nacht hatte Phillip kein Auge zumachen können. Immer wieder sah er nach seinem Zellengenossen; immer wieder trocknete er seine Stirn; immer wieder hörte er nach Herztönen und prüfte das schwache Atmen. Der Mann lag im Sterben, daran gab es keinen Zweifel. Ein kalter Schauer lief seinen Rücken hinunter. Er spürte körperlich, dass der Gevatter Tod sich zu ihnen gesellt hatte, erbarmungslos und endgültig. Fröstelnd lehnte er sich an die nasskalte steinerne Mauer und nickte schließlich ein. Ein keuchender Aufschrei riss ihn aus dem Dämmerschlaf. War das das letzte Aufbäumen gegen den Tod, die finale Resignation? Nein, mit dem Tod wollte er nicht in Berührung kommen und er kauerte sich ängstlich zusammen. Ein Schatten huschte vorbei. Der leibhaftige Gevatter Tod in der Zelle? Angestrengt suchten seine Augen den Kerker ab. Auf dem leblosen Leib entdeckte er eine fette Ratte! Aus welchem verdammten Loch war die wohl herausgekrochen? Hatte sie den Tod gerochen?

Gegen Morgen fiel er ermattet in den Schlaf. Als die Knechte die Tür öffneten und eine dünne Wassersuppe mit steinhartem Brot in die Zelle schoben, fiel ein Sonnenstrahl in das dunkle Loch. Verstört schaute sich Phillip um. Neben ihm lag ein mit Eiterbeulen übersäter, lebloser Körper. Wütend beschwerte er sich, dass die Knechte sein lautes Rufen ignoriert hatten. Unbeirrt zogen die Wachen den Toten mit den Beinen voran aus dem Rattenloch und verriegelten wortlos die schwere Eichentür.

Just zu dieser Zeit eilte Johanna mit einem Korb in der Hand zum Turm. Sie sah, wie die Wachen einen leblosen Körper auf den Karren hievten. Angsterfüllt rannte sie auf den Karzer zu und schrie schon von Weitem:

„Was ist los? Allmächtiger Gott! Ist das Phillip?“

„Beruhigt Euch, der andere Häftling ist gestorben.“

„Mein Gott, wie sieht der nur aus? Was ist mit ihm?“

„Haltet Euch fern. Der Tote hatte Pocken.“

„Und dann habt Ihr ihn zu meinem Verlobten gelegt? Seid Ihr verrückt?“ In panischer Angst schrie sie nach ihrem Phillip.

„Wir haben nur unsere Pflicht getan. Lasst meinetwegen den Korb hier und verschwindet lieber, bevor Euch der Hauptmann erwischt.“

Johannas Sorge um ihren Phillip stieg ins Unermessliche. Sie malte sich aus, wie er sich angesteckt hatte; wie er bald im Siechenhaus landen würde; wie sie schließlich an seinem Grab weinen würde. Die Familie Neukirch grübelte entsetzt darüber, wer für eine so infame Tat infrage kommen könne und warum? Der schreckliche Verdacht fiel eindeutig auf den hundsgemeinen Hauptmann. Wollte er sich an Phillip rächen? Für den Schlag mit dem Balken? Unter welchem Vorwand hatte er ihn in den Turm gelegt? Am Abend brachte Markus etwas Licht in die mysteriöse Geschichte. Bogner sei gestern bei Adelheid erschienen und habe angeblich nach den Aufwieglern gesucht, welche die Obrigkeit während der Prozession zum Teufel gejagt hatten. Er sei auf der Suche nach verfänglichen Schriften gewesen und habe sich auch nach Phillip erkundigt. Wahrscheinlich sei er in Phillips Wohnung fündig geworden. Als Markus von dem pockenkranken Mithäftling hörte, rief er empört:

„De Dreckbagge; de Krebbel! Das hat der absichtlich gemacht! Ersäufen sollte ich den Bloosoarsch im Suddel. Dem Säudäufel wünsche ich det Laad em Sack ... Pocken sagst du? Jetzt ist Eile geboten, Phillip braucht dringend Hilfe! Vielleicht kann ihn der Doktor noch retten.“

25

Doktor Kilian hatte gottlob noch zu später Abendstunde in seinem abgewetzten Hausmantel aus tannengrünem Samt über dem Unterkleid mit einer Kerze in der Hand die Tür geöffnet. Er führte Markus und Johanna in die Bibliothek. Dann zündete er mit einem Kieferspan den Docht einer Öllampe an und bat die Besucher, auf den gepolsterten englischen Stühlen Platz zu nehmen. In stoischer Ruhe ließ er die angsterfüllte Johanna in aller Ausführlichkeit berichten, was sich zugetragen hatte. Lächelnd versuchte er, sie zu beruhigen. Johanna empfand seine gelassene Reaktion als unangebracht. Es wäre besser, er kümmere sich sofort um Phillip, anstatt Zeit zu verlieren.

„Mein liebes Kind. Was du erzählst, ist abenteuerlich, kaum zu glauben. Ein perfider Akt von Selbstjustiz ... falls es stimmt."

„Die Wachen haben bestätigt, dass der Tote Pocken hatte. Die Eitergeschwüre, die Johanna gesehen hat, sprechen auch dafür. Könnt Ihr meinen Freund noch retten?", fragte Markus erregt.

„Ihr sprecht von dem Zimmermann, der in den Diensten von Meister Lang stand? Gott habe den Meister selig."

„Ja, vom Zimmermann Phillip Grandjeau."

Jetzt schenkte sich der Medicus ein Glas Rotwein ein, trank bedächtig und strapazierte damit die Geduld von Johanna und Markus aufs Äußerste. Die englische Stutzuhr auf der Kommode tickte aufdringlich. Und doch schien die Zeit stehen geblieben zu sein.

„Könnt Ihr meinem Verlobten helfen oder nicht?"

„Bewahrt Contenance, meine Liebe."

Wieder griff er schmunzelnd zum Glas.

„Doktor Kilian, bitte spannt uns nicht auf die Folter."

„Ich habe den Gesellen schon einmal behandelt. Das muss wohl vor zwei Jahren gewesen sein. Da hatte er sich bei einem

Leyendecker mit Pocken angesteckt. Ich habe ihn nach den neuen medizinischen Methoden okuliert. Eine Neuansteckung mit Pocken ist somit ausgeschlossen."

Sie hörten die Worte zwar, verstanden jedoch nicht. Es dauerte eine Zeit lang, bis sie den entscheidenden Satz begriffen. Johanna stürmte auf Doktor Kilian zu und umarmte ihn.

„Ist das wahr? Phillip kann sich nicht mehr anstecken?"

„So ist es, mein Kind. Macht Euch also seinetwegen keine Sorgen. Aber bitte schweigt über die Impfung. Die Pfaffen verfluchen das Okulieren. Sie meinen, der Teufel habe seine Hand im Spiel. Ich muss den Gesellen aus dem Kerker holen. Das Loch ist kontaminiert und stellt eine Gefahr für die Knechte und für andere Häftlinge dar."

„Ihr könnt ihn aus dem Gefängnis befreien?"

„Langsam, langsam. Ich kann ihn höchstens in einen anderen Turm verlegen lassen. Das Weitere hat der Schultheiß zu entscheiden."

Die Mitternachtsglocke der Stiftskirche schlug. Kilian schickte die beiden nach Hause. Den Rest würde er persönlich veranlassen. Johanna fiel ein Stein vom Herzen. Wie dicht liegen doch Angst und Freude, Verzweiflung und Euphorie beisammen. Wie schnell kann eine schier hoffnungslose Lage in Glückseligkeit umschlagen. Ohne die Hilfe des Arztes hatte sie ihren Phillip schon im Siechenhaus, ja auf dem Sterbelager gewähnt. Und nun war er gerettet! Oder etwa doch nicht? Konnte sie Kilians Aussage vertrauen? Letzte Gewissheit würde sie erst in einigen Tagen erhalten ...

Im frühmorgendlichen Dunst des folgenden Tages eilte Doktor Kilian zum Schultheiß. Weinbrunn vermochte zunächst nicht zu glauben, was Kilian ihm zu Gehör brachte. Gemeinsam suchten sie den Katzenturm auf. Die Wachen bestätigten den Verdacht. Milizknechte hätten auf Befehl von Bogner einen Pockenkranken angeschleppt. Den sollten sie zu dem Inhaftierten legen. Man hatte sie gewarnt, ihn nicht mit bloßen Händen zu berühren. Phillip wurde auf Weisung des Schultheißen sofort in den Huttig, den Sündenturm, geführt. Zum Glück nicht durch die Stadt, sondern den Steiger am Lahnufer entlang zur Obermühle. Auf diesem Weg begegneten sie zur frühen Morgenstunde keiner menschlichen Seele. Der Katzenturm wurde versiegelt und das Hospital aufgefordert, den Kerker fachmännisch auszuräuchern. Später befahl Weinbrunn, außer sich vor Wut, den Hauptmann Bogner unverzüglich zu sich.

„Hauptmann, mir ist zu Ohren gekommen, dass dem Häftling Grandjeau ein Pockenkranker zugewiesen wurde. Habt Ihr das zu verantworten?"

„Ei, ich weiß nicht, wovon Ihr sprecht."

„Habt Ihr gestern einen weiteren Gefangenen in den Katzenturm beordert?"

„Enjoo. Das Hospital schickte einen Boten zu mir, weil dort ein Kranker randalierte. Ich habe die Knechte angewiesen, ihn in den Kerker zu werfen."

„Habt Ihr Euch den Mann angesehen?"

„Wozu? Wenn einer die Ordnung stört, wird er festgesetzt."

„Ihr wart bei der Inhaftierung nicht dabei?"

„Weswegen? Der Fall war klar. Die Knechte sollten ihn abholen."

„Und wie kommt dann ein sterbender Pockenkranker zum Grandjeau?"

„Hat Euch ein Gaul getreten? Ei, das weiß ich doch nicht. Vielleicht haben die dummen Knechte den Falschen inhaftiert?"

„Ihr schiebt die Schuld Euren einfältigen Leuten in die Schuhe? Was seid Ihr nur für ein feiger Hund. Ihr werdet den Casus aufklären, die Schuldigen bestrafen und mir Bericht erstatten. Sollte der Zimmermann an Pocken sterben, dann gnade Euch Gott. Geht mir aus den Augen!"

Zwei Tage später ließ Hauptmann Bogner zwei seiner Landsknechte über die Klinge springen. Vor versammelter Mannschaft ließ er sie Spießruten laufen. Den Grund für die

Bestrafung nannte er den völlig Überraschten nicht, sie wüssten es selbst. Sie überlebten die barbarische Strafe, weil die Kameraden sie schonten. Hinter vorgehaltener Hand schworen die beiden Rache.

Phillip hatte sich tatsächlich nicht angesteckt. Doktor Kilian besuchte ihn im Sündenturm und überzeugte sich von der Wirkung seiner Impfung. Er schickte einen Boten zum Zuckerbäcker. Johanna solle neue Kleider für Phillip zum Huttig bringen. Den Wachen trug er auf, einen Bottich mit Wasser zu beschaffen. Der Häftling müsse sich gründlich waschen. Als sich die Wächter mit dem Hinweis weigerten, sie nähmen nur vom Hauptmann Befehle entgegen, machte er ihnen dermaßen Angst, sie könnten sich mit Pocken anstecken, dass sie kopflos davonrannten. Erstaunt sah sich Kilian um. In der Wachstube lagen die eisernen Schlüssel zur schweren Eichentür.

Johanna traute ihren Augen nicht, als sie auf den kantigen Sündenturm zuging. Ihr Phillip stand seelenruhig mit dem Medicus plaudernd vor der offenen Kerkertür in der hellen Morgensonne!

„Du bist frei, Liebster? Wie schön!“, stürmte sie auf ihn zu und wollte ihn umarmen. Doktor Kilian hielt sie davon ab.

„Die Wachen haben sich aus dem Staub gemacht. Wir überlegen, was zu tun ist“, meinte Phillip, nachdem er ihr zu verstehen gegeben hatte, es sei besser, jede Berührung zu vermeiden. „Verschwinde ich, wird man mich verfolgen. Bleibe ich aber, erwartet mich ein Prozess.“

„Das können wir später entscheiden, Grandjeau. Ihr geht jetzt zur Lahn, wascht Euch gründlich und zieht die neuen Kleider an. Die alten sind zu vernichten. Ich bleibe hier. Aber ich rate Euch dringend, kehrt auf jeden Fall zum Huttig zurück. Das wird das Gericht gnädig stimmen. Nur wer nichts ausgefressen hat, stellt sich einem Verfahren. Verschwindet Ihr jedoch heimlich, gilt das als Schuldbekenntnis.“

26

Zwei Tage später, in denen dem Verhafteten jegliche Vergünstigung gewährt wurde, führte man Phillip im Rathaus zur Gerichtsverhandlung vor. An dem grün verhängten Tisch saßen der Schultheiß Weinbrunn in roter Robe, daneben die Schöffen alle in Schwarz gekleidet. Am Kopfende hatte der Gerichtsschreiber Knoodt Platz genommen. Vor seinem Platz lagen einige leere Blätter Papier, Faszikeln, ein Stapel Bücher sowie Schreibfedern und Bleistifte. Der Vorsitzende des Schöffengerichtes Weinbrunn forderte mit seiner sonoren Bassstimme den Hauptmann auf, die Anklage vorzutragen.

„Euer Ehren, der Angeklagte Granschau hat sich zweier schwerer Vergehen schuldig gemacht. Ad eins habe ich bei ihm Bücher mit höchst brisantem Inhalt vorgefunden. Sie liegen dem Gericht als Beweisstücke vor. Die Inhalte sind geeignet, freiheitliche Tendenzen und umstürzlerische Ideen zu verbreiten. Sie werden vor allem in Frankreich publiziert und bilden die Saat für die Verbreitung von aufwiegelnden Thesen, wie wir sie in impertinenter Form auf der Fronleichnamsprozession erlebt haben. Es ist unsere Pflicht, solch aufrührerische Ideen im Keim zu ersticken."

„Haltet Euch an die Fakten."

„Ad zwo ist mir glaubhaft versichert worden, dass Granschau seinen Meistertitel erkauft hat. Das stellt einen eindeutigen Verstoß gegen die von der Stadt gebilligten Zunftregeln dar. Ich fordere daher, dem Granschau seinen Meistertitel abzuerkennen, ebenso ihm die Erlaubnis zum Führen einer Zimmerei zu entziehen. Gleichzeitig soll man ihn aus Stadt und Land verbannen."

„Seid Ihr fertig? Ist das alles? Was zu entscheiden ist, könnt Ihr getrost uns überlassen. Zunächst stelle ich fest, dass der Angeklagte freiwillig im Huttig ausgehalten hat, obwohl die Wachen davongelaufen waren. Standen die Wachen unter Eurem Befehl, Bogner? Disziplin scheint nicht gerade die Stärke der Landmiliz zu sein. Grandjeau wollte sich dem Prozess stellen. Das ist nobel und demonstriert seine positive Einstellung zu dem Casus."

Das hatten die Schöffen bisher noch nicht erlebt. Ein Gefangener hatte nicht die Gelegenheit zur Flucht ergriffen? „*À la bonne heure*!", tuschelten sie und nickten dem Angeklagten anerkennend zu. Doktor Kilian hatte recht. Schon hatte er die Schöffen auf seiner Seite. Schultheiß Weinbrunn fuhr fort:

„Also gehen wir *medias in res*. Sehen wir uns erst einmal den zweiten Anklagepunkt an. Habt Ihr für die Behauptung, Grandjeau habe sich die Meisterwürde erkauft, stichfeste Beweise?"

„Nein. Aber es ist mir von einer vertrauenswürdigen Person zugetragen worden. Der Mann ist anwesend. Ihr könnt ihn selbst befragen."

Der verstoßene Geselle der Lederzunft erhob sich und meldete sich zu Wort:

„In der Zimmermannszunft weiß jeder davon. Ei, der Geselle Phillip hat fuffzisch Gulden in die Zunftlade gezahlt."

„Soso. Ihr als unehrlicher Ledergeselle wollt also wissen, was sich in der Zimmermannszunft abspielt? Oder hat Euch jemand zu dieser Aussage gedrängt? Bedenkt, Ihr steht vor Gericht. Hier müsst Ihr bei der Wahrheit bleiben, sonst setzt es eine peinliche Strafe!"

„Ennaa, gesehen habe ich es nicht ... Aber man hat darüber gesprochen."

„Setzt Euch, aber ganz schnell, und haltet Euer vorschnelles Maul. Das Gericht hält sich nicht mit zweifelhaften Gerüchten auf. Zur Sache: Ich habe hier ein Schreiben der Zimmermannszunft vorliegen, unterschrieben von allen Meistern. Darin bestätigen sie, dass der Neubau des Vierungsturms als Grandjeaus Meisterstück anerkannt wurde. Grandjeau gilt in der Zunft als ein hochgeschätzter und fachkundiger Zimmermann. Man wolle ihn auf jeden Fall in Limburg halten. Deshalb habe man ihm einstimmig die Erlaubnis zum Führen einer eigenen Werkstatt erteilt. Es ist üblich, dass sich der neue Meister mit einer Geldgabe in die Zunftlade erkenntlich zeigt. Der Vorwurf einer Bestechung ist absurd und wird mit Nachdruck bestritten. Ich meine, den Anklagepunkt sollten wir fallen lassen."

Alle Schöffen nickten zustimmend. Gerichtsschreiber Knoodt protokollierte eifrig.

„Nun sehen wir uns den ersten Anklagepunkt an. Mir liegen hier Bücher von den Philosophen Rousseau und Kant sowie Schriften von Goethe, Schiller und Lessing und einige französische Journale vor. Bogner, Ihr habt sicher diese Schriften gelesen. Ihr könnt uns sicher genau erklären, woraus Ihr die aufrührerischen Ideen ableitet."

„Euer Ehren, ich muss gestehen, dass ich die Werke nicht gelesen habe. Mein Französisch ist nicht ausreichend."

„Und dennoch behauptet Ihr, die Werke verbreiten aufrührerisches Gedankengut? Sie sollen sogar die Bürger gegen die Obrigkeit aufhetzen?"

„Ja, sogar mit Nachdruck. Ich habe die Bücher dem Pater Bernhard vom Theologischen Institut der Franziskaner vorgelegt. Ich kann ihn gern holen lassen."

„Knoodt, protokolliere Er: Der Stadthauptmann ist wieder auf Aussagen von dritter Seite angewiesen. Er selbst kann die vorgebrachten Anwürfe nicht mit klaren Belegen untermauern. Zum Glück bin ich der französischen Sprache mächtig. Eine Konsultation des Geistlichen erübrigt sich somit. Nehmen wir uns zunächst das Buch von Jean-Jacques Rousseau mit dem Briefroman *Julie ou la Nouvelle Héloïse* vor. Darin wird von einer unerfüllten Liebe zwischen einem ehrbaren, bürgerlichen Burschen und einer adligen Demoiselle berichtet. Eine sehr traurige Geschichte, denn die Liebe scheitert allein ob des Standesunterschieds. Meint der Hauptmann, die Beziehung eines Bürgers zu einer Adligen sei an sich schon anstößig? Oder will er gar für den Jüngling Partei ergreifen? Sagt selbst, Bogner, wie erginge es Euch, wenn Euer Herz für eine Fürstin schlagen würde? Stündet Ihr dann sogleich vor Gericht?"

Die Schöffen lachten aus vollem Herzen. Bogner starrte kreidebleich auf seine dreckigen Fingernägel.

„Sicher, dieser Rousseau hat auch seltsame Gedanken geäußert. Aber es liegt mir nur ein Roman vor, der absolut nicht zu beanstanden ist. Nun zum Immanuel Kant, ein deutscher Philosoph aus Preußen. Soweit ich weiß, sind seine Schriften nicht verboten. Bogner hat das Werk *Allgemeine Naturgeschichte und Theorie des Himmels* konfisziert. Kant bekräftigt darin die These, dass die Erde nicht Mittelpunkt des Universums sein könne. Unser Sonnensystem stelle nur eine kleine Ausgabe der Fixsternsysteme dar. Das ist zwar nicht ganz neu, aber die Kirche nimmt einen anderen Standpunkt ein. Wissen wir somit, was der Angeklagte Grandjeau darüber denkt? Ist allein der Besitz des Buches kirchenfeindlich? Wenn die These aus Sicht der Kirche ketzerisch sein sollte, dann sollte der Heilige Stuhl den Kant zur Rechenschaft ziehen, so wie es einst mit Galileo geschah. Oder die Mönche ersäufen ihn in Rosenkranzperlen. Aber unser Schöffengericht ist da wahrlich nicht zuständig."

Die Schöffen quittierten seine Einschätzung mit hämischem Gelächter und zustimmendem Kopfnicken.

„Die französischen Journale berichten vom Königshof in Versailles. Wenn das stimmt, was dort geschrieben steht, muss ich mich der Kritik über den ausschweifenden, dekadenten Lebensstil am Königshof anschließen. Bei aller Liebe zur Gerechtigkeit, ich kann dem Grandjeau daraus keinen Strick drehen. Die anderen Bücher von den deutschen Schriftstellern werden überall ausgiebig in den Lesestuben besprochen. Anstatt sie zu verteufeln, sollten wir froh über den Aufschwung sein, den unsere Literatur gegenwärtig nimmt. Dann haben wir hier noch das *Allgemeine Churtrierische Intelligenzblatt*. Und da finde ich doch tatsächlich in einer Beilage freiheitliches Gedankengut vor allem von den Freimaurern. Ich frage mich aber, wie kann unser hochlöblicher Kurfürst die Verbreitung dieser Flugschrift zulassen? Wollen wir nun päpstlicher sein als unser ehrwürdiger Trierer Erzbischof? Wollen wir ernsthaft den Angeklagten dafür hinter Schloss und Riegel bringen? Hat er das Freimaurertum öffentlich verbreitet? Sagt, Grandjeau, seid Ihr Mitglied in einer solchen Bruderschaft?"

„*Non*, hohes Gericht. Ich gehöre keiner Loge an. Die Zeitung hat mein Bruder Gustave bei seiner letzten Reise nach Limburg in Koblenz erstanden und mir zum Lesen dagelassen."

„Habt Ihr die Flugschrift anderen zum Studium gegeben?"

„*Non*, hohes Gericht. Gott ist mein Zeuge."

„Also, was hat nun den Meister Grandjeau vor den Kadi gebracht? Nichts als wage Vermutungen! Oder hegt der Hauptmann Rachegedanken gegen ihn, weil er einmal vom Zimmergesellen eins auf seinen Holzschädel bekam?"

Schadenfrohes Gelächter. Der Schultheiß hatte den Hauptmann nach Strich und Faden vorgeführt, ihn lächerlich gemacht. Die Schöffen berieten sich kurz; Weinbrunn sprach das Urteil:

„Der Meister Grandjeau wird vom Verdacht der Aufwiegelung freigesprochen. Er kann den Gerichtssaal als freier Mann verlassen."

Johanna erfasste als Erste die Tragweite des Urteils, rannte ungestüm auf die Anklagebank zu und umarmte ihren Verlobten. Für Phillip war der Prozess jedoch noch nicht beendet. Er richtete sich in seiner vollen Größe auf, erhob die Hand zum Zeichen, er habe noch etwas vorzubringen. Sofort stellte sich gespannte Ruhe ein.

„Hohes Gericht. Erlaubt mir noch einen perfiden Vorfall zur Sprache zu bringen. *Comment, pardon*, wie kann es sein, dass ein sterbender Pockenkranker zu mir in den Arrest gelegt wurde? Sollte ich mich anstecken und zu Tode kommen?"

Die Schöffen sahen ungläubig und gespannt zum Schultheiß.

„Meister, ich kenne den Vorfall. Es handelt sich um ein bedauerliches Versehen. Zeigen sich bei Euch Symptome einer Ansteckung?"

„Bisher noch nicht, Euer Ehren."

„Gut. Da das Versehen von unserem Stadthauptmann zu verantworten ist, bestimme ich hiermit, dass Hauptmann Bogner aus eigener Tasche fünf Reichstaler als Entschädigung an den Meister zahlt. Im Falle einer Erkrankung wird er für die medizinische Versorgung aufkommen. Bogner, das soll Euch als Warnung gelten. Nehmt Eure Aufsichtspflichten in Zukunft gewissenhafter wahr!"

Phillip ging forsch auf den blamierten Bogner zu, baute sich drohend vor ihm auf und reichte ihm stumm ein Sacktuch. Gespannte Ruhe im Gericht.

„Was soll ich damit?", fragte Bogner verblüfft. Er nahm das Tuch in die Hand, breitete es aus und prüfte es sorgfältig.

„Ein Geschenk von mir zur Erinnerung. Damit habe ich dem Pockenkranken den Schweiß von der Stirn gewischt." Dann spuckte er ihm mitten ins Gesicht. Im Saal hätte man eine Mücke husten hören können.

Starr vor Schreck ließ Bogner das Tuch auf den Boden fallen.

27

Der Hochzeitstermin war gerettet. Auf Bitten von Phillip sollte das Fest wieder auf dem Hof vom Bauer Nepomuk stattfinden. Nepomuk war es recht, obwohl es eigentlich nicht nach seinem Sinn war: Auf dem Land heiratete man doch im Herbst, nicht mitten im Jahr. Nach alter Sitte pflanzten die Hochzeiter zehn Apfelbäume. Dies sei ein überlieferter Brauch, meinte Nepomuk. Phillip erklärte lachend seiner Angebeteten, dass sie die zehn Kinder symbolisierten, die sie einmal haben würden. Zum Fest sollten fünfzig Gäste eingeladen werden, nicht mehr, das würde dem Stadtpfarrer nicht gefallen. Für die Feier waren zwei Tage vorgesehen. Dennoch fürchtete man die erhobenen Zeigefinger der Schwarzröcke, welche die Völlerei unter kirchliche Strafen stellten. Nepomuk würde einen Ochsen beisteuern, die Bäuerin Suppe und Gemüse und Neukirch den süßen Nachtisch.

Die Meisterin hatte Phillip gebeten, die Tischtücher für den Hochzeitstisch vom Färber abzuholen. Sie hatte die weißen Tischdecken von der Verlobung nicht mehr sauber bekommen und sie blau einfärben lassen. Beim Angelusläuten erreichte Phillip die Farbmühle an der Lahn gegenüber der Obermühle unterhalb der Georgskirche. Dort stank es abscheulich nach Urin und Fäulnis. Der Färber Heinrich Zimmermann roch penetrant nach Bier. Er trocknete sich seine blauen Arme mit einem Lumpen ab und händigte ihm vier blau gefärbte, sorgfältig zusammengelegte Tuche aus:

„Die sind für den Bauer Nepomuk. Ein Hochzeitsfest, nicht wahr?“

„Ja. Wir feiern bei meinem Schwäher auf dem Hof.“

„Dann seid Ihr der berüchtigte Franzos, der es dem Hauptmann gezeigt hat?“

„Phillip Grandjeau“, stellte er sich vor und reichte ihm die Hand. „Was habe ich zu zahlen?“

„Nehmt es als meinen Beitrag zu Eurer Hochzeit.“

„Sehr großzügig, mein Herr. *Merci bien* auch im Namen meiner Braut. Könnt Ihr mir bei dieser Gelegenheit zeigen, wie Ihr die blaue Farbe macht?“

Wenn sich der Färber schon so großzügig gab, wollte Phillip wenigstens Interesse an seiner Arbeit zeigen. Er konnte sich vorstellen, dass sich nicht viele Besucher an diesen nach Kloake riechenden Ort wagten.

„Wir nehmen frische Waidblätter, zerstampfen und zerreiben sie in der Pulverei. Dann stellen wir den Brei mehrere Tage lang in die Sonne. Ihr werdet es nicht glauben, aber das Geheimnis liegt im Küpen mit Urin. Die Brühe fault, es bilden sich große Maden. Dann wird alles zerdrückt, durch ein Leinentuch gefiltert und an der Luft getrocknet.“

Phillip legte die Stirn in Falten. Hatte er sich verhört?

„Ei, jetzt kraust Ihr awwer die Nase. Mein Großvater pflegte zu sagen: Was die Lohe für die Gerber, ist die Pisse für den Färber!“

Jetzt wusste Phillip, warum am Eingang der Mühle ein Fass Bier stand. Die Färber mussten viel trinken, um die Küpe zu erzeugen. Er wollte sich flugs aus dem Gestank machen. Ekel stieg in ihm hoch, dennoch hielt er durch.

„Aber die Brühe ist doch gelb und nicht blau?“

„Das Färbmittel ist anfangs gelb. Wenn wir das Tuch in die Küpe legen, färbt es sich an der Luft zuerst grün und schließlich blau. Jetzt wisst Ihr, was wir Färber unter ‚blaumachen‘ verstehen.“

„Ich glaube, mir wird übel. *Merci bien, Monsieur* Zimmermann!“

Markus drohte indes daheim Ärger. Seine Schwieger saß am Küchentisch vor den Geschäftsbüchern.

„Markus, ich habe ein ernstes Wort mit dir zu sprechen. Du bist jetzt der Meister im Haus. Deine Pflicht ist es, Geld zu verdienen. In diesem Monat hatten wir magere Einnahmen. So kommen wir nicht über die Runden."

„Ei, das kann nicht sein. Wir haben ausreichend Arbeit. Das muss reichen."

„Mag ja sein. Aber du lennelohmer Käll kümmerst dich weder um die Abrechnungen noch um die Zahlungen. Der Meister, Gott hab' ihn selig, hat sich jeden Abend hingesetzt und die Kosten zusammengestellt. Natürlich kann der Schreibknecht die Rechnungen schreiben. Aber wenn er nicht weiß, welche Arbeiten abzurechnen sind, dann arbeitest du für den Wind. Also setzt dich auf dein Scheßje und mach deine Hausaufgaben."

Genau dagegen hatte er eine starke Abneigung. Zahlen und Rechnen hasste er. Schreibkram war ihm zuwider. Nur auf der Arbeitsstelle war er in seinem Element. Als Kind hatte er zu oft die Schule schwänzen und auf dem Hof arbeiten müssen. Eigentlich hatte er das Lesen, Schreiben und Rechnen erst kurz vor der Gesellenprüfung erlernt. Die Meisterin hatte ja recht. Aber wie sollte er das anstellen? Nie hatte er festgehalten, wie viele Stämme verbraucht, wie viele Klafter Balken und Sparren eingebaut wurden, wie lange er daran gearbeitet hatte.

„So geht es nicht weiter. Hier, nimm das Notizbüchlein, den Gelenkmaßstab und den Stift. Geh hinaus auf die Baustelle und miss nach. Meinetwegen schätzt du auch deine Arbeitszeit. Aber vorsichtig. Wenn die Kunden bemerken, dass wir sie bei der Abrechnung übervorteilen, ist es aus mit weiteren Aufträgen. Und morgen gehst du los und treibst die überfälligen Zahlungen ein."

Die Standpauke hatte gesessen. Phillip hatte sich einst über Adelheid beschwert, sie verlange zu viel von ihm, sie treibe ihn zur Arbeit an. Jetzt erkannte Markus, dass nicht sie die Fachedel war, sondern seine resolute Schwieger.

28

Am Vortag der Hochzeit reiste Phillips Bruder Gustave an. Im Gepäck hatte er eine Kiste des besten Champagners und eine weitere Holzkiste mit seinem Geschenk für die Brautleute. Ein Kärrner mühte sich ab, die schwere Last den gepflasterten, holprigen Fahrweg bis zum Rossmarkt zu ziehen.

„Ich bin überrascht, Phillip. Hast du mir nicht ein anderes Weib vorgestellt? Die Schwester von Johann Lang?" Insgeheim hoffte er, den Studiosus Johann bei der Hochzeit anzutreffen. Seit seinem Besuch in Marburg hatten sie einander Briefe geschrieben. War da etwa mehr als ein gemeinsames wissenschaftliches Interesse?

„Lass uns am Abend bei einer Bouteille Rotwein darüber sprechen. Das ist eine lange Geschichte", vertröstete ihn Phillip.

Gustave wurde im Hause Neukirch überaus herzlich aufgenommen. Er freute sich für seinen Bruder. Das schiere Glück stand ihm und seiner liebreizenden Braut ins Gesicht geschrieben.

„Was gibt es Neues vom französischen Hof?", fragte Johanna.

„Er wird viel geklatscht und getratscht. Dabei ist die Situation in *la France* alles andere als gut. Das Volk leidet Hunger. Das Land steckt in einer tiefen Krise. In Paris hat man bereits die Arbeit niedergelegt. Die Not ist so groß, dass die Menschen lautstark protestieren. Der Zorn richtet sich gegen die protzsüchtige Herrscherfamilie. Während König Louis XVI. ein ausschweifendes Leben führt, hungert das Volk."

„Meint Ihr ernsthaft, die Franzosen stehen vor einem Umsturz?", fragte Neukirch.

„Alle Anzeichen deuten darauf, aber noch ist es nicht so weit."

„*Monsieur*, Ihr wolltet über den höfischen Klatsch berichten. Ich bin so gespannt“, wechselte Johanna das Thema.

„Nun, wie Ihr vielleicht wisst, ist der König mit der österreichischen Erzherzogin Maria Antonia Josepha Johanna verheiratet.“

„Ach, wie schön. Mit einer Johanna!“

„Die Franzosen nennen sie Marie-Antoinette. In den Gazetten wird sie auf einem Sessel liegend dargestellt inmitten von Cremetorten, Obstkuchen und Sahnetörtchen. Ein Höfling pedikürt ihre Füße. Antoinette ist hübsch, frivol und lebensfern. Man sagt ihr Lüsternheit nach und dichtet ihr sinnliche Ausschweifungen und Affären an, sogar lesbische Beziehungen. Das macht sie verhasst. Nun zu dem neuesten Klatsch: Eine Hofdame macht sie auf die Not der Bürger aufmerksam. Das Volk habe kein Brot. Ihre Antwort ist: ‚*Qu'ils mangent de la brioche*‘, also: ‚Dann sollen sie doch Kuchen essen.‘ Das zeigt ihren übersteigerten Hochmut und ihr naives Unverständnis für die Lage der Bürger.“

„Na, wenn dass mal gut geht mit der Antoinette.“

„Jetzt klärt mich bitte noch auf. Wie gestaltet sich der Tag morgen?“

Johanna tat ihm gern den Gefallen:

„Der Hochzeitsmorgen beginnt mit einem Morgentrunk und einer Morgensuppe bei uns hier in der Zuckerbäckerei. Alle sind herzlich willkommen. Man soll aber nicht so viel Alkohol konsumieren, das schickt sich nicht. Mein Vater wird mich kurz vor elf Uhr zusammen mit meinen Verwandten hinauf zur Stiftskirche führen. Phillip folgt getrennt mit seinen Freunden und Euch. Vor dem Priester werden wir unser Eheversprechen wiederholen und uns gegenseitig Liebe, Treue und Gehorsam schwören. Der Zusammensprecher erklärt dann, dass wir auf ewig verbunden sind. Der Priester segnet uns und fügt hinzu: ‚Was Gott zusammenfügt, soll der Mensch nicht scheiden.‘ Nach der Brautmesse ziehen wir alle in einem langen Zug zum Fest nach Kreuch zu meinem Oheim. Wir haben zwei Tage für die Feier geplant.“

„Die Hochzeitsnacht findet also auf dem Hof Eures Oheims statt?“, schmunzelte Gustave.

„Falls mein künftiger Mann eine Morgengabe bereithält, verleben wir die erste gemeinsame Nacht dort“, lachte Johanna.

„Morgengabe?“

„Das ist ein großzügiges Geschenk für meine wirtschaftliche Absicherung. Ich kann allein darüber verfügen.“

Gustave schaute seinen Bruder fragend an. Doch der zuckte nur vielsagend die Schultern.

„Gustave, wir sollten heute noch ein feuchtfröhliches Bad in der Stuffa nehmen. Das ist hier so Brauch als Junggesellenabschied. Meine Freunde warten sicher dort schon auf mich.“

„Gute Idee. Ich bin sowieso von der Reise échauffiert. Wann darf ich euch mein Geschenk überreichen?“

„Hast du es bei dir? Dann nehmen wir es gern sofort entgegen.“

Geschwind schleppte er eine Holzkiste herbei und schlug sie mit großem Geschick auf. Zum Vorschein kam eine prunkvolle Pendule mit zwei weißen Marmorsäulen besetzt, mit vergoldeten Appliken, die Pfeiler krönten Palmetten, auf der Uhr eine Vasenbekrönung.

„Die ist aber schön!“, rief Johanna. „Danke, Gustave. Ich darf dich doch Gustave nennen? Sie wird einen schönen Platz auf unserer Sekretärskommode erhalten.“ Überschäumend vor Freude drückte sie ihm einen Kuss auf die Wange.

„Und den Champagner lasse ich auch gleich hier.“

Die Stuffa hatte Bader Krauss für Phillip und seine Freunde reserviert. Krauss empfing sie mit einem strengen Unterton in seiner Stimme. Sie seien spät dran. Die Gesellschaft sei schon recht beschaskerd. Man trank viel, zu viel. Aber das gehöre einfach dazu, meinte Phillip, als er die vulgäre Zoten singenden Freunde sah. Auf der Schweißbank fragte Phillip seinen Bruder:

„Und wie steht es mit dem Stein des Weisen? Kannst du jetzt aus Quecksilber Gold machen? Oder bist du nicht Mitglied bei den Rosenkreuzern?“

„*Oui, oui.* Aber wenn du glaubst, ich habe mich mit den Alchemisten verbrüdert, liegst du falsch. Wir streben danach, wie wir dauerhaft zufrieden und harmonisch leben können."

„Und, bist du zufrieden?"

„Du wirst es mir nicht glauben, aber die Loge hat mir einen Lebenssinn gegeben. Ich weiß, nach welchem Glück ich strebe."

„Dann vermittelt die Loge so etwas wie eine Anleitung zum moralischen und ausgefüllten Leben?"

„So ungefähr. Und zudem bringt sie mir wertvolle Bekanntschaften. Ich möchte sie nicht mehr missen. Das Geld war gut angelegt. Aber jetzt sage mir, warum du nicht die Schwester von Johann heiratest."

Nach der langen Erklärung seines Bruders meinte Gustave zur Überraschung von Phillip, er wolle nach der Hochzeitsfeier noch einige Tage in Marburg bei Johann verbringen ...

29

Bogners Spitzeldienst meldete ihm immer mehr verdächtige Personen. Eine echte Spur von den Rädelsführern, welche die freche Demonstration bei der Prozession zu verantworten hatten, fehlte aber. Der Hauptmann schloss daraus, dass die Aufwiegler nicht innerhalb der Stadtmauer zu suchen wären. Doch das wollte er dem Stadtrat nicht als Ergebnis seiner Ermittlungen präsentieren, noch nicht. Vielmehr forderte er seine Schnüffler auf, alles Verdächtige zu melden, egal ob schwerwiegend oder nicht. Vor allem auf die fremden Kaufleute hatte er es abgesehen, die mit ihren Fuhrwerken von Coeln nach Franckfurt oder umgekehrt die Stadt passierten. Am Schuhmarkt stellte er sie. Saß nur ein Kutscher auf dem Bock, ließ er ihn ziehen. Hatte jedoch ein edel gekleideter Händler neben ihm Platz genommen, hielt er das Fuhrwerk an und inspizierte es mit gewichtiger Miene.

„Was habt Ihr geladen?", herrschte er den Fuhrmann an.

„Salzheringe."

„Wohin zieht Ihr?"

„Nach Franckfurt."

„Und Ihr seid der Fischhändler?", wandte er sich dann an den Kaufmann. „Ihr habt en gros eingekauft?"

„Hauptmann, was geht Euch das an? Ja, ich habe mich für die bevorstehende Fastenzeit eingedeckt."

Mit strengem Blick umkreiste er das Gespann, schüttelte mit ernstem Blick den Kopf und entschied sodann:

„Die Ladung ist nicht ausreichend gesichert. Die Gassen in Limburg sind eng und winklig. Nicht auszudenken, wenn ein Fass von Eurem Wagen purzelt!"

In den meisten Fällen erübrigte sich jedes weitere Wort.

„Was wollt Ihr? Die engen Gassen liegen schon hinter uns."

„Das tut nichts zur Sache. Die Ladung ist zu beanstanden."

„Verstehe, Hauptmann.“ Der Händler sprang behände vom Bock. „Gehen wir einen Schritt zur Seite? Gebt Ihr Ruhe, wenn ich einen Gulden zahle?“

„Ihr wollt mich bestechen? Das ist eine Unverschämtheit! Dafür kann ich Euch an der Weiterreise hindern und ins Loch stecken.“

„Also gut, einen Reichstaler, Hauptmann. Danach gebt Ihr den Weg frei.“

Bogner steckte das Geld ein und ließ sie mit einer Handbewegung weiterziehen. Die korrupte Masche führte in der Regel zum Erfolg. Wahrscheinlich war es in anderen Städten durchaus gang und gäbe. Warum nicht auch in Limburg?

Eines Tages blies einer seiner eifrigsten Spitzel dem Ochsen ins Horn, im neuen Gasthaus ‚Zum Römischen Kaiser‘ in der Franckfurter Vorstadt am Hammertor sei eine Stube eingerichtet worden, in der man sich dem Glücksspiel hingeben könne. Das wollte Bogner persönlich in Augenschein nehmen. Als er am Abend in die kleine Gaststube eintrat, bot sich ihm ein trauriger Anblick. Der Gasthalter Anton Jann saß allein hinter dem Tresen und schien sich zu langweilen.

„Hauptmann Bogner, welche Ehre. Ein Bier?“

Bogner setzte sich an den Tresen, nickte und wartete ab.

„Erwartet Ihr noch Gäste?“, fragte der nervös dreinschauende Wirt. Ihm war die Anwesenheit des Hauptmanns sichtlich zuwider.

„Nein, gebt mir noch einen Becher!“

„Gut, einen schenke ich noch aus. Dann will ich aber schließen. Meine Frau liegt krank danieder.“

„Eure Frau? Kenne ich sie?“

„Ich habe die Tochter des Strumpfstrickers Johann Simon Rulmann geheiratet.“

„Aber Ihr seid nicht von hier?“

„Nein, ich bin ein Bierbrauer aus Böhmen und habe lange beim Bommersheim geschafft, bis ich mir die Gaststätte leisten konnte. Ich bitte Euch höflichst, zahlt die Zeche, meine Frau wartet auf mich."

Bogner ließ sich nicht beeindrucken. In aller Seelenruhe nippte er an seinem Becher. Jann schaute derweil ungeduldig auf die schmucklose Standuhr. Es war kurz vor acht. In diesem Moment stürmte der Kaufmann Anton Maria Ripamonte aus einem Hinterzimmer und schnauzte den Wirt an:

„Anton, wo bleibt unsere Runde? Wir warten schon ..." Ihm blieb der Satz im Halse stecken, als er den Hauptmann erblickte.

„Ich dachte, Ihr wollt schließen? Eure Frau ist doch krank. Habt Ihr etwa noch Gäste im Hinterzimmer? Lasst mich nachschauen."

Mit bleichen, erschrockenen Gesichtern nahmen sie die uniformierte, massige Gestalt in der Tür wahr. Vor ihnen lagen auf dem Tisch die Spielkarten und daneben Häuflein mit Geldstücken.

„Was geht hier vor?", brüllte Bogner. „Hab ich Euch beim unerlaubten Glücksspiel erwischt?"

Er erkannte den Krämer Trompetta, den Schutzjuden Abraham Jakob und den Bierbrauer Bommersheim. Alles wohlhabende, unbescholtene und ehrenwerte Bürger. Es war schon erstaunlich, dass sich die beiden Händler Trompetta und Ripamonte mit dem Juden an einen Tisch setzten. Lagen doch die acht Limburger Judenfamilien mit den Lederhändlern, den Weinhändlern und den Hutmachern im Streit. Sie machten ihnen zu arge, unerwünschte Konkurrenz. Der Kurfürst hatte den Juden den Handel erlaubt, ihnen sogar spezielle Privilegien zugebilligt, die sie schamlos ausnutzten. Dafür zahlten sie das Neujahrsgeld, eine der zahlreichen Sondersteuern. Auf das einträgliche Geschäft wollte der Keller Leo auf dem Schloss nicht verzichten. Hier beim Glücksspiel war die Konkurrenz vergessen, hier zählte nur das Geld. Und das hatten die Anwesenden reichlich.

„Hauptmann Bogner, nun lasst uns doch den Spaß. Ihr könnt gern mitspielen“, versuchte Trompetta die heikle Situation zu entspannen.

„Wo denkt Ihr hin, ich vertrete das Gesetz. Spielkarten sind das Gebetbuch des Teufels. Das sieht unser ehrwürdiger Erzbischof und Kurfürst gar nicht gern.“

„Der muss ja nicht alles wissen, was in Limburg geschieht. Ei, Bogner, drückt ein Auge zu.“

„Wie stellt Ihr Euch das vor? Ich sehe mich genötigt, einen Rapport zu schreiben. Das Weitere überlasse ich dem Schultheiß.“

Inzwischen war auch Ripamonte mit einer Kanne Bier zurückgekommen. Er setzte sich, als wollte er weiterspielen. Als er sah, wie der breitbeinig vor dem Spieltisch stehende, grimmig dreinschauende Hauptmann seine Pranke auf den Griff seines Degens legte, nahm er ihn freundlich lächelnd am Arm und zog ihn zum Fenster.

„Mein lieber Bogner, das können wir doch unnernander regeln, oder?“

„Wie habe ich das zu verstehen?“

„Bei Euch geht es doch auch nicht immer redlich zu, oder?“

Bogner schnaufte, als wollte er Ripamonte auf der Stelle eine deftige Maulschelle verpassen. Doch der blieb ruhig und blinzelte ihn frech an.

„Dann muss ich wohl deutlicher werden. Der Abraham hat mir erzählt, Ihr habt von den jüdischen Familien Strafgeld gefordert. Sie sollen das Wachtöl für die Beleuchtung der Wachstuben an den Stadttoren nicht rechtzeitig geliefert haben. Einer meiner Händler aus Franckfurt hat mir zugetragen, Ihr schröpft die Fuhrleute am Schuhmarkt bei jeder sich bietenden Gelegenheit. Ihr zahlt doch die Strafgelder in die Stadtkasse?“

„Ich weiß nicht, wovon Ihr schwätzt.“

„Ach, sieh mal an. Habt Ihr das gehört? Bogner leugnet! Er meint, uns für dumm verkaufen zu können. Nun, ich will darüber schweigen. So wie Ihr auch stillhalten werdet.“

„Ihr reitet Euch nur tiefer in die Misere.“

„Trachtet Ihr etwa nicht nach dem Geld? Wir wissen um Eure missliche Lage. Also gut, wir bieten Euch ein Schweigegeld und dann lasst uns in Ruhe. Einverstanden?“ Er hielt ihm drei Reichstaler hin. Bogner schielte auf das Geld, er konnte es gut gebrauchen.

„Sagen wir vier.“

Als der korrupte Bogner den Raum verließ, rief ihm der Bierbrauer Bommersheim wütend nach:

„Schroo aal laadisch Babbsack!“

Am Tresen zitterte Anton Jann um seine Schankerlaubnis. Aber warum kam Bogner allein zurück? Hatte er etwa die Spielrunde nicht aufgelöst? Ängstlich sah er ihn an:

„Noch ein Bier gefällig?“

„Gewiss. Mir hat es die Sprache verschlagen. Wie könnt Ihr es nur wagen, in Eurer Gaststätte das Glücksspiel zu dulden? Ausgerechnet im ‚Römischen Kaiser‘!“

„Hauptmann, versteht doch. Die Kundschaft bleibt aus. Die Leute haben kein Geld. Und hier in der Vorstadt ist Schlag zehn Zapfenstreich, wenn das Hammertor geschlossen wird. Dann bleiben nur noch die Zuspätkommer. Davon kann ich nicht leben.“

„Und dann bessert Ihr Eure Kasse mit dem Glücksspiel auf?“

„Ich selbst spiele ja nicht.“

„Was soll ich nur mit Euch machen?“

„Rührt nicht daran. Dann ist allen geholfen, auch Euch.“

„Womit soll mir geholfen sein?“

„Ich beteilige Euch an meinen Einnahmen. Aber lasst mir mein Gasthaus.“

Am nächsten Morgen wartete bereits ein Theologiestudent in seiner Amtsstube. Der Hauptmann solle sich Schlag elf im Theologischen Institut einfinden. Pater Bernhard erwarte ihn.

Die helle Glocke des Pedells schallte über den Rossmarkt. Schon stürmten die Studenten zur Pause auf den Hof. Bogner hastete an ihnen vorbei in das Auditorium, wie der Raum auf einem Türschild großspurig bezeichnet wurde. Er hatte sich darunter etwas anderes vorgestellt. Das kleine Zimmer – 16 Schuh lang und 16 Schuh breit – erinnerte ihn an seine Schulzeit. Sechs einfache Schulbänke standen in zwei Reihen, in der Ecke ein gusseiserner Ofen. Zwei hohe Fenster ließen das Sonnenlicht herein. Als einziger Schmuck hing ein simples Holzkreuz an der weiß getünchten Wand neben der Tür. Pater Bernhard stand vor dem Katheder, auf dem eine aufgeschlagene Bibel lag. Der danebenliegende Rohrstock passte nicht so ganz ins sakrale Bild. Der Mönch kanzelte lauthals einen Studiosus ab:

„Deine Faulheit stinkt zum Himmel. Heute hast du mir dein Traktat über die Hypostasen wieder nicht abgeliefert. Es ist schon zwei Wochen überfällig. Du strapazierst meine Geduld. Willst du nicht, bist zu dumm oder zu faul? Zur Strafe wirst du heute Nachmittag im Skriptorium die Arbeit nachholen. Meinetwegen können dir meine Brüder helfen. Und wage es nicht, deine letzte Chance zu verspielen. Dann gnade dir Gott!“

Mit hochrotem Kopf eilte der gescholtene Jüngling zur Tür hinaus.

„Bogner, nun zu Euch“, fuhr Pater Bernhard ohne Gruß den Hauptmann an. „Wie lange muss ich noch auf Ergebnisse warten? Erst präsentiert Ihr mir den Franzosen, behauptet sogar, Ihr würdet ihn aus dem Verkehr ziehen. Und nun läuft dieser Mensch fröhlich in der Stadt herum?“

„Ehrwürdiger Vater, was soll ich machen, wenn der Schultheiß ihn laufen lässt? Aber ist jetzt nicht Ruhe in der Stadt? Meine Untersuchung hat ergeben, dass die unverschämten Aufwiegler nicht aus Limburg stammen. Sie müssen von außerhalb gekommen sein und entziehen sich meinem Einfluss.“

„Nach meinen Informationen gärt es gewaltig in Frankreich. Unser hochwohlgeborener Kurfürst ist auf das Höchste besorgt über die unselige Entwicklung. Also haltet Ohren und Augen auf. Jedes auch nur kleinste Anzeichen von aufrührerischer Tendenz habt Ihr vorzubringen. Habt Ihr mich verstanden?“

30

Adelheid hatte einen strammen Sohn zur Welt gebracht. Die glücklichen Eltern nannten ihn Johann Heinrich. Ein Wonneproppen und dem Vater wie aus dem Gesicht geschnitten, wie die Leute mit voller Überzeugung feststellten: „Ein kräftiger Zimmermann!“ Sie sahen dabei auf die auffallend großen Hände und Füße, die das kleine Hennessche von den Eltern geerbt haben musste. Die fürsorgende Mama bemühte sich liebevoll um ihren Sprössling und ging vollends in ihrem Mutterglück auf. Markus hatte sich inzwischen in die ordentliche Arbeit eines Zimmermeisters eingearbeitet, obwohl ihm das Rechnen nach wie vor nicht behagte. Sein Geschäft blühte und seine Schwieger hatte nichts mehr an ihm auszusetzen. Allerdings fand er kaum Zeit, seinem Vater auf dem Hof zu helfen. Das übernahm Phillip. Der hatte sich allmählich an die bäuerliche Arbeit gewöhnt, sehr zur Freude von Bauer Nepomuk. Zum Dank hatte dieser ihm eine Scheune und ein großes Hofstück überlassen, natürlich unter entsprechender Beteiligung am Pachtzins. In Abstimmung mit dem Verpächter Cordonnier nutzte Phillip das Gelände als Holzlager. Ein geschickter Schachzug. Die Zimmerleute hatten sich doch bitter beklagt, dass die fremden Holzhändler ihnen die Butter vom Brot nähmen. Er wollte rechtzeitig umsatteln. Der Holzhandel brachte bald mehr ein, als die Arbeit als Zimmermann, die vorwiegend auf den Höfen der umliegenden Ortschaften anfiel. Mit einem Gesellen teilte er sich die Arbeit, und als sie weiter an Umfang zunahm, leistete er sich zwei Knechte. Johanna freute sich über die Geschäftstüchtigkeit ihres Mannes. Inzwischen war sie im dritten Monat schwanger.

Der Winter kam mit bitterkalten Stürmen und schweren Schneeschauern. Die Lahn war bis zum Grund zugefroren. Auf einer vom Schnee geräumten Fläche liefen die Kinder mit umgeschnallten, klobigen Schlittschuhen auf dem Eis herum. Bald konnten die Uferbäume die Schneelast nicht mehr tragen und stürzten krachend auf die gefrorene Lahn. Die Menschen verkrochen sich in den warmen Stuben. Niemand verließ ohne dringende Not das Haus. Eisblumen zierten malerisch die Fenster der Häuser. Meist waren bis zur halben Höhe wollene Decken an die Scheiben angefroren. Sie sollten die durch die Ritzen ziehende eisige Luft zurückhalten. Man heizte vornehmlich mit Holz. Nur die Reichen konnten sich bituminöse Braunkohle leisten, die vom Kirchspiel Hahn herangekarrt wurde. Aus den gemauerten Schornsteinen quoll Tag und Nacht schwarzer Rauch und setzte sich auf die schneebedeckten Dächer. Im Gegensatz zu den blütenweißen Feldern außerhalb der Mauer gab die Stadt ein düsteres, schmutziges Bild ab.

Die Familien saßen in dicke, wollene Jacken gehüllt beim funzligen Licht der Öllampen am heißen Küchenherd und wärmten sich die Hände an den Bechern mit Kräutertee. Natürlich war die Schule ausgesetzt. Die Kinder freuten sich, von dem Schuldrill, dem ständigen Auswendiglernen und den ungeliebten Hausarbeiten eine Zeit lang verschont zu sein. Mit roten Ohren hockten sie auf den Fußbänkchen und lauschten den Geschichten von edlen Rittern, verstoßenen oder verwunschenen Prinzessinnen und tapferen Prinzen, von herzlosen Eltern, die ihre Kinder aus Not im Wald aussetzen, von Feuer speienden Ungeheuern, vom Räuberhauptmann, der die Reichen um ihr Geld bringt und den Ärmsten zu Brot verhilft. Je grausamer und unheimlicher die Erzählungen ausfielen, desto größer war die Aufmerksamkeit der Kinder, die sich nicht nur der Wärme wegen eng an den Großvater kuschelten. Die Weibsleut spannen derweil fleißig das Werg und den zarten Flachs zu einem langen Faden, den sie auf eine Spule wickelten. Die Spinnräder surrten den ganzen Abend bis in die Nacht. Mit der Drehhaspel wickelten sie die vollen Spulen wieder ab, bis es einen langen Strang ergab. Den brachten sie am nächsten Morgen zu den Leinenwebern, wo die Frauen tagsüber am Webstuhl den Lebensunterhalt für die Familie verdienten. Die Mädchen übten sich derweil fleißig im Sticken: Buchstaben in Linien- und Hochstickerei, Zahlen und Girlanden in Flachstickerei, Lochmustermotive und Bogenkanten in Languettenstickerei. Sie versahen ihre Aussteuerwäsche mit kunstvoll verschnörkelten Monogrammen oder entwarfen gestickte Bibelsprüche, um sie der Mutter zum bevorstehenden Weihnachtsfest als gerahmte Bilder für die ‚gut Stubb' zu schenken. Der Vater würde mit gestrickten Strümpfen bedacht.

Im Stadtrat diskutierte man hitzig darüber, ob der Mauergraben noch seine eigentliche Bestimmung erfülle. Schließlich stellte er im zugefrorenen Zustand kein Hindernis dar. Einige erinnerten an jene schreckliche Nacht im Dreißigjährigen Krieg, in der die Schweden im eisigen Winter über den gefrorenen Graben die dreißig Schuh hohe Stadtmauer erstürmten und die Limburger in Angst und Schrecken versetzt hatten. Zudem platzte die Stadt aus den Nähten. Man müsste an eine Erweiterung über die Mauer hinaus denken. Der Stadtrat wusste genau, was zu tun war. Doch angesichts der leeren Stadtkasse blieb es, wie so oft, nur beim Debattieren.

Alles schien seinen geordneten Gang zu gehen.

A.D. 1783

31

Es war der 6. Hornung anno 1783. Stadthauptmann Bogner war nicht zum Dienst erschienen. Der junge Oberleutnant in kaiserlichen Diensten, Achim von Hirschfeld, wartete noch einen Tag ab. Hirschfeld war ein diensteifriger, aufrechter, ehrgeiziger Soldat, der alle preußischen Tugenden verkörperte. Noch ahnte er nichts Schlimmes. Als Bogner auch am folgenden Tag nicht auftauchte, suchte Hirschfeld dessen Frau in der Barfüßerstraße auf. Ungestüm hämmerte er mit dem gusseisernen Türklopfer gegen die Tür. Niemand öffnete ihm. Schon wollte er sich resignierend abwenden, da sprach ihn eine dick in ihren geflickten Mantel vermummte Nachbarin an. Einen schweren Korb mit Holz schleppend stapfte sie durch den Schnee. Wen er denn suche? Den Bogner? Nein, den habe sie schon lange nicht mehr gesehen. Seine Frau? Gewiss könne sie ihm etwas über die Hauptmannsfrau sagen. Aber er müsse wissen, dass sie kaum das Geld für ein paar Scheit Holz habe. Und dabei sei es so bitterkalt. Hirschfeld verstand und reichte ihr eine Zehnalbusmünze. Die Dillbecker'sche habe es wohl vorgezogen, den Winter woanders zu verbringen. Das Haus stehe seit Wochen leer. Vielleicht solle er die Anne Marie Bognerin befragen, die Schwester des Hauptmanns? Wo sie wohne? Er solle morgen wieder kommen und etwas Geld mitbringen, damit sie sich Feuerung leisten könne. Mit anderen Worten, sie wollte jetzt zwanzig Albus haben. Sie strich dankbar die Münzen ein und wies ihm den Weg zum Rossmarkt.

Die weißhaarige, gebrechliche Frau mit der Spitzenhaube auf dem Kopf erschrak, als der junge Offizier vor ihrer Tür stand.

Kurzsichtig glaubte sie zunächst, ihren Bruder zu sehen. Hirschfeld fragte sofort, ob er den Stadthauptmann bei ihr antreffe.

„Ist was mit meinem Bruder?“

„Er ist seit zwei Tagen nicht im Amt erschienen. Ist er bei Euch? Vielleicht krank?“

„Kommt erst einmal herein, junger Mann ... Ich habe mir gerade einen frischen Kräutertee gebrüht.“

Die Bognerin bat ihn in die winzige Küche. Sie habe nur den Herd zum Heizen, entschuldigte sie sich. Auf den glutroten Eisenringen am Küchenofen dampfte ein Wasserkessel. Hirschfeld legte den Dreispitz, seine Lederhandschuhe sowie Koppel mit Degen ab und quetschte sich hinter den kleinen Küchentisch auf die Bankkiste. Die Bognerin bückte sich mühsam, zog ein Scheit vom Holzstapel neben dem Herd hervor und legte das Feuer nach. Dann stellte sie ihm einen Keramikbecher mit heißem Tee auf den Tisch. Hirschfeld wärmte sich daran die eiskalten Hände.

„Nein. Mein Bruder ist nicht hier ... Er war vor ... wartet mal ... vor vier Tagen kurz bei mir.“

„Hat er gesagt, was er vorhat?“

„Nein, aber beschwert hat er sich über seine Frau ... wie heißt sie noch? ... Richtig, Marie Elsbeth. Die hat ihn doch tatsächlich aus dem Haus getrieben! Na ja, es gehört auch ihr.“

„Bei Frau Dillbecker war ich gerade, sie war nicht zu Hause.“

„Dann hat sich das Laads Oos aus dem Staub gemacht. Ich konnte sie nie leiden. Da steckt sicher ein anderer Mann dahinter ... Mein armer Bruder, wo mag er wohl sein?“

„Hat Euer Bruder von Schwierigkeiten gesprochen?“

Sie lachte. Er müsse doch am besten wissen, mit welchen Schwierigkeiten sich ein Hauptmann tagtäglich herumschlagen müsse. Ein hartes Los, das Gesindel in Limburg in Schach zu halten.

„Hatte er Schulden?“

„Ei, wo denkt Ihr hin, junger Mann? Er hat mir sogar etwas Geld gegeben. Ich habe nicht viel zurücklegen können, mein

Mann ist früh verstorben. Er war Seifensieder. Und Kinder habe ich nicht. Gott möge mir vergeben ..."

„Könnt Ihr Euch vorstellen, wo Euer Bruder abgeblieben ist?"

„Ei, macht Euch keine Sorgen, der bleibt schon mal öfters weg ... Der ist kräftig und weiß, was er macht. Habt Geduld. In ein, zwei Tagen wird er schon wieder auftauchen ... Noch einen Kräutertee?"

Hirschfeld entschloss sich daraufhin, noch zu warten, bevor er das unentschuldigte Fehlen dem Schultheiß melden würde. In den Gassen waren nur wenige Menschen zu sehen. Ein Kärrner quälte sich mit einem hoch beladenen Handkarren durch die frische Schneedecke. Gerade überlegte Hirschfeld, einen Abstecher in den ‚Goldenen Hirsch' zu machen, da entdeckte er in der Salzgasse ein bibberndes Kind. Es hatte sich in einen Hauseingang gekauert. Große, verweinte Mädchenaugen schauten ihn aus dem knöchrigen Gesichtchen ängstlich an. Schluchzend wischte es sich mit den steifen Ärmeln ihres viel zu großen Mantels – wohl vom größeren Bruder abgelegt – die Tränen aus dem Gesicht und über die triefende Rotznase.

„Na, mein kleiner Krollekobb. Du erfrierst, wenn du hier sitzen bleibst. Hast du kein Zuhause?"

„Meine Eltern ... in der Koblenzer Vorstadt. Sie haben nichts mehr zu essen."

„Haben sie dich weggeschickt?"

„Ennaa, bin weggelaufen. Dachte, in der Stadt kann ich vielleicht etwas zum Beißen finden."

„Komm mit, ich weiß, wo du dich aufwärmen kannst."

Er fasste das erschöpfte, frierende Mädchen an der Hand und führte es über den Fischmarkt hinunter zur Lahnbrücke. Gegenüber der alten Posthalterstation – dort prangte noch immer das Wappenschild der Kaiserlichen Post mit der Aufschrift ‚salva guardia', wohlbewahrter Schutz, über dem Tor –

hatte die gutmütige ehemalige Postverwalterin Scherpf eine Wärmestube eingerichtet.

„Wo wollt Ihr mit dem Kind hin, Offizier? Lasst das arme Mädchen laufen“, trat ihm die resolute Scherpf entgegen.

„Ehrenwerte Frau, ich habe das Mädchen in der Salzgasse aufgegriffen. Nehmt Euch bitte seiner an.“

„Ihr steht doch in Diensten vom Hauptmann Bogner? Habt Ihr nicht Anweisung, die bettelnden Kinder aus der Stadt zu vertreiben?“

„Bogner ist vorübergehend nicht im Dienst. Bei mir wird kein Kind vertrieben.“

„Das sind ja ganz neue Töne. Komm, mein Meedsche. Bei mir kannst du dich wärmen, und eine Suppe bekommst du auch. Hast sicher Hunger, oder?“

Das Mädchen nickte stumm und sah sich ängstlich um. In der Wärmestube saß eine Schar von hungrigen Mäulern an blanken Holztischen und aßen Kappessuppe. Als die Kinder den Oberleutnant erblickten, verstummte abrupt ihr Gespräch. Alle fürchteten nun, sie müssten die warme Stube verlassen.

„Keine Angst, Kinder, der Leutnant will euch nichts Böses. Meedsche, setz dich, ich hole dir eine warme Suppe.“

„Frau Scherpf, erlaubt mir eine Frage. Bestreitet Ihr das alles hier aus eigener Tasche?“

„Ich stelle den Raum zur Verfügung und habe noch einen Knecht abgestellt. Der sammelt jeden Morgen bei den Bäckern so viel altbacken Brot ein, wie er bekommen kann. Und bei den Schlachtern fragt er nach fettigen Resten. Eine Magd kocht hier jeden Tag eine Suppe, mal gehaltvoll, mal nicht. Aber es reicht für alle.“

32

Als Bogner auch nach drei Tagen nicht wieder aufgetaucht war, stapfte Hirschfeld im dichten Schneegestöber den kurzen Weg hinüber zum Rathaus. Die Amtstube des Schultheißen war auffallend gut beheizt. Weinbrunn saß an seinem mit Büchern und Faszikeln übersäten englischen Schreibtisch und schmauchte genüsslich eine lange Tonpfeife.

„Soso, der Bogner ist weg. Hat sich wohl mit der Kasse aus dem Staub gemacht."

„Von welcher Kasse sprecht Ihr? Die Kasse der Landmiliz halte ich unter Verschluss."

„Und Ihr seid sicher, dass sie noch da ist?"

„Ich versichere Euch ..."

„Schon gut. Ist Bogner schon einmal ferngeblieben?"

„Wenn, dann hat er sich zuvor abgemeldet. Sein Fehlen ist mir unerklärlich."

„Vermutet Ihr ein Verbrechen?"

Hirschfeld zuckte mit dem Schultern. Weinbrunn überlegte. Der Mann machte eine offizielle Meldung. Die konnte er nicht ignorieren. Sollte der Hauptmann tatsächlich einem Verbrechen zum Opfer gefallen sein, musste er sofort den Oberamtmann informieren. Sollte Bogner jedoch wieder auftauchen, dann erst recht. Dann drohte ihm eine Strafe wegen unentschuldigten Fernbleibens. Weinbrunn hasste den Heißsporn mit seiner völlig überzogenen Härte, die vor allem die armen Kinder traf. Bogner spielte sich zum allmächtigen, unerbittlichen Ordnungshüter auf, dabei traute er ihm nicht weiter, als er spucken konnte.

„Wie war Euer Name?"

„Oberleutnant Achim von Hirschfeld, ehrwürdiger Schultheiß", antwortete er wie aus der Pistole geschossen und salutierte.

„Lasst das Hackenschlagen. Mir ist das militärische Getue zuwider.“

In aller Ruhe zog er an seiner Pfeife. Er blies Rauchkringel in die Luft, als wollte er sich entspannen und nachdenken, was zu tun sei.

„Hirschfeld, Ihr bringt mir sofort Euer Curriculum Vitae und die militärischen Referenzen. Das Weitere wird später zu entscheiden sein.“

Oberamtmann Freiherr Schütz von Holthausen hob erstaunt die Augenbrauen. Er hatte seinen Schreibtisch nahe an den sieben Schuh hohen Kamin mit einer schwarzen Marmoreinfassung stellen lassen. Den großen Raum mit der hohen Stuckdecke vermochte dieser nicht gänzlich zu erwärmen. So legte er auch tagsüber den schweren, rubinroten Leibrock mit Stickereien an den Aufschlägen nicht ab. Den abgewetzten Ellenbogen nach zu urteilen, hatte der Rock schon einige Jahre hinter sich. Statt der sonst üblichen bleiweißen Perücke hatte sich Holthausen eine wollene Mütze aufgesetzt, die wie ein zerdrückter Handkäse aussah. Erstaunt legte er sein unförmiges Brillengestell zur Seite und wies mürrisch auf den Stuhl vor dem aufgeräumten Tisch. Weinbrunn setzte sich und erstattete Bericht.

„Der Stadthauptmann spurlos verschwunden? Ungeheuerlich! Welcher Teufel hat denn den geritten?“

„Euer Wohlgeboren, ein Verbrechen ist nicht gänzlich auszuschließen. Ich empfehle, nach ihm suchen zu lassen. Wir müssen Gewissheit haben.“

„Wer hat jetzt das Kommando?“

„Erlaubt mir, die Personalia des Oberleutnants Achim von Hirschfeld vorzulegen. Ein junger, geschliffener Offizier in kaiserlichen Diensten.“

„Lasst sehen.“

Er griff zu seiner Brille und überflog die vorgelegten Dokumente.

„Fürwahr, der Preuße von niederem Adel scheint geeignet zu sein. Er möge sich morgen vorstellen ... Wer soll die polizeilichen Ermittlungen leiten?“

„Der Stadtwachtmeister Rompelsheim ...“

„Kommt mir nicht mit diesem nichtsnutzigen Olwel. Ich habe ihm nicht umsonst den städtischen Ordnungsdienst entzogen. Nein, nein. In der Stadt gibt es diesbezüglich keinen geeigneten Mann. Ich werde eine Depesche an den erlauchten Kurfürsten senden und ihn bitten, einen erfahrenen Kommissar vom Obergerichtshof in Koblenz zu delegieren. Ihr haltet mich auf dem Laufenden.“

Vier Tage später war alles geregelt. Oberleutnant Achim von Hirschfeld übernahm vorübergehend das Kommando über die Landmiliz. Am späten Abend meldete sich ein hagerer, knöchriger Mann um die fünfzig beim Oberamtmann und stellte sich als Heinrich Senftleben vor. Seines Zeichens Polizeidirektor zu Koblenz, ein studierter Mann der Kameral- und Polizeiwissenschaften. Der ehrwürdige Kurfürst persönlich habe ihn beauftragt, eine Untersuchung in Limburg zu leiten. Er solle feststellen, aus welchen unerfindlichen Gründen sich der Stadthauptmann abgesetzt habe. Es gelte, ihn aufspüren und seiner Bestrafung zuführen.

„Ich danke Euch, dass Ihr Euch so rasch zu uns bemüht habt. Ihr könnt eine geheizte Kammer im Schloss beziehen. Wie ich Euren Ausführungen entnehme, nehmt Ihr an, der Bogner lebt noch?“

„Vertraut meiner Erfahrung, Euer Wohlgeboren. Da muss ein persönlicher Grund vorliegen, der ihn veranlasst hat, sich aus dem Staub zu machen.“

„Wie wollt Ihr vorgehen?“

„Euer Wohlgeboren ...“

„Lasst diese devote Untertänigkeit unter vier Augen.“

„Wie Sie meinen. Zuerst sollte ich etwas mehr über den Stadthauptmann in Erfahrung bringen. Wie waren seine Lebensumstände? Hatte er Schulden? Et cetera.“

„Schultheiß Weinbrunn steht Euch gern zu Diensten."
„Ich vergaß zu erwähnen, dass mir der hochlöbliche Kurfürst explizit aufgetragen hat, mit dem Pater Bernhard zu kooperieren. Sie haben doch nichts einzuwenden?"

33

Senftleben schaute sich zunächst in Bogners Wirkungsstätte um. Die Miliz hatte ihr Hauptquartier im unteren Geschoss des Nachbarhauses rechter Hand vom Rathaus eingerichtet. Er stellte sich als Polizeiermittler im Fall Bogner vor. Ohne Umschweife wies er in forschem Tonfall darauf hin, er sei mit Sondervollmachten des ehrwürdigen Kurfürsten ausgestattet. Seinen Anweisungen müsse unverzüglich Folge geleistet werden.

„Habt Ihr etwas in Bogners Amtsstube verändert, Hirschfeld?"

Der junge Oberleutnant mit dem preußischen Schnorres schaute den Kommissar fragend an.

„Ihr seid wohl etwas schwerfällig im Verstehen. Ist das Büro noch so, wie es Bogner verlassen hat?"

„Halten zu Gnaden. Der ehrwürdige Oberamtmann hat mir das Kommando über die Miliz übertragen. Ich habe mir dieserhalb die Freiheit genommen, den Schreibtisch von Bogner für mich zu reservieren."

„Etwas vorschnell, junger Mann. Ihr habt also seine Sachen vom Tisch geräumt? Wo sind sie jetzt?"

Er habe sie in einer Kiste deponiert, antwortete er. Senftleben ließ sie sofort holen. Eine gründliche Inspektion ergab jedoch nichts Auffälliges.

„Ich finde kein Geld. Wo ist die Kasse?"

„Ich halte sie unter Verschluss. Es fehlt kein Heller. Ihr könnt Euch gern selbst überzeugen."

„Das Ehrenwort eines Offiziers muss wohl reichen. Ihr werdet Euch einen anderen Platz suchen. Ab sofort nutze ich das Büro für meine Zwecke. Verstanden? Hier ist es verdammt kalt. Seht zu, dass die Öfen mehr Wärme in die Stube bringen. Und lasst die Fenster besser abdichten, es zieht hier wie Hechtsuppe."

Hirschfeld drehte sich zackig um und wollte das Zimmer verlassen.

„Hab ich Ihn schon entlassen? Setze Er sich."

Dieser neue, harsche Befehlston behagte Hirschfeld wahrlich nicht. Glaubte er doch, die uneingeschränkte Befehlsgewalt liege nun bei ihm und nicht bei diesem aufgeblasenen Zivilisten.

„Erzählt mir mehr über den Bogner."

Nur nichts Schlechtes über den Hauptmann vorbringen, schoss es Hirschfeld durch den Kopf. Vorsicht sei geboten. Er schilderte die großen Verdienste, die sich der Hauptmann bei der Bekämpfung der Bettelplage erworben habe, seinen unerschrockenen Einsatz, seinen Diensteifer ...

„Was faselt Ihr da für einen Unsinn? Ein Mann von diesen Qualitäten verschwindet doch nicht Hals über Kopf. Hatte er Feinde? Schulden? Wo liegen die dunklen Seiten des Flüchtigen?"

„Haltet zu Gnaden, ehrwürdiger Polizeidirektor. Aber die persönlichen Umstände sind mir nicht bekannt."

„Verstehe. Soldatenehre. Eine Krähe hackt der anderen kein Auge aus. Also gut, wen kann ich darüber befragen?"

„Ich stelle anheim, Schultheiß Weinbrunn zu kontaktieren."

„Gut, dann holt diesen Schultheiß herbei. Sofort, wenn ich bitten darf."

Weinbrunn erschien mit mürrischem Gesicht. Wie konnte es ein Fremder wagen, ihn zu sich zu beordern? Senftleben spürte dessen aufkeimende Wut. Menschenkenntnis konnte man ihm nicht absprechen.

„Schultheiß Weinbrunn, ich danke Euch, dass Ihr Euch so rasch freimachen konntet. Aber die besonderen Umstände verlangen ein schnelles Handeln. Ihr versteht sicherlich. Ich habe so meine Erfahrung mit Deserteuren."

„Was wollt Ihr von mir?"

„Zuerst muss ich mir ein Bild von dem verschwundenen Stadthauptmann machen."

Jetzt schilderte Weinbrunn den Bogner als einen selbstsüchtigen, oft unbeherrschten, vierschrötigen Hauptmann. Als Beweis führte er den skandalösen Grenzkonflikt mit dem Diezer Hauptmann an. Senftleben machte sich derweil Notizen. Dann berichtete Weinbrunn von dem Vorfall auf der Fronleichnamsprozession. Der Stadtrat habe Bogner daraufhin mit Sondervollmachten ausgestattet, um die Aufrührer dingfest zu machen.

„Sondervollmachten? Ich verstehe nicht ganz …"

„Man stellte ihm eine Kasse zur Verfügung. Damit sollte er mögliche Informanten bezahlen, die ihm Hinweise auf mögliche Täter flüstern."

„Ihr meint doch nicht etwa, er hat einen Spitzeldienst unterhalten?"

Weinbrunn nickte mit dem Kopf und zog entschuldigend die Achseln hoch.

„Und wo ist diese Kasse jetzt? Hat er abgerechnet?"

„Bisher nicht."

„Dann ist er mit dem Geld verschwunden? Wie viel war denn drin?"

„Dreißig Reichstaler."

„Wie kann man nur so gutgläubig sein. Das grenzt an bodenlose Dummheit."

„Es war ein einstimmiger Beschluss des Stadtrates."

„Kennt Ihr die Zuträger?"

„Nein."

„Dann hat er sicher so manchen Verdächtigen vor das Gericht gezerrt. Hatte Bogner eine Person besonders im Visier?"

„Ja, den französischen Zimmermann Grandjeau ..." Er schilderte die erste Anklage, als Grandjeau den Bogner mit den Balken erwischt hatte. Auch habe der Hauptmann ihn verdächtigt, aufklärerische Ideen zu verbreiten. Als Beweis habe er französische Zeitungen vorgelegt und Bücher von Philosophen.

„Und? Habt Ihr den Zimmermann bestraft?"

„Das Gericht konnte ihm keine Unrechtmäßigkeit nachweisen. Die Bücher waren überall im Buchhandel zu kaufen und wiesen keinerlei feindliche Tendenzen gegen die Obrigkeit auf."

„Also wollte der Bogner ihm nur etwas anhängen?"

„Das liegt auf der Hand." Er fügte hinzu, er habe Bogner verdächtigt, einen Pockenkranken zu dem inhaftierten Grandjeau legen zu lassen.

„Ihr meint, dieser Franzose sei nun sein ärgster Widersacher? Gut, den sehe ich mir später an. Zunächst gehe ich davon aus, dass sich der Bogner mit der Kasse aus dem Staub gemacht hat. Hatte er Schulden in der Stadt?"

In der Wachstube der Miliz wurde es laut. Senftleben erhob sich und verbat sich ungehalten den Lärm.

„Hier hat sich ein Mann gemeldet, der eine Aussage zum Verschwinden von Bogner machen will. Er will dafür Geld haben", klärte ihn Oberleutnant Hirschfeld auf.

„Führt ihn herein."

Ein schmieriger Mann in einer zerschlissenen Zunfttracht um die dreißig stand etwas verlegen vor dem Kommissar.

„Wer seid Ihr? Was wollt Ihr?"

Er stellte sich als arbeitsloser Geselle der Lederzunft vor. Sein geschlitztes Ohrläppchen wies ihn als unehrenhaften Gesellen aus. Die Zunftgenossen trugen normalerweise einen goldenen Ohrring. Er sollte beim Tod als Zahlung für den Sargmacher dienen. Hatte sich ein Geselle jedoch etwas zuschulden kommen lassen, riss der Zunftmeister den Ring heraus. Als Schlitzohr gekennzeichnet fand er nirgendwo mehr eine Aufnahme in der Zunft. Der Stadthauptmann habe ihm für Informationen Geld geboten, behauptete er.

„Was habt Ihr zum Verschwinden von Bogner vorzubringen?"

„Ich könnte Euch mit einem Hinweis dienen. Dann wisst Ihr, warum er verschwunden ist."

„Heraus mit der Sprache!"

„Noch steht das Wort vom Stadthauptmann. Ich werde für die Informationen bezahlt. Ein paar Gulden sollten schon herausspringen."

„Ihr wollt Euer Wissen zu Geld machen? Ihr seid verpflichtet ..."

„Ich bin zu nichts verpflichtet und sollte lieber wieder gehen."

Schultheiß Weinbrunn rührte sich nicht. Jetzt wollte er sehen, wie der bornierte Kommissar reagierte.

„Ich kann Euch sofort in den Kerker werfen lassen."

„Ich weiß. Aber das hilft Euch nicht weiter."

„Das ist eine bodenlose Frechheit. So etwas habe ich noch nie erlebt. In welch korrupte Stadt bin ich nur gekommen!" Senftlebens krächzende Fistelstimme überschlug sich vor Erregung.

Weinbrunn wusste, dass der Polizeimann letztlich nachgeben würde. Er stand auf und entschuldigte sich. Er habe gesagt, was zu sagen war, und verschwand mit einem maliziösen Schmunzeln im Gesicht. Kaum war er draußen, warf Senftleben dem impertinenten Gesellen einen Gulden vor die Füße.

„Ein Gulden? Das ist wie in die Hand geschissen."

„Was erdreistet Er sich, so mit mir zu sprechen?"

„Warum krittelt Ihr mich? Ei, bei uns im Westerwald spricht man halt Wäller Klartext. Legt noch einen Gulden dazu."

Widerwillig ließ Senftleben noch eine Münze fallen.

„Also, ich traue dem Stadthauptmann nicht. Deshalb habe ich der Kubbernoas nachgestellt. Zu meiner eigenen Absicherung, sollte er mich einmal belangen."

„Macht es kurz, was habt Ihr zu berichten?"

„Der Stadthauptmann ist einmal im Monat zum Spielcasino nach Wiesbaden gefahren."

Ungestüm stürmte Senftleben aus dem Zimmer und lief dem Oberleutnant Hirschfeld über den Weg.

„Ich werde die Frau des Bogner examinieren. Könnt Ihr mir sagen, wo sie wohnt?", fragte er und stützte sich grimmig auf den Knauf seines Spazierstocks.

„Ganz ergebens zu Diensten, ehrwürdiger Polizeidirektor. Aber das könnt Ihr Euch sparen. Sie ist seit Wochen nicht mehr in Limburg. Sucht lieber Bogners Schwester am Rossmarkt auf."

„Hochachtung, Hirschfeld. Ihr habt Euch selbst schon umgesehen. Ihr seid wohl doch nicht auf den Kopf gefallen. Und spart Euch künftig diesen untertänigen Ton."

Die Bognerin hatte es faustdick hinter den Ohren. Gegenüber dem Oberleutnant hatte sie sich ärmlich, gebrechlich und unwissend gegeben. Er war ihr auf den Leim gegangen. Tatsächlich hatte ihr der Bruder die Kasse zur Verwahrung überlassen, die ihm der Stadtrat zur Verfügung gestellt hatte. Sie könne sich daraus bedienen, meinte er noch großzügig. Natürlich wusste sie von seinem Spieltrieb und nahm an, die sprudelnden Einkünfte der letzten Zeit stammten von Spielgewinnen. Nur auf die Frage, ob sie denn wisse, wo sich ihr Bruder aufhalte, hatte sie wahrheitsgemäß geantwortet.

„Was wollt Ihr von mir? Ich habe dem Offizier schon alles gesagt ... Mehr könnt Ihr von mir nicht erfahren", beteuerte sie, als Senftleben bei ihr auftauchte.

„Bognerin, lasst mich nicht in der Eiseskälte stehen. Ich habe mit Euch zu reden."

Senftleben verschaffte sich Zutritt ins Haus, indem er an ihr vorbei schnurstracks auf die warme Küche zusteuerte.

„Was berechtigt Euch, in mein Haus einzudringen?"

„Lamentiert nicht, setzt Euch." Dann nahm seinen Hut ab, klopfte den Schnee aus, legte seine wollene, schwere Redingote ab und warf sie über eine Stuhllehne. Seine bis zu den Knien reichenden Stiefel hatten hässliche Schneespuren auf dem gebohnerten Dielenboden hinterlassen. Eingeschüchtert setzte sich die Bognerin langsam auf die Holzbank, als habe sie Gicht in den Knochen.

„Der ehrwürdige Kurfürst höchstpersönlich hat mich beauftragt, das Verschwinden des Stadthauptmanns aufzuklären. Ich fordere Euch auf, zu kooperieren und mir nichts vorzuenthalten."

Sie sah ihn trotzig an und signalisierte, sie werde ihren geliebten Bruder nicht in Misskredit bringen. Der Mann zeigte sich zu aufdringlich, zu arrogant und anmaßend dazu.

„Gute Frau, Euer Bruder ist dem Glücksspiel verfallen. Er hat regelmäßig das Spielcasino in Wiesbaden aufgesucht."

„So? Davon weiß ich nichts."

Ihr steifes Lächeln hätte ihm verraten können, dass sie log. Er übersah es in seinem Eifer.

„Nach meiner Kenntnis hat Bogner eine Kasse der Stadt verwaltet. Ist sie bei Euch gehortet?"

Sie zuckte mit den Schultern. Nein, sie wisse nichts von einer Kasse. Darauf könne sie sterben. Senftleben fixierte sie mit seinen stechenden Augen.

„Lassen wir es zunächst dabei bewenden. Sollte das Geld tatsächlich nicht mehr aufzutreiben sein, dann liegt der Verdacht auf der Hand, Euer Bruder habe sich mit dem Geld aus dem Staub gemacht. Dann werden wir nach ihm fahnden, ihn ergreifen und dem Richter übergeben. Sollte die Kasse aber noch vorhanden sein, so haben wir in anderer Richtung zu ermitteln. Dann können wir ein Verbrechen nicht mehr ausschließen."

„Lasst eine alte, arme Frau in Frieden und macht Eure Arbeit", entgegnete sie trotzköpfig mit blassem Gesicht. Die Logik des Polizeimannes leuchtete ihr ein. Ein Schauer lief ihr den Rücken hinunter. Hatte er von einem Verbrechen gesprochen?

Senftleben war sich dagegen sehr sicher: Der Bogner war mit dem Geld verschwunden.

34

Am nächsten Tag erkundigte er sich bei Hirschfeld, ob Bogner Freunde in der Stadt habe.

„Freunde? Nach meiner Kenntnis gibt es da einen Stammtisch im ‚Goldenen Hirsch', den Bogner regelmäßig aufgesucht hat. Da solltet Ihr Euch umhören."

„Habt Ihr sonst noch etwas gefunden, was mir weiterhilft?"

„Jawohl, werter Herr. Bogner hat meist hier im Amt genächtigt. Unter seine Matratze fand ich eine Liste seiner Schulden. Seht selber."

„Danach schuldet er dem Gewandmacher zehn Gulden, der Putzmacherin fünf, dem Wirt Cordonnier zwanzig Gulden und einem gewissen Verhoffen sogar vierzig Reichstaler. Wer ist dieser Verhoffen?"

„Der reichste Tuchhändler der Stadt. Er stammt aus Nordbrabant. Sein Geschäft befindet sich in der Salzgasse, Ecke Kornmarkt. Aber den könnt Ihr wahrscheinlich auch heute im ‚Goldenen Hirsch' antreffen."

„Vortrefflich, mein lieber Hirschfeld. Nun schafft mir geschwind noch einen vertrauenswürdigen Offizier herbei. Ich habe eine Sonderaufgabe für ihn."

Gegen Mittag meldete sich salutierend ein junger Stadtleutnant, der sich als Dietrich Wenzel vorstellte.

„Euer Wohlgeboren, Ihr habt mich rufen lassen?"

„Lasst die Formalia und steht commode. Erzählt mir etwas mehr über Euch."

„Mein Vater war früher Bürgermeister. Ich habe die Tochter des verstorbenen Ratsherrn Leonard Lamby geheiratet und dessen Haus in der Salzgasse, genannt ‚Zum Eselsfuß', geerbt. Ich habe das Färberhandwerk erlernt und stehe nun in kaiserlichen Diensten."

„Also unbescholten und ehrbar. Für Euch habe ich eine delikate Sonderaufgabe vorgesehen. Ihr kennt doch den Stadthauptmann Bogner?“

„Gewiss. Aber der ist spurlos verschwunden.“

„Eben, und deshalb sollten wir nach ihm suchen. Was ich Euch jetzt sage, bleibt unter uns, verstanden? Nach meinen Erkenntnissen hat Bogner des Öfteren das Spielcasino in Wiesbaden aufgesucht. Ihr nehmt die nächste Post nach Wiesbaden und hört Euch im Casino um. Wann hat Bogner das letzte Mal gespielt? Hatte er Spielschulden? Vielleicht könnt Ihr ihn sogar dort antreffen. Für den Fall gebe ich Euch einen Haftbefehl mit. Schafft ihn dann nach Limburg.“

„Soll ich die Wiesbadener um Amtshilfe bitten?“

„Meinetwegen. Ich lasse Euch freie Hand.“

In klirrender Kälte machte sich Senftleben am Abend zum ‚Goldenen Hirsch‘ auf. Limburg schien im tiefen, eisigen Schlaf zu liegen. Der Vollmond tauchte die Stadt in ein kaltes, diffuses, milchgraues Licht. Die Salzgasse war menschenleer. Nicht einmal ein hungriger Köter ließ sich blicken. Der Schnee knirschte unter seinen schweren Stiefeln. Er starrte auf eine Fratze, die ihm mit aufgerissenem Mund vom Giebel eines Fachwerks die Zunge herausstreckte. Wollte sie ihm bedeuten, was die Limburger von ihm hielten? Er wusste nicht, dass der Bauherr diesen Neidkopf zur Abwehr der Missgunst seiner Nachbarn hatte anbringen lassen. Aus dem Gasthof ‚Zur Krone‘ drang das Grölen der Betrunkenen nach draußen. Saufen war das einzige Vergnügen, das man sich leistete, vorausgesetzt, man konnte es sich leisten. Mit schnellen Schritten eilte ein fröstelnder Mann in die Gaststube ‚Zum Goldenen Hirsch’. Senftleben folgte ihm. Er schob den schweren, mit Leder besäumten, wollenen Vorhang zur Seite, der als Windfang vor der Tür hing, und schaute sich um: Nur ein Tisch war mit drei schwatzenden Männern besetzt. Auf der Mitte des blank geschruppten Eichentisches stand ein geschmiedeter Aschenbecher mit einem goldenen Hirsch gekrönt. Die Männer schmauchten genüsslich lange Tonpfeifen und verräucherten den Schankraum. Und genau dieser Stammtisch war der Grund, warum so mancher Bürger die Gaststube mied. In Gegenwart des verhassten Stadthauptmanns ließ sich nicht gut trinken.

„Seid Ihr der Wirt?“, wandte er sich an Cordonnier.

„Ein Bier gefällig, mein Herr?“

„Lieber einen Schoppen. Bringt ihn mir zum Stammtisch. Aber vorweg noch eine Frage, wenn es gestattet ist. Ich hoffte, den Stadthauptmann Bogner hier anzutreffen. Wisst Ihr, wo er steckt? Kommt er noch?“

„Da werdet Ihr vergeblich warten. Bogner ist seit zwei Wochen nicht mehr aufgetaucht. Weiß der Geier, wo der Kerl abgeblieben ist.“

„Ihr sprecht nicht gerade respektvoll über ihn. Habt Ihr dafür ein besonderes Motivum?“

„Der Sauhund hat mir einmal einen Frondienst am Hofe des Kurfürsten in Koblenz eingebrockt.“

„Er wird seine Gründe gehabt haben.“

„Mit Verlaub, nein. Das war eine Unverschämtheit. Schulden hat er auch noch bei mir. Aber ich will mich nicht weiter darüber echauffieren.“

Senftleben war vorerst zufrieden und trat an den Stammtisch heran.

„Meine Herren, gestattet Ihr mir, mich einen Moment zu Euch zu gesellen?“

Er stellte sich vor mit dem Hinweis, er ermittle als kurfürstlicher Kommissar im Fall Bogner. Dann warf er seine Redingote über die Stuhllehne und setzte sich unaufgefordert in die Runde.

„Fall Bogner? Hat er etwas ausgefressen?“

„Das möchte ich gern von Euch hören. Mit wem habe ich denn die Ehre?“

Kaufmann Verhoffen, Stadtwachtmeister Rompelsheim und Krämer Ripamonte stellten sich ihm vor.

„Was könnt Ihr mir über den Bogner und sein Verschwinden vortragen?“

Sie schauten stumm in ihr Bier. Es hatte sich herumgesprochen, dass dieser dubiose Koblenzer Schnüffler mit Vorsicht zu genießen sei. Der sei hinterlistig, gerissen, arrogant, herrisch und zudem gefährlich. Sie betrachteten ihn wie einen Aussätzigen. Cordonnier brachte einen Schoppen roten Runkeler für Senftleben.

„Ihr wollt Euch doch nicht etwa mit einem Glas in der Hand an unseren Stammtisch setzen? Ordert eine Kanne Bier, dann seid Ihr in der Runde geduldet."

Senftleben nickte dem Wirt zu. Nachdem sie auf seine Kosten angestoßen hatten, ergriff Verhoffen das Wort:

„Also, wo der Bogner abgeblieben ist, entzieht sich unserer Kenntnis. Ansonsten kennen wir den Bogner als einen aufrechten Hauptmann, der mit eiserner Hand Ordnung in der Stadt geschaffen hat."

„Es gibt also keine Klagen gegen ihn?"

„Klagen? Nicht, dass wir wüssten."

„Hatte Bogner Schulden?"

„Guter Mann, wer hat die nicht in dieser Zeit."

„Dann muss ich wohl deutlicher werden. Hat sich Bogner bei Euch Geld geliehen?"

Fragend sahen sie sich an und zuckten nur mit den Schultern.

„Ich ersuche Euch, mir die Wahrheit zu sagen. Ich kann auch andere Saiten aufziehen."

Mit dieser Drohung ließen sie sich nicht einschüchtern. Sie nahmen verlegen einen Schluck und gaben ihm zu verstehen, das Gespräch sei beendet.

„Verhoffen, Ihr habt dem Bogner vierzig Reichstaler geliehen."

„Woher wollt Ihr das wissen?", entgegnete der heftig an seiner Pfeife ziehend.

Senftleben legte ihm die Schuldenliste vor.

„Warum fragt Ihr so penetrant, wenn Ihr doch schon alles wisst? Also gut, ich habe dem Bogner Geld vorgestreckt, als er der Witwe des erschossenen Diezer Hauptmanns Entschädigung zu zahlen hatte. Alle Jagdfreunde hatten zusammengelegt. Na und?“

„Bogner hatte also Schulden. Sein Sold musste doch für ein geregeltes Leben ausreichen. Warum hatte er Schulden? Und jetzt aber raus mit der Sprache, meine Herren!“

„Was weiß ich, wo der Schulden hatte. Er war immer knapp bei Kasse. Zudem musste er Unterhaltszahlungen an eine geschwängerte Magd leisten. Seine Frau hat sich von ihm abgewendet und ihm ihre Pachteinnahmen vorenthalten.“

„Und Bogner hat sein Geld im Casino verspielt“, ergänzte Senftleben.

„Das ist doch der Gipfel der Frechheit“, platzte Ripamonte heraus.

„Warum ereifert Ihr Euch derart? Klärt mich auf.“

„Bogner hatte uns einmal beim Glücksspiel im ‚Römischen Kaiser‘ erwischt. Er hat uns erpresst.“

„Bogner war korrupt?“

„Fürwahr, er war hinter dem Geld her wie der Pfaffe hinter der Kollekte. Einer meiner Fuhrleute hat mir berichtet, Bogner habe seine Ladung beanstandet und nur gegen die Zahlung eines Reichstalers von einer Strafe abgesehen. Ich vermute, er hat in die eigene Tasche gewirtschaftet“, fügte Verhoffen hinzu.

„Und Ihr wisst wirklich nicht, was mit ihm geschehen ist?“

„Nein, aber keine Sorge. Der Bogner ist zäh wie eine Kakerlake. Der taucht sicher bald wieder auf.“

Senftlebens Verdacht erhärtete sich von Tag zu Tag: Bogner hatte unehrlich Geld gescheffelt und sich dann aus dem Staub gemacht. Vielleicht hatte er befürchtet aufzufliegen.

35

Zwei Tage später erstattete er Rapport beim Oberamtmann. Pater Bernhard war ebenfalls zugegen. Sie saßen um einen runden Tisch und schlürften einen Moselriesling, den der Oberamtmann als kurfürstliches Deputat im Keller bevorratete. Freiherr Schütz von Holthausen in einer dicken, wärmenden Hausjoppe sprühte vor guter Laune, hoffte er doch, den Fall Bogner endlich abschließen zu können.

„Senftleben, habt Ihr den Bogner gefasst?"

„Euer Wohlgeboren, zu meinem größten Bedauern muss ich gestehen: Der Hauptmann ist noch flüchtig. Aber ich habe gute Gründe anzunehmen, dass er sich mit viel Geld abgesetzt hat."

„Was redet Ihr da für einen Schmarrn, Senftleben. Ich kenne Bogner als einen aufrichtigen Hauptmann. Der Verdacht ist ungeheuerlich", fuhr ihm Pater Bernhard sogleich ins Wort.

„Pater, lasst den Kommissar vortragen."

„Der Stadtrat hatte dem Bogner eine beachtliche Kasse zugestanden, aus der er einen Spitzeldienst unterhielt. Sie ist nirgendwo aufzufinden. Seine Frau hat ihn verlassen wegen eines folgenschweren Ehebruchs mit der Magd und ihm die Einkünfte aus ihren Liegenschaften vorenthalten. Unbestritten ist zudem, dass Bogner dem Glücksspiel verfallen war. Außerdem hat er noch Schulden in der Stadt, hat die Fuhrleute geschröpft und Zahlungen erpresst, die in die eigene Tasche wanderten."

„Da glaubt man, der Stadthauptmann sei ein ehrlicher Ordnungshüter, und dann stellt sich heraus, dass wir den Bock zum Gärtner gemacht haben."

„Nein, nein, nein. Das traue ich ihm nicht zu", gab der Mönch zu bedenken. „Als Stadthauptmann macht man sich Feinde, und wenn er keine hat, dann taugt er nichts. Ich habe dem Bogner aufgetragen, die Rädelsführer des unverschämten

Vorfalls bei der Fronleichnamsprozession aufzuspüren. Er hat mir glaubhaft versichert, sie seien außerhalb der Stadt zu suchen. Deshalb nehme ich an, er spürt ihnen nach."

„Wollen wir vorerst dem Professor Glauben schenken. So wie ich den Bogner einschätze, ist er viel zu einfältig, einfach mit der Kasse unter dem Arm zu verschwinden und vor den Gläubigern zu fliehen. So viel war wohl nicht in der Kasse, dass es sich gelohnt hat. Er wird ja wohl nicht plötzlich zu Reichtum gekommen sein. Setzt Eure Arbeit fort, Senftleben. Solange wir seiner nicht habhaft geworden sind, sollten wir mit voreiligen Schlüssen vorsichtig sein."

„Hirschfeld, Ihr entwerft sofort einen Steckbrief von Bogner. Ihr kennt ihn am besten. In einer Stunde liegt er auf meinem Tisch", befahl Senftleben, nachdem er in Bogners Amtsstube zurückgekehrt war.

Hirschfeld zögerte einen Moment, das war doch Aufgabe des Stadtwachtmeisters. Als er jedoch den entschlossenen Blick Senftlebens sah, schluckte er seinen Einwand hinunter.

Eine Stunde später legte er ein Blatt vor, auf dem mit großer Schrift stand: ‚SIGNALEMENT!'

„Lasst mich sehen, Hirschfeld", grunzte Senftleben sich räuspernd und überflog die Zeilen:

Stadthauptmann Bogner gesucht.
Der Limburger Stadthauptmann Kaspar Bogner wird seit dem 6. Hornung A.D. 1783 vermisst. Bogner ist von besetzter Statur, 54 Jahre alt, fünf Schuh und 4 Zoll hoch, dunkler Backenbart, graue Haare und graue Augenbrauen, schwarze Augen, eingedrückte Nase, eine Narbe an der rechten Schläfe. Er trägt eine blaue Uniform mit Degen; eine rote Pumphose und einen Wams mit blauweiß gestreiften Puffärmeln; schwarze Stulpenstiefel. Wer ihn gewahr wird, ist aufgefordert, sich unverzüglich bei der Landmiliz zu melden.

„Sehr gut, mein lieber Hirschfeld. Ihr eignet Euch zum Literaten."

„Erlaubt mir untertänigst eine Bemerkung."

„Nur zu."

„Der Steckbrief könnte eine Vorverurteilung von Bogner signalisieren. Ist das gerechtfertigt?"

„Unerlaubtes Entfernen von der Truppe ist eine Straftat. Oder wollt Ihr den Deserteur laufen lassen? Lasst das Signalement einige Male abschreiben und in den Gasthäusern, der Poststation und an den Toren aushängen. Hat sich der junge Offizier schon gemeldet?"

„Leutnant Wenzel wartet draußen."

Der Leutnant trat ein, salutierte und wartete in Habachtstellung ab.

„Was habt Ihr herausgefunden?"

„Ich melde gehorsamst, dass der Stadthauptmann das letzte Mal vor drei Wochen im Wiesbadener Spielcasino war. Er ist dort in Zivil erschienen. Man hat mir die Abrechnungen vorgelegt. Schuldscheine habe man nicht gefunden. Hohe Spielgewinne seien nicht erinnerlich. Ich habe jeden Abend vor dem Casino Wache gehalten, aber Bogner ist nicht erschienen."

„Leutnant, Er kann abtreten!"

Wenzel schlug die Hacken zusammen, salutierte, machte eine zackige Kehrtwende und marschierte hinaus. Senftleben zündete sich mit einem Kienspan seine Tabakpfeife an, stieß ungestüm dicke Rauchwolken in die Luft und kraulte ungehalten seinen Bart. Er hatte so sehr gehofft, den Bogner in Wiesbaden stellen zu können ...

36

Es verging eine weitere Woche. Bogner schien wie vom Erdboden verschluckt. Die abendlichen Gespräche beim Oberamtmann gipfelten in Vorwürfen, der hochgelobte Polizeidirektor koche auch nur mit Wasser. Freiherr Schütz von Holthausen polterte ungehalten los:

„Pater Bernhard, Eure Suspiction, der Bogner sei auf der Spur der Aufwiegler, ist wohl jetzt auch nicht mehr haltbar. Zudem hege ich den starken Verdacht, Ihr habt Euch verrannt, Senftleben. Ihr ermittelt in die falsche Richtung. Mag sein, dass Bogner ein Halunke ist. Mag sein, dass er käuflich und verderbt war. Was wäre, wenn sich das einer nicht gefallen ließ und Rache genommen hat? In dem Fall können wir ein Verbrechen nicht ausschließen. Habt Ihr Euch mal umgehört, ob er Feinde hatte?“

„Euer Wohlgeboren, dafür gab es bisher keine Veranlassung.“

„Keine Veranlassung? Ich höre wohl nicht recht. Der Mann ist spurlos verschwunden. Da heißt es, alle Möglichkeiten in Betracht ziehen. Also geht und bringt mir eine Liste von Personen, die ihm feindlich gesinnt sind.“

Senftlebens Recherchen konzentrierten sich nun auf Personen, die möglicherweise einen Grund hatten, dem Stadthauptmann schaden zu wollen. Die nötigen Auskünfte erhielt Senftleben vom Schultheiß Weinbrunn, von Oberleutnant Hirschfeld, vom Wachtmeister Rompelsheim und von der alten Posthalterin Scherpf. Sie beschuldigte den Puddelhauptmann, wie sie ihn nannte, mit derben Worten, zu hart und unbarmherzig mit den Bettelkindern umgesprungen zu sein.

Inzwischen hatte es aufgehört zu schneien. Nebelschwaden zogen über die Lahn, auf der vereinzelt Eisschollen schwammen.

Der Winter bäumte sich hartnäckig gegen die ersten, zarten Anzeichen des Frühlings auf. Die Bauern sagten jedoch bald schönes Wetter voraus. Die eisige Kälte war milderen Temperaturen gewichen. Die Gassen waren noch mit grauschwarzem, nassem Schneematsch bedeckt, durch den sich die ersten Fuhrwerke den Weg bahnten. Das übliche Markttreiben setzte ein. Die Stadt erwachte langsam aus dem Winterschlaf. Der Lenz war da und mit ihm ein schweres Hochwasser, das die Niedermühle am Katzenturm und die angrenzende Walkmühle der Tuchmacher fortriss. Das Gerberviertel wurde wieder einmal überflutet. Der Schiffsanleger am Philippsdamm musste den Betrieb einstellen. Die üblichen Schiffsladungen mussten mit Fuhrwerken von Diez herangekarrt werden.

Senftleben legte im Beisein Pater Bernhards „untertänigst“, wie er katzbuckelnd hinzufügte, seine Liste dem Oberamtmann Freiherr Schütz von Holthausen vor. Der zog bedächtig seine chronometrische Sekundenuhr auf, griff alsdann zur Hornbrille und überflog die Zeilen mit Bedacht und Aufmerksamkeit.

Zimmermann Phillip Grandjeau:
B. hatte ihm einen Pockenkranken in den Kerker gelegt

Wirt Henri Cordonnier und Kaufmann Friedrich Isaacky:
beide wurden durch Aussage von B. zum Frondienst verurteilt

Wollweber Adam Rab:
verdächtigt B. als Mörder seiner Tochter

Studiosus Johann Lang:
B. will ihn verhaften ob der Schießübung

Krämer Anton M. Ripamonte:
wurde von B. erpresst, als er ihn beim Glücksspiel erwischte

Schultheiß Weinbrunn:
verabscheut B.

Die Diezer Landmiliz:
B. hat Diezer Hauptmann getötet

Die Bettelkinder:
B. ging rücksichtslos gegen sie vor

„Seid Ihr noch bei Sinnen, Kommissar? Warum steht der Schultheiß auf der Liste? Ich habe ihn selbst eingesetzt. Ein untadeliger, aufrechter Mann“, maßregelte ihn der Oberamtmann.

„Euer Wohlgeboren, die Liste enthält alle mir genannten Personen, die einen Groll gegen Bogner hegen könnten.“

„Kommt mir nicht mit dem Konjunktiv. Entfernt alle Namen, die für einen Racheakt auszuschließen sind. Tragt vielmehr dezidierte Gründe vor, warum diese Personen dem Bogner gram sind.“

Es wurde ein langer Abend der hitzigen Diskussionen. Pater Bernhard schüttelte immer wieder den Kopf über den Bericht des Polizeidirektors. Die von Senftleben vorgestellten Gründe resultierten seiner Meinung nach aus Geschwätz unter Stammtischbrüdern. Nur beim Zimmermeister Grandjeau nickte er zustimmend, als der Kommissar von aufrührerischen Tendenzen sprach.

Pater Bernhard gab noch einmal zu bedenken, dass der diensteifrige Bogner den vermaledeiten Anführer der Bauerngruppe von der Prozession dingfest machen wollte. Vielleicht habe er ihn in Grandjeau gefunden? Vielleicht wollte der sich einer Verhaftung entziehen? Endlich hatten sie sich am späten Abend verständigt, den Franzosen unter scharfe Beobachtung zu stellen ...

37

Senftleben überlegte lange, wen er für eine Observation einsetzen könne. Ein Uniformierter schied aus. Der Mann musste unauffällig agieren und vor allem den Grandjeau kennen. Schließlich ließ er das geldgierige Schlitzohr holen, das ihm zugeflüstert hatte, Bogner gebe sich dem Glücksspiel hin.

Als der unehrenhafte Geselle von Landsknechten ohne jede Begründung zum Polizeidirektor eskortiert wurde, fürchtete er, für sein dreistes Auftreten bestraft zu werden.

„Ihr kennt doch den Zimmermann Grandjeau", fauchte ihn Senftleben an.

Er nickte.

„Ihr werdet ihn eine Zeit lang beobachten. Was macht er tagsüber? Wohin führen seine Wege? Freunde? Et cetera, et cetera."

„Ei, was springt für mich heraus?"

„Ihr bekommt schon Euren Judaslohn, sofern Ihr mir brauchbare Hinweise bringt."

„Das ist mir zu vage. Eine Anzahlung wäre schon gut."

Senftleben schob ihm einen Reichstaler über den Tisch.

Seit jenem Tag lungerte das Schlitzohr um die Hofreite von Bauer Nepomuk herum. Das war kein einfaches Unterfangen, schließlich war der Hof von unbestellten Äckern umgeben, die jeden Besucher schon von Weitem erkennbar machten. Also musste er aus der Ferne den Hof beobachten, jedenfalls tagsüber. Zur Tarnung schnitt er sich an den Uferweiden eine lange Rute ab und ließ sich am Lahnufer nieder, als wollte er angeln. Von dort konnte er aus der Ferne das Gehöft einsehen.

In der Hofreite regte sich kaum etwas. Phillip hatte inzwischen die Stadtwohnung am Schuhmarkt anderweitig vermietet, das junge Paar lebte nun auf dem Bauernhof. Johanna mit schwerem Bauch ließ sich von ihrer Muhme verwöhnen. Sie half ihr dankbar bei der Küchenarbeit. Bauer Nepomuk und Phillip werkelten zumeist in der Scheune.

Die Tarnung des Schlitzohrs flog auf, als ein Fischer ihn vom Nachen aus entdeckte und den dreisten Angler mit lauten, unflätigen Schimpfworten vertrieb. Sie duldeten niemanden, der in ihre Fischgründe eindrang. So gab es keine andere Möglichkeit mehr, als sich vorsichtig im Schutz der Dunkelheit dem Gehöft zu nähern.

Der Innenhof war durch einen niedrigen Lattenzaun abgetrennt, damit die Hühner und Gänse nicht davonrennen konnten. Der Spitzel schwang sich behänd über das Hindernis und schlich sich näher an das Wohngebäude heran. Aus einem Fenster drang schwaches Öllampenlicht. Vorsichtig spähte er in die Stube. Die Bäuerin saß vor dem Spinnrad, der Bauer am Herd, eine Pfeife schmauchend. Phillip hockte an einem Tisch, auf dem einige Schriftstücke zu sehen waren. Nichts Ungewöhnliches. Die junge Frau musste sich wohl schlafen gelegt haben, denn es war kein weiteres Licht in den Fenstern zu sehen. Hier gab es weder etwas zu hören noch zu schauen. Er wollte gerade unverrichteter Dinge abziehen, da schlug der Hund des Bauern im Haus an. Die Haustür öffnete sich und schon stürzte ein wild kläffender Köter auf den nächtlichen Besucher zu und verharrte einen Moment. Als sich der Fremde anschickte, davonzulaufen, schnappte er zu. Das Schlitzohr fiel auf den Hosenboden. Der Köter verbiss sich in sein Schienbein. Bauer Nepomuk und Phillip riefen den Hund zu sich und sahen sich den Eindringling bei Kerzenschein an.

„Ich kenn dich. Du bist der Halunke, der seinen Meister bestohlen hat. Was willst du hier?", herrschte ihn Phillip an.

„Helft mir, mein Bein!"

Sie schleppten den jammernden Mann ins Haus. Die Bäuerin brachte warmes Wasser, wusch die Wunde aus, legte ein paar Kräuter darauf und wickelte ein Tuch darum. Phillip erkannte sofort das Tausendguldenkraut, das er einst für seine Jeanne gepflückt hatte.

„Danke, Frau. Wenn ich gewusst hätte, dass ihr auf den Hund gekommen seid, hätte ich es mir wohl gut überlegt“, sagte das Schlitzohr.

„Werd nicht frech. Der Hund ist auf solche wie dich besonders scharf. Und was heißt, ich hätte mir es überlegt? Was suchst du bei uns?“, fragte Phillip wütend.

„Ich kann darüber nicht sprechen.“

„Gleich wirst du reden, *roublard*.“ Phillip drückte mit seiner Pranke auf den Verband, dass der Spitzel vor Schmerzen brüllte.

„Raus mit der Sprache!“

„Der Butz reißt mir die Ohren ab.“

„Welcher Polizist?“, fragte Nepomuk. Phillip hatte zunächst nicht verstanden, dann griff er noch einmal fest zu. Der Mann schrie laut auf.

„Im Amt sitzt einer, der das Verschwinden vom Hauptmann untersucht.“

„Was hat das mit uns zu tun?“

„Ich soll dich ausspionieren. Er hat mir einen Reichstaler gegeben und mir mehr versprochen, wenn ich ihm brauchbare Auskünfte bringe.“

„Was genau will er wissen?“

„Was du tagsüber machst, Granschau. Ob du Freunde hast. Wohin du gehst.“

Bauer Nepomuk erzürnte sich derart darüber, dass er am liebsten zugeschlagen hätte. Phillip hielt ihn davon ab und meinte stattdessen:

„Lass ab, Nepomuk. Wir drehen den Spieß um. Wir sagen ihm, was er berichten soll.“

38

Eine Woche später humpelte das Schlitzohr mit einer krummen Holzkrücke unter der Achsel in die Amtsstube des Kommissars, der übel gelaunt an seinem Bürotisch saß und hastig an seiner Pfeife zog.

„Da seid Ihr ja endlich. Was ist mit Eurem Bein?"

„Ei, der verdammte Köter des Bauern hat mich gebissen. Die Arztkosten stelle ich Euch in Rechnung. Das walte Gott."

„Ja, ja, schon gut. Was habt Ihr herausgefunden?"

„Die meiste Zeit ist Granschau auf dem Hof geblieben. Nur am Markttag war er in die Stadt gegangen. Seine Frau ist schwanger."

„Unerheblich. Weiter."

„Ich habe mich am Abend zum Hof geschlichen und ein Gespräch mit dem Bauern belauscht", log das Schlitzohr.

„Was haben sie gesprochen? Verflucht, muss ich Euch denn alles aus der Nase ziehen?"

„Gebt mir erst meinen Lohn, dann spreche ich weiter."

Senftleben knallte einen Reichstaler auf den Tisch.

„Ein Bumbes macht noch keinen Donner. Legt noch weitere zwei für den Medicus dazu."

Er strich das Geld ein und fuhr fort: „Der Granschau behauptet, in der Landmiliz rumort es. Der Bogner hat doch tatsächlich zwei Landser zum Spießrutenlauf verdonnert, und niemand weiß, wofür."

„Moment ... Hirschfeld sofort zu mir!", schrie er zur Tür.

Der Oberleutnant erschien sofort.

„Ihr habt mir einen Vorfall in der Miliz verschwiegen. Hat der Bogner einen Spießrutenlauf befohlen?"

„Jawohl. Ich meinte, das sei nicht von Belang."

„Was haben die Landser ausgefressen?"

„Bogner hat keinen Grund genannt. Aber Befehl ist Befehl. Die Landser haben deshalb nicht ernsthaft zugestochen und ihre beiden Kameraden verschont."

„Schafft mir die beiden herbei, sofort!“

„Habt Ihr noch etwas zu berichten?“, wandte er sich wieder an den Spitzel.

„Ja. Ich habe noch etwas aufgeschnappt. Legt noch einen Gulden auf den Tisch und ich spreche.“

„Jetzt reicht es aber, ich lasse Euch so lange in den Karzer stecken, bis Ihr sprecht.“

„Einverstanden, aber dann wundert Euch nicht, wenn ich allen verkünde, mit welchen Methoden Ihr arbeitet.“

Senftleben kochte vor Wut. Er sprang auf, stellte sich drohend vor seinen Späher, schnaufte noch einmal durch und sah zornig in das trotzige, furchtlose Gesicht. In diesem Moment schob der Oberleutnant zwei verängstigte Landser in die Stube.

„Der Stadthauptmann Bogner hat euch Spießruten laufen lassen? Warum?“

„Ei, das würden wir auch gern wissen, gnädiger Herr. Der Befehl traf uns aus heiterem Himmel. Wir haben uns nichts zuschulden kommen lassen.“

Wieder allein fuhr der Kommissar mit seiner Schimpftirade fort. Doch der Spitzel ließ sich nicht sonderlich beeindrucken. Senftlebens Verstand riet ihm, rational zu handeln. Der erste Hinweis des Schlitzohrs hatte sich als richtig herausgestellt. Sollte er auf weitere verzichten? Er griff in seinen Hosensack, warf ihm den Gulden vor die Füße und forderte ihn mit einem Kopfnicken zum Sprechen auf.

„Granschau und Bauer Nepomuk haben sich über das plötzliche Verschwinden vom Stadthauptmann gewundert. Der Granschau hat gesagt, er habe den Bogner vor drei Wochen am Diezer Tor hinausreiten sehen. Dass der sich nach Diez traut, wo er doch den Diezer Hauptmann erschossen hat? Die haben ihn bestimmt sofort erschlagen.“

„Und dann?“

„Ei, dann hat mich der Köter gebissen, und ich hab mich fortgemacht.“

39

Die ersten Frühlingsstrahlen erwärmten nicht nur die Stadt, sondern auch die Gemüter der Limburger. Nur nicht das des Polizeidirektors. Er hatte sich persönlich nach Diez bemüht. Vergebens. Die Diezer Stadtwachen hatten Anweisung erhalten, den Limburger Stadthauptmann auf der Stelle zu arretieren, sollte er sich vor den Toren sehen lassen. Man könne mit großer Wahrscheinlichkeit ausschließen, dass er sich nach Diez getraut habe, wurde ihm versichert. Senftleben war mit seiner Untersuchung gescheitert. Er hatte sich gerade vorgenommen, dem Oberamtmann zu empfehlen, die weitere Suche nach Bogner einzustellen, da überschlugen sich die Ereignisse ...

Ein alter, knöchriger Mann in zerschlissenen Kleidern und mit einem vom Wetter zerfurchten, faltigen Gesicht, das man nur über den Löffel hätte barbieren können, meldete sich bei der Landmiliz. Er fragte, ob denn auf den verschwundenen Stadthauptmann ein Kopfgeld ausgesetzt sei. Reiner Zufall, dass Oberleutnant Hirschfeld davon Wind bekam. Er wollte gerade das Amt verlassen und die Torwächter kontrollierten, als die Knechte den lumpigen Mann mit den Worten fortschickten: „Blaggebajaß, hier gibt es kein Kopfgeld". Das machte Hirschfeld stutzig.

„Halt! Worum geht es?"

„Ei, gibt es nun ein Kopfgeld für den Bogner oder nicht?"

„Wisst Ihr etwas über den Stadthauptmann?"

„Wer weiß, vielleicht?"

„Kommt mit." Er führte ihn zum Polizeidirektor. „Der Mann behauptet, einen Hinweis auf den Stadthauptmann geben zu können. Er fragt nach Kopfgeld."

„Ist denn hier jeder korrupt, verdammt noch mal? Was habt Ihr vorzutragen?"

„Ei, gibt es ein Kopfgeld?"

„Wer seid Ihr?"

„Ein unbescholtener Bürger von Dickerich. Bin Schlammbeiser. Wenig Lohn."

„Und Ihr seid sicher, das Verschwinden vom Hauptmann erklären zu können?"

„Wenn für mich was rausspringt."

„Also gut, sollten wir den Bogner dank Eurer Hilfe tatsächlich finden, zahle ich Euch fünf Gulden."

„Offizier, Ihr seid mein Zeuge!", beeilte sich der alte Mann festzustellen. So viel Geld hatte er noch nie auf einmal in den Händen gehalten.

„Hirschfeld, habt Ihr nichts Besseres zu tun, als hier rumzustehen? Und Ihr setzt Euch und lasst hören."

Der graubärtige, alte Mann nahm triumphierend lächelnd Platz und erklärte umständlich mit viel zu vielen Nebensächlichkeiten, die Senftleben fast zur Weißglut trieben, was sich abgespielt hatte. Er sei am Sonntag nach der Messe in der Lubentiuskirche allein – seine Frau sei am kalten Feuer verstorben – am Lahnufer in Richtung Limburg unterwegs gewesen. Das müsse wohl vor etwa vier Wochen gewesen sein. Es habe aus Kannen gegossen und ein kühler Wind habe ihm ins Gesicht geblasen. Auf halbem Weg habe er in einem dichten Gebüsch am Ufer lautes Hundegebell gehört. Neugierig sei er dem nachgegangen und habe gesehen, wie zwei Köter wild auf einem Berg von Ästen scharrten. Zunächst habe er sich nichts Böses dabei gedacht, doch dann habe er zu seinem Entsetzen einen Arm aus dem Gebüsch ragen sehen. Den hatten die Hunde wohl freigelegt. Einen Menschenarm! Da habe er doch tatsächlich eine Leiche entdeckt. Unfassbar! Zuerst habe er vor Schreck nicht gewusst, was er machen solle. Ihm sei speiübel geworden. Erst habe er um Hilfe schreien wollen, aber wer hätte ihn hier hören sollen? Dann habe er Steine herangeschleppt und den Toten abgedeckt, damit das Hundevieh nicht weiterkratzte.

„Und Ihr meint, das war der Bogner?"

„Ei, lasst mich doch aussprechen. Dann bin ich nach Dickerich gelaufen und habe den Wachtmeister alarmiert. Der ist sofort mit mir und sechs Wachmännern zurück zur Fundstelle. Ich habe dort mein rotes Halstuch um einen Ast gewickelt, damit wir sie wiederfinden. Der Wachtmeister war voll des Lobes über mich, aber von Lob kann ich mir kein Brot kaufen. Als Brunnenfeger bekomme ich nur wenig Lohn, der reicht nicht ..."

„Kommt zur Sache. Was hat der Wachtmeister angeordnet?"

„Wie wäre es mit einem Gulden? Ich wollte mir doch in Limboasch ein Paar Schuhe kaufen ..."

Unwirsch schob ihm Senftleben einen Gulden über den Tisch.

„Was die Wachmänner gemacht haben? Sie haben das dichte Gestrüpp beiseitegeräumt und dann den Toten langsam zum Weg geschleift. Das war nicht so einfach. Und dann die Leiche ... aufgedunsen, bleich und blutig ... Scheußlich, sage ich Euch. Zudem hat sie schon ziemlich gestunken. Eklig, sage ich Euch. Mir ist speiübel geworden ..."

„Lasst die Einzelheiten weg. Und dann?"

„Ei, dann haben sie ihn nach Dickerich gekarrt. Zum Sargmacher."

„War das eine männliche Leiche? Was hatte sie an?"

„Jawohl, ein Mann mit Bart, der war ganz voll mit Blut beschmiert. Was der Mann anhatte? Ja, das mit den Kleidern war schon komisch. Er hatte nur ein dreckiges, blutverschmiertes Hemd an."

„Keine Uniform? Woher wollt Ihr dann wissen, dass das der Bogner war?"

„Das habe ich erst vorhin begriffen. In bin doch heute Morgen nach Limboasch, um mir Schuhe zu kaufen, wie ich schon gesagt habe. Am Brückentor habe ich das Signament ... ich meine, den Zettel am Tor gesehen. Das war purer Zufall. Ich musste noch warten. Die Wachen haben mich nicht durchgelassen. Da gab es wohl ziemlichen Ärger mit einem Fuhrmann. Der wollte den Brückenzoll nicht zahlen. Die Wächter haben auf eine in Stein gehauene grässliche Fratze im Turm gezeigt: So würde es ihm auch ergehen, wenn er nicht zahlt ..."

„Guter Mann, Ihr strapaziert meine Nerven. Was war mit dem Steckbrief?"

„Enjoo, der Zettel. Ein Wachposten hat ihn mir vorgelesen. Ich bin erschrocken. Ich meine, die Beschreibung könnte auf den Toten passen."

„Wo ist die Leiche jetzt?"

„Ei, wo wohl? Natürlich begraben auf dem Armesünderfriedhof. Kriege ich jetzt das Kopfgeld?"

Jetzt war Senftleben in seinem Element. Eine Leiche, ein Verbrechen, Suche nach dem Täter. Man solle sofort eine Kalesche vorfahren, er müsse nach Dietkirchen. Am Brückentor lief ihm Hirschfeld über den Weg. Im Eiltempo fuhren sie rumpelnd durch die brackigen Pfützen die Hanegasse entlang.

Der Dietkirchener Wachtmeister bestätigte im Grunde die Aussage des Mannes.

„Habt Ihr denn keine Kenntnis von dem Steckbrief?"

„Welcher Steckbrief?"

„Himmeldonnerwetter, Hirschfeld. Habt Ihr keine in die umliegenden Ortschaften geschickt?"

„Eure Weisung bezog sich nur auf Limburg. Die habe ich befolgt."

„Hirschfeld, ich verlange schon etwas mehr Eigeninitiative. Wachtmeister, warum habt Ihr nicht nach den Kleidern suchen lassen?"

„Wozu? In Dickerich wird niemand vermisst. Der Tote muss also ein Fremder sein, vielleicht ein Vagant?"

„Habt Ihr den Limburger Stadthauptmann gekannt?"

„Natürlich. Der Bogner war oft bei uns. Warum fragt Ihr?"

„Ihr wisst aber, dass er verschwunden ist?“
„Nein, seit wann?“
„Und Ihr habt ihn nicht als den Toten identifiziert?“
„Um Himmels willen, nein. Der Tote war doch nur im Unterkleid. Wie sollte ich da an den Bogner denken? Meint Ihr, der hatte einen Zettel mit seinem Namen in der Hand?“
„Ihr habt ihn begraben lassen?“
„Natürlich. Im ungeweihten Schandacker.“
Senftleben ging etwas abseits, um sich zu fassen und in Ruhe eine Weile nachzudenken. Da findet man einen Toten im Hemd, weiß nicht, wer er ist, wie er zu Tode kam, und verscharrt ihn einfach wie einen verendeten Köter! Er schüttelte den Kopf. Dann erteilte er seine Befehle:
„Wachtmeister, Ihr lasst die Sargkiste ausgraben. Ich komme morgen Schlag zwei am Nachmittag wieder und sehe mir die Leiche an. Besorgt mir auch einen Medicus, der den Toten examinieren kann. Wir fahren jetzt zum Tatort. Gebt dem Oberleutnant eine genaue Wegbeschreibung.“
Der Fundort im dichten Gebüsch des Lahnufers war schnell zu finden, hatten doch die Dietkirchener Wachmänner eine Schneise hinterlassen. Sie fanden eine Senke, nicht sehr tief. Doch so weit Senftleben auch den Umkreis der Fundstelle absuchte, er konnte keine Spuren entdecken, die auf den Tathergang schließen ließen.
„Also fassen wir zusammen: Bogner – sofern die Leiche tatsächlich Bogner ist – wurde ermordet. Zu der wahrscheinlichen Tatzeit war der Boden gefroren. Da konnte der Mörder den Toten nur bedecken, nicht verscharren. Später hat es heftig geregnet. Mögliche Blutspuren sind weggespült. Bleibt uns nur die Suche nach den Kleidern. Hirschfeld, Ihr nehmt Euch einige Männer und sucht das Gelände ab. Sollten wir die Uniform finden, haben wir Gewissheit.“

40

Als Senftleben am nächsten Tag am Dietkirchener Armesünderfriedhof ankam, stellte er mit zornigem Befremden fest, dass der Totengräber noch immer dabei war, den Sarg auszugraben.

„Wie dann? Ihr seid noch nicht fertig?“, raunzte er ihn an.

Der alte Mann richtete sich langsam auf, streckte sich und wischte sich den Schweiß von der Stirn. Sein verschmutztes Hemd klebte am Körper. Barfuß stand er in der knöcheltiefen Grube und stützte sich trotzig auf den Stiel seiner klobigen Schaufel.

„Ei, Ihr könnt mich gern ablösen.“

„Warum habt Ihr so spät mit der Arbeit begonnen? Ich hatte doch ...“

„Warum, warum? Guter Mann, ich kann mich nicht zerreißen. Heute Morgen hab ich einen in die Grube gelegt, und dann will der Wachtmeister noch, dass ich einen wieder ausgrabe. Habt Ihr mir wenigstens eine Kanne Bier mitgebracht?“

In diesem Moment gesellte sich der Wachtmeister hinzu. Er habe vergessen, dass am Morgen noch eine Bestattung angesetzt sei. Deshalb die Verzögerung, entschuldigte er sich. Aber es werde nicht mehr lange dauern. Die Knechte stünden bereit, den Sarg herauszuholen. Der Medicus sei verständigt.

Es dauerte noch eine halbe Stunde, dann stand die aus einfachen, ungeschliffenen Brettern gefertigte Kiste neben der Grube.

„Nun macht den Deckel schon auf!“, befahl Senftleben unwirsch. Die Knechte starrten den Wachtmeister an, von einem Fremden ließen sie sich nicht herumkommandieren. Der Wachtmeister nickte kurz.

Der Tote war ohne jedes Leichentuch einfach in die Kiste gelegt worden. Auf den Bauch, wie bei einem Selbstmörder! Senftleben ließ ihn umdrehen. Das Gesicht war voll getrockneten Bluts, das verdreckte Unterkleid wies ebenfalls Blutspuren auf. Der üble Verwesungsgeruch stieg ihm in die Nase.

„Ihr habt mich rufen lassen, Wachtmeister?“, fragte der eben eintreffende Doktor. „Was gibt es denn?“

„Ei, der Medicus ist auch schon da. Ich stelle Euch den Kommissar des hochlöblichen Kurfürsten vor. Er untersucht das Verschwinden des Limburger Stadthauptmanns.“

„Der dicke Bogner ist verschwunden?“

„Ja, seit sechs Wochen“, antwortete Senftleben. „Kennt Ihr ihn?“

„Natürlich, jedes Kind kennt den Motzkopp. Der hat nur Furcht und Schrecken verbreitet.“

„Dann könnt Ihr also die Leiche identifizieren?“

„Lasst sehen ... Ohne Uniform? Seltsam ... Aber das Gesicht könnte schon passen, oder, Wachtmeister?“

„Also ... ich bin mir sicher ... doch, das ist der Bogner ... Können wir ihn jetzt wieder in die Grube legen?“

„Nein, wir sind noch nicht fertig. Medicus, findet Ihr einen Hinweis auf die Todesursache?“

Fliegen umschwärmten mittlerweile den Toten. Der Doktor zog ein Fläschchen aus seinem Rock hervor und roch daran. Dann beugte er sich, ein Sacktuch vor Mund und Nase haltend, über das Gesicht.

„Ich kann keine tödliche Verletzung erkennen.“

„Dann sucht weiter.“

Kopfschüttelnd zog er noch einmal mit einem lauten Schnaufer den Duft seines Riechfläschchens ein, zerriss widerwillig mit einem kräftigen Ruck den linnenen Hemdfetzen, der noch am Körper klebte, und sah sich den Oberkörper an.

„Hier auch nichts, mein Herr ... Der rechte Arm zeigt Bisswunden ... höchstwahrscheinlich posthum ... Aber eines kann ich mit Sicherheit attestieren: Der Tote ist schon lange tot.“

„Wie lange? Woran wollt Ihr das erkennen?“

„Der Körper ist von Maden zerfressen. Erspart mir die Einzelheiten. Der Mann ist vor mindestens einem Monat verstorben ... Aber keine Anzeichen von Gewalt.“

„Wollt Ihr mir weismachen, der Mann hat aus Schwäche das Zeitliche gesegnet oder sich zum Sterben in das Gebüsch gelegt? Seht doch nur das Blut in seinem Bart. Knechte, dreht den Toten um … Da, seht Ihr die große blutverschmierte Wunde am Hinterkopf!"

Der Medicus teilte angeekelt das wirre Haar und legte eine große Platzwunde frei.

„Seht her, der Mann wurde mit einem Knüppel von hinten erschlagen. Der Schädelknochen ist eingedrückt. Das muss ein heftiger Schlag gewesen sein."

Senftleben deutete auf das Riechfläschchen des Arztes. Nachdem er tief den Duft von scharfem Salmiak eingesogen hatte, näherte er sich mit dem Gesicht der Blessur.

„Der Mörder hat den Bogner von oben auf den Kopf geschlagen. Er muss wohl größer als der Hauptmann gewesen sein und sehr kräftig, denn es gibt nur einen tödlichen Hieb. Das reicht mir fürs Erste. Ich habe genug gesehen. Legt ihn in die Sargkiste und vergrabt ihn mit priesterlichem Segen auf dem Kirchfriedhof. Aber bitte mit dem Gesicht nach oben."

Der Totengräber hätte am liebsten die Schaufel nach ihm geworfen. Die Knechte gehorchten stumm, während der Gräber knurrig auf seinen Lohn wartete. Senftleben reichte ihm einen Gulden. Sofort hielt der Medicus seine Hand auf und meinte: „Drei Gulden für meinen Dienst, ehrwürdiger Herr."

„Wachtmeister, ich verlasse mich auf Eure Diskretion. Kein Wort über den Tod von Bogner, habt Ihr mich verstanden?"

Auf dem Rückweg sah er den Landsknechten zu, wie sie mit langen Lanzen im Gebüsch herumstocherten. Oberleutnant Hirschfeld erklärte, sie hätten das Gelände schon bis zum Lahnufer abgesucht, aber nichts gefunden.

Am Abend wollte Senftleben dem Oberamtmann Bericht erstatten. Diesmal war er guten Mutes, konnte er doch endlich ein Ergebnis vorweisen. Dennoch behagte ihm die Begegnung mit dem Oberamtmann nicht. Hatte er sich doch in die Annahme verrannt, Bogner lebe noch und habe sich mit der Kasse aus dem Staub gemacht. So war zu viel Zeit mit unnützen Ermittlungen verstrichen. Holthausen würde sicher toben. Unterwegs holte er den Pater Bernhard im Franziskanerkloster ab. Er müsse dringend mitkommen, es gäbe Neuigkeiten. Doch an jenem Abend waren sie im Schloss nicht willkommen. Am Tor erwartete sie eine Ehrenformation der Offiziere in kaiserlichen Diensten in Prunkuniformen mit weißen Gamaschen und Gewehr bei Fuß. Wahrscheinlich von Hirschfeld abkommandiert. Die Fenster der herrschaftlichen Gemächer ließen üppigen Kerzenschein erkennen. Der Hof war mit Fackeln hell erleuchtet, als erwarte man hohen Besuch. Zunächst wollten die Wachen am Tor sie nicht durchlassen, da sie keine schriftliche Einladung vorweisen konnten. Doch als Senftleben darauf bestand, schließlich wohne er doch im Schloss, gaben sie den Weg frei. Der Keller Leo lief ihnen in bestem Festaufzug über den Weg.

„Wohin des Weges, meine Herren?"

„Wir müssen dringend den Oberamtmann sprechen."

„Heute Abend? Kommt morgen wieder."

„Ein Fall höchster Dringlichkeit. Wir bestehen darauf."

„Wartet im Antichambre der Amtsstube. Ich werde mit Seiner Wohlgeboren sprechen."

Nach zehn Minuten erschien Oberamtmann Freiherr Schütz von Holthausen mit Allongeperücke und seidenem, rotem Justaucorps.

„Meine Herren, meine Zeit ist knapp bemessen. Was habt Ihr vorzubringen, das keinen Aufschub duldet?"

„Euer Wohlgeboren, ich melde untertänigst: Der Stadthauptmann ist gemeuchelt worden. Wir haben seine Leiche im Gebüsch am nördlichen Lahnufer gefunden."

„Also doch. Auf dem Weg nach Dietkirchen sagt Ihr? Was hatte Bogner dort zu suchen?"

„Das entzieht sich meiner Kenntnis. Noch ... Der Mord muss wohl schon im Winter erfolgt sein, also zum Zeitpunkt, als sein Verschwinden aufgefallen war."

Jetzt konnte Pater Bernhard nicht mehr an sich halten. Er hob den Arm mit ausgestrecktem Zeigefinger und sagte mit einem triumphierenden Unterton:

„Hab ich es nicht gleich vermutet? Der Bogner hat den impertinenten Aufwiegler außerhalb Limburgs gestellt. Ich consideriere, Bogner ist in Erfüllung seiner Pflicht heimtückisch ermordet worden. Und Ihr, Senftleben, habt kein gutes Haar an ihm gelassen!“

„Ehrenwerte Herren, das Lamentieren hilft uns nicht weiter. Jetzt gilt es zu bedenken, was zu tun ist. Ist Bogner schon beerdigt?“

Senftleben atmete erleichtert auf. Keine Strafpredigt. Der Kelch war an ihm vorübergegangen. Dann berichtete er alle Einzelheiten über den Leichenfund und erwähnte auch, dass er den Wachtmeister in Dietkirchen zur Verschwiegenheit verpflichtet habe. Freiherr Schütz von Holthausen schritt über den fadenscheinigen Teppich mit Jagdszenen zu einem Tisch am Fenster. Er goss sich in aller Ruhe einen Moselriesling in ein wohlgeschliffenes Kelchglas ein, zündete seine Tonpfeife an und stieß Rauchkringel in die Luft, wie er es immer tat, wenn er angestrengt überlegte. Senftleben vermutete, dass der Ehrwürdige bei dieser Zeremonie nicht gestört werden wollte, und schwieg. Pater Bernhard ebenso.

„Nun dann, meine Herren, halten wir unser Wissen noch zurück. Der Mörder soll sich in Sicherheit wähnen. Zeigt mir noch einmal die Liste der verdächtigen Personen ... Was ist mit diesem Grandjeau?“

„Der Zimmermann ist sicher von kräftiger Statur und hat allen Grund, den Bogner zu hassen“, antwortete Pater Bernhard und kam somit dem Polizeidirektor zuvor.

„Richtig. Aber ich stelle anheim, dass der Tatort abseits der Stadt liegt. Habt Ihr nicht selbst gemeint, Bogner habe vielleicht einen fremden Mann verfolgt?“

Ein in einer roten Livree gekleideter Diener trat herein und wartete auf ein Zeichen seines Herrn, sprechen zu dürfen.

„Euer Wohlgeboren, die Gäste fahren vor."

„Kommissar, Ihr werdet Euch die Liste der Verdächtigen noch einmal vornehmen", beendete der Oberamtmann abrupt die Konversation, wandte sich ab und ließ die beiden verdutzt stehen. Enttäuscht registrierten sie, nicht zu den erlauchten Gästen zu zählen.

41

Die Liste, die Senftleben dem Oberamtmann vorgelegt hatte, erhielt nun eine neue Brisanz. Sein Gefühl sagte ihm zwar, der Mörder sei wohl eher nicht in der Stadt zu suchen, dennoch musste er jeden Verdächtigen überprüfen. Er hatte die Namen selbst ins Spiel gebracht. Sein erster Weg führte ihn zum Wollweber Adam Rab. Der wohnte in einem schmucken Fachwerkhaus an der Plötze, das inzwischen ziemlich heruntergekommen war. Im Untergeschoss stapelten sich einige Ballen mit Schafswolle. Senftleben sah sich um, konnte aber niemanden bei der Arbeit entdecken. Vom Obergeschoss drang der Lärm von Webstühlen herunter. Er stieg die Holzstiege hinauf.

„Wie dann? Was wollt Ihr?“, fauchte ihn der alte Adam Rab an. Ein hässliches Männlein mit roten Augen, struppigem Haar und großen, braungelben Zähnen.

„Ihr seid der Wollweber Rab? Ich muss Euch sprechen“, antwortete Senftleben und stellte sich vor. Rab führte ihn wieder die Treppe hinunter. Im Lagerraum sei es ruhiger.

„Es geht um den Stadthauptmann Bogner.“

„Lasst mich mit dem Verbrecher in Ruhe. Der ist für mich gestorben.“

„Was habt Ihr gegen den Bogner?“

„Der hat meine Tochter auf dem Gewissen. Dem Hundsfott traue ich nicht über den Weg.“

„Was war mit Eurer Tochter?“

„Bogners erste Frau hatte zwei Kinder, und als die starb, suchte er eine Frau zur Aufzucht seiner Brut. Das war mitten im Krieg. Bogner hatte sich bei der Miliz einen Namen gemacht. Er war selten zu Hause. Wir waren Nachbarn in der Barfüßerstraße. Die Kinder taten uns leid, wir kümmerten uns um sie, besonders aber meine Tochter Maria Elisabeth. Schließlich hat sie Bogner geheiratet. Dann wurde er zum Stadthauptmann bestellt, und damit fing die Misere an."

„Welche Misere meint Ihr?"

„Bogners Vater war Lederhändler, ehrbar, streng und immer knapp bei Kasse. Der stinkfaule Sohn hat kein Handwerk erlernt. Er wurde vom Vater kurzgehalten, deshalb meldete er sich auch rasch bei der Miliz. Als er Hauptmann wurde, ist ihm das Amt zu Kopf gestiegen. Er hatte Macht und keine Geldsorgen mehr. Aber er konnte mit Geld nicht umgehen. Es gab deshalb immer wieder Streit mit meiner Tochter. Dann verlangte er von mir Geld. Aber solange er sich mit den Hübschlerinnen herumtrieb, war bei mir nichts zu holen."

„Wie ist Eure Tochter zu Tode gekommen?"

„Elsbeth klagte nie über Unwohlsein. Eines Tages verspürte sie nach dem Abendmahl urplötzlich heftige Magenschmerzen, erbrach sich, war verwirrt und von Schwindel befallen. Bogner hatte ihr am Abend ein angebliches Heilmittel verabreicht, das er von einer Kräuterfrau im Westerwald erstanden hatte. Die Kinder fanden sie am nächsten Tag morgens in einer Blutlache auf dem Küchenboden liegen. Sie war mit dem Schädel auf die eiserne Kante des Herds gefallen. Wir schafften sie ins Hospital. Nach einer Woche ist sie verstorben."

„Was hat der Bogner mit ihrem Tod zu schaffen?"

„Mag sein, dass die Kopfverletzung tödlich war. Aber woher kamen die Schmerzen? Ich stellte das angebliche Wundermittel der Kräuterhexe sicher und ließ es von meinem Freund, dem Apotheker, untersuchen. Es handelte sich um Glanzpeterlein oder auch Hundspetersilie genannt, ein arg giftiges Gewächs."

„Ihr meint, Bogner habe es bewusst verabreicht? Warum seid Ihr nicht gegen ihn vorgegangen?"

„Jedes Kraut in Überdosis genommen ist giftig. Wie sollte ich nachweisen, dass Bogner meiner Tochter zu viel von diesem Zeug gegeben hatte? Die Kräuterhexe konnte ich auch finden. Es gab nur eine im Westerwald mit zweifelhaftem Ruf. Eine alte Hebamme, die mit Abtreibungen sündhaftes Geld verdient."

„Schwangerschaftsabbruch wird mit dem Schwert bestraft", unterbrach ihn Senftleben.

„Mag sein, deshalb ist er so geheim und teuer. Übrigens kannte sie den Bogner recht gut. Der hatte ihr vor einigen Jahren ein wahrscheinlich von ihm geschwängertes Mädchen gebracht. Er bestieg jedes Weib, das er zu fassen kriegte. Bogner kaufte des Öfteren ihre Wundermittel. Damit meinte sie sicher die todbringenden Kräuter. In meinen Augen hat der Halunke meine Tochter vergiftet. Er wollte sie loswerden, um diese hochnäsige Dillbecker'sche aus Eschhofen zu heiraten. Die war jung, reich, gerade Witwe geworden und gierig darauf, zur erlauchten Limburger Gesellschaft zu gehören. Ich sage Euch, Bogner geht über Leichen, wenn er sich etwas in den Kopf setzt."

„Wann habt Ihr ihn das letzte Mal gesehen?"

„Kann ich nicht sagen. Er ist Luft für mich."

Senftleben sah ihn prüfend an. Schmächtige Statur, klein gewachsen, nicht gerade ein Herkules und dazu noch kurzatmig. Nach dem Aussehen schied dieser schwachbrüstige, kränkelnde Weber als Täter aus.

„Man sagt, Ihr hättet ihn mit dem Tod bedroht?"

„Wer sagt das? Das ist eine Unverschämtheit. Ich bin strenggläubig. Da lade ich mir doch keine Todsünde auf mein Sündenkonto. Der Kerl muss mit seiner Schuld selber zurechtkommen. Unser Herrgott wird es zu ahnden wissen."

Senftleben strich den Rab von seiner Liste. Er hatte sich gerade vorgenommen, den Cordonnier aufzusuchen, als ein Postbote in seinem Büro erschien und einen Brief ablieferte. Senftleben las die Zeilen mit erschrockenem Gesicht. Dann packte er seine privaten Dinge zusammen und stürmte zum Schloss hinauf.

„Euer Hochwohlgeboren, verzeihen Sie mir mein unaufgefordertes Erscheinen. Soeben habe ich die Nachricht erhalten, dass meine Frau schwer gestürzt sei. Sie liegt im Hospital. Die Ärzte raten mir dringend, sofort zu erscheinen."

„War sie denn gebrechlich?"

„Nein, nein. Bei meinem letzten Besuch vor vier Wochen erfreute sie sich guter Gesundheit. Ich muss mich um meine drei Kinder kümmern. Gestatten Sie, dass ich meine Arbeit unterbreche?“

„Habt Ihr schon eine Spur von dem Mörder?“

„Bislang nichts Handfestes. Allerdings hege ich den Verdacht, der Täter ist wohl nicht in der Stadt aufzuspüren. Genehmigen Sie mir einen Dispens, danach werde ich meine Aufgabe hier zu Ende bringen. Hirschfeld wird in meinem Auftrag derweil Augen und Ohren offenhalten.“

„Gut, dann lassen wir den Mörder sich noch in Sicherheit wähnen. Eine Zäsur wird wohl nicht schaden. Wie macht sich denn der Hirschfeld? Kann ich ihn zum Stadthauptmann befördern?“

42

Senftleben ließ sich in Limburg erst nach zwei Monaten wieder blicken. Seine Frau war an den schweren Verletzungen verschieden. Er hatte die Kinder bei Verwandten untergebracht. Die Maisonne bescherte eine ungewöhnliche Hitze. Die Bauern fürchteten schon eine Missernte und beteten um den lang ersehnten Sommerregen. Mit dem Erscheinen des Polizeidirektors verfinsterte sich der Himmel. Regenschwere Wolken zogen auf und bald schüttete es derart heftig, dass die steinharte Erde die Wassermassen nicht aufnehmen konnte.

Senftleben registrierte sofort, dass sich in seiner Abwesenheit keine neuen Indizien im Mordfall ergeben hatten. Hirschfeld war offiziell zum Stadthauptmann ernannt worden und führte seine Amt mit viel Geschick und angemessener Strenge. Das Los der Bettelkinder hatte sich gottlob etwas verbessert. Durch seine Initiative erfuhren die inzwischen eingerichteten Armenhäuser und Suppenstuben Unterstützung von den Händlern und den reichen Bürgern der Stadt. Im Spital neben der Annakirche war sogar ein Waisenhaus eingerichtet worden, auf das die Stadt besonders stolz war.

„Hirschfeld, habt Ihr die Kasse ausfindig machen können, welche die Stadt dem Bogner genehmigt hatte?“

„Sie ist nach wie vor nicht aufzufinden. Ich habe den Verdacht, sie wurde dem Bogner geraubt.“

„Ihr meint, Bogner sei einem Raubmord zum Opfer gefallen? Unsinn. Reine Spekulation. Der nimmt doch nicht die Kasse mit, wenn er die Stadt verlässt. Es sei denn, er wollte sich aus dem Staub machen. Habt Ihr weiter nach der Uniform suchen lassen?“

„Gewiss. Aber ohne Erfolg. Ich habe das gesamte nördliche Lahnufer examinieren lassen.“

„Sehr seltsam. Bogner ist doch nicht im Hemd getürmt. Ist noch jemand aus der Stadt spurlos verschwunden?"

„Wen meint Ihr?"

„Zum Beispiel diesen Zimmermann oder den Studiosus."

„Vor zwei Wochen meldeten mir die Torwachen, der Student Johann Lang sei wieder in Limburg. Ich habe mir ihn vorgeknöpft. Er versicherte glaubhaft, seit seinem letzten Besuch bei seinen Eltern ausschließlich in Marburg beim Studium gewesen zu sein. Er steckt mitten in den Abschlussexamina. Vergesst ihn. Dem spirreligen Bürschlein traue ich keinen Mord zu. Der ist von hoher Bildung, von schmächtiger Statur und zudem ein Weichling. Im Gegensatz zu ihm kommt Grandjeau mit seinen Körpermaßen und seiner Kraft wohl eher als Täter infrage. Er arbeitet fleißig, unauffällig und genießt nach wie vor ein hohes Ansehen in der Stadt. Seine Frau erwartet ein Kind. Ich zweifle, ob er sein junges Eheglück durch eine solche gemeine Tat aufs Spiel setzen würde. Die anderen Verdächtigen gehen wie gewöhnlich ihren Geschäften nach."

Senftleben strich den Studenten von seiner Liste und zögerte, auch den Namen Grandjeau abzuhaken. Sein nächster Weg führte ihn zum Wirt des ‚Goldenen Hirschs'.

„Gott zum Gruße, Cordonnier. Einen Schoppen Roten bitte", sagte er und setzte sich an den Tresen. Die Gaststube war am Nachmittag leer. Cordonnier las in einem französischen Journal.

„Was hört man Neues aus Frankreich?"

„Nichts Gutes, mein Herr. Das hungernde Volk lehnt sich gegen die verhasste Königsfamilie auf. Es riecht stark nach einem Umsturz."

„Meint Ihr, der Aufruhr schwappt auch zu uns rüber?"

„Eher nur in den Köpfen. Die Literaten schüren eine Freiheitsbewegung und stellen sich teilweise offen gegen die Obrigkeit. Aber noch ist Ruhe bei uns in Limburg."

„Cordonnier, was wisst Ihr über das Verschwinden des Hauptmanns?“

„Nichts. Aber es gibt Gerüchte. Der Bogner soll ermordet worden sein.“

„Wer sagt das?“

„Die Bauern aus Dickerich verbreiten das Gerücht.“

„Und wie steht Ihr dazu? Habt Ihr dem Bogner nicht eine Verurteilung zur Fronarbeit zu verdanken?“

„Richtig. Der Bogner hat uns einen schlechten Leumund ausgestellt.“

„Und Ihr wolltet Euch rächen?“

„Rächen? Ja, ich gebe zu, ich habe ihm die Pest an den Hals gewünscht.“

„Oder den Tod?“

„Jetzt lasst aber die Kirche im Dorf. Ich vergreife mich doch nicht an so einem Mistkerl. So dumm bin ich auch wieder nicht.“

„Und der Kaufmann Isaacky?“

„Der hat eine Stinkwut auf Bogner. Fragt ihn doch selbst. Er hat seinen Laden gegenüber.“

Senftleben trank aus und begab sich sofort zum Nagelhändler Isaacky am Kornmarkt.

Der winzige Verkaufsraum bestand mehr oder weniger nur aus einem hohen Schrank mit einer großen Anzahl von kleinen Schubladen, die mit einer langen Sprossenleiter zu erreichen waren.

„Mein Herr, womit kann ich dienen?“, fragte Isaacky. Senftleben taxierte ihn. Etwa um die vierzig Jahre alt, groß, kräftig, mit einem wirren Wuschelhaar und einem dunklen Vollbart, der bis auf die Brust reichte. Ein gelber Ring in Brusthöhe wies ihn als Juden aus. Er trug eine blaue, ziemlich dreckige Schürze, an der er wohl seine rostigen Hände abzuwischen pflegte.

„Ich muss Euch über das Verschwinden von Stadthauptmann Bogner befragen.“

„Ihr seid wohl dieser Mauschel aus Koblenz. Mir kommt kein Wort über den Massik über die Lippen. Entweder Ihr kauft etwas, oder Ihr verzupft Euch."

„Sachte, sachte, Isaacky. Ich kann Euch zwingen, auszusagen. Wann habt Ihr Bogner das letzte Mal gesehen?"

„Keine Ahnung. Ich gehe dem Babbsack aus dem Weg."

„Bezieht Ihr Eure Nägel auch von Dietkirchen?"

„Ihr redet Stuss. In Dickerich gibt es keine Nagelfabrik."

„Aber Ihr geht doch ab und zu nach Dietkirchen?"

„Jetzt wird es mir zu bunt. Das geht Euch einen feuchten Kehricht an. Natürlich besuche ich meinen Bruder dort."

„Habt Ihr ihn auch im Februar aufgesucht?"

„Genug gedibbert. Ihr geht mir auf die Nerven. Raus, ich habe zu arbeiten! Isaacky ging zur Tür und bedeutete ihm barsch, er solle verschwinden. Senftleben entschied, Isaacky nicht von seiner Liste zu streichen.

43

Auf dem Weg zum Schloss schaute Senftleben beim Zuckerbäcker Neukirch am Rossmarkt herein.

„Was ist Euch gefällig, mein Herr?“, begrüßte ihn Neukirch mit der üblichen Herzlichkeit. Nein, dieser schmächtige, freundliche, kleine Mann käme für einen Mord an Bogner nicht infrage, schoss es ihm durch den Kopf. Senftleben schlürfte einen Kaffee aus der Untertasse, lobte den Geschmack und kam dann auf den Punkt.

„Neukirch, ich untersuche das Verschwinden des Stadthauptmanns Bogner. Wisst Ihr vielleicht, wo er abgeblieben ist?“

„Wieso fragt Ihr mich? Ich habe nichts, aber auch rein gar nichts mit ihm zu schaffen.“

„Aber Euer Eidam hegt sicher einen Groll gegen ihn.“

„Mag sein. Fragt ihn selber. Ihr findet ihn in der Kreucher Hofreite.“

Senftlebens erster Bericht an den Oberamtmann erschöpfte sich darin, dass einige Verdächtige von der Liste zu streichen seien. Zweifel hege er nur bei dem Isaacky. Aber der neue Stadthauptmann Hirschfeld habe ihm erklärt, der Isaacky sei zwar ein raubeiniger Draufgänger, aber sonst ein unbescholtener Kaufmann. Zudem stehe der Jude unter dem Schutz des Fürsten. Er müsse jetzt noch den Krämer Ripamonte befragen.

„Ripamonte? Den lasst gefälligst in Ruhe. Ich kann mir keine Unruhe unter den besten Steuerzahlern leisten.“

„Also bleibt nur noch der Grandjeau“, ergänzte Pater Bernhard. „Ich habe Euch von Beginn an auf ihn aufmerksam gemacht.“

„Pater, erklärt mir, warum Ihr immer wieder so vehement den französischen Zimmermann zur Sprache bringt. Kennt Ihr ihn?“, fragte ihn Oberamtmann Freiherr Schütz von Holthausen.

„Euer Wohlgeboren. Nein, ich kenne den Grandjeau nicht persönlich. Aber seinen älteren Bruder. Von ihm weiß ich, dass dieser mit den französischen Aufklärern paktiert. Da liegt es wohl nahe, dass er seinen Bruder mit aufrührerischen Gedanken infiziert hat. Ich möchte nicht ausschließen, dass dieser Zimmermann hinter dem perfiden Vorfall bei der Fronleichnamsprozession steckt. Schließlich war er mit den Vorbereitungen der Zunftschauwagen beauftragt."

„Ihr meint, der Bogner sei ihm auf der Spur gewesen?"

„Der Verdacht liegt auf der Hand."

„Und deshalb habe der Grandjeau ihm aufgelauert und ihn umgebracht? Ein sehr vages Motivum! Senftleben, was haltet Ihr davon?"

Senftleben hatte bisher geschwiegen. Irgendwie behagte ihm weder der Pater noch dessen andauerndes Gerede über die Aufklärer. Warum hackte er immer wieder darauf herum?

„Nun, Euer Wohlgeboren ... ich weiß nicht so recht ... Als Mordmotivum kommt eher die fehlende Stadtkasse in Betracht ... Aber ich meine, wir sollten den Grandjeau examinieren."

Am nächsten Tag suchte Senftleben in Begleitung von Hauptmann Hirschfeld den Bauer Nepomuk auf. Phillip war nicht zugegen, er hatte einen Dachstuhl zu richten. Johanna öffnete ihm die Tür nach dem wiederholten, stürmischen Klopfen. Beim Anblick der Milizuniform Hirschfelds und des ernsten Gesichtsausdrucks von Senftleben spürte sie das nahende Unheil und fasste instinktiv ihr silbernes Amulett mit dem Schattenriss von Phillip, als wollte sie ihn herbeiwünschen. Die Bäuerin kam sofort mit der Mistgabel in der Hand aus dem Kuhstall geeilt, als sie den Lärm hörte.

„Johanna, bitte reg dich nicht auf und lege dich wieder hin. Was wollt Ihr von uns?"

„Wo ist der Bauer?", fragte Senftleben, ohne sich vorzustellen.

„Warum? Der ist auf dem Feld."

„Lasst ihn holen."

„Wir haben keinen Knecht. Geht selber und schaut nach ihm."

„Hirschfeld, holt den Bauern herbei. Und Ihr, Bäuerin, lasst mich ein, um mich im Haus umzusehen."

Die Bäuerin gab jedoch den Zugang nicht frei. Unwirsch stürmte Senftleben an ihr vorbei ins Haus.

„Der Zimmermann Grandjeau lebt bei Euch?"

„Wen wollt Ihr sprechen? Meinen Mann oder meinen Eidam?"

„Beide."

„Und warum? Kann ich Eure Fragen beantworten?"

„Später. Zeigt mir Eure Wohnung."

„Nun, wie Ihr wollt. Wir haben nichts zu verbergen." Sie führte ihn in die Stube.

Senftleben schaute sich um. Außer dem Schreibtisch mit den Papieren erregte nichts seine Aufmerksamkeit. Inzwischen erschien Hirschfeld mit dem Bauern.

„Was ist hier los?"

„Bauer Nepomuk. Wir haben den Verdacht, dass Ihr oder der Zimmermann etwas mit dem Verschwinden von Stadthauptmann Bogner zu tun habt."

„Wie kommt Ihr nur auf eine solch blöde Schnapsidee? Was haben wir mit der Dreckbagge zu schaffen!"

„Nach meinen Erkenntnissen habt Ihr ausreichend Gründe, ihn zu hassen."

„Ja und? Der Kerl hat meinen Eidam zweimal zu Unrecht eingekerkert und dazu noch einen Pockenkranken zu ihm legen lassen. Sind das keine Gründe, einen Zorn auf ihn zu haben? Bogner wollte ihn umbringen."

„Ein ausreichendes Motivum, sich an Bogner zu rächen."

„Wie rächen? Was ist mit Bogner? Ich denke, der ist verschwunden? Jetzt verstehe ich. Glaubt Ihr, wir halten ihn hier gefangen? Schaut in die Ställe, schaut Euch im Haus um."

„Das werden wir auch tun. Wann habt Ihr den Bogner das letzte Mal gesehen?“

„Das ist lange her. So genau weiß ich es nicht.“

„Hauptmann, Ihr inspiziert die Ställe. Aber sorgfältig, wenn ich bitten darf! Ich sehe mich im Haus um. Zeigt mir die Wohnung von Grandjeau!“

„Ich bitte Euch. Die Niederkunft meiner Nichte steht bevor, sie muss das Bett hüten“, protestierte die Bäuerin.

„Dann soll sie sich ein anderes Lager suchen. Und versucht nicht, mich davon abzuhalten.“

Johanna wechselte in die Schlafstatt der Bäuerin. Dann stürmte Senftleben in das Quartier des Zimmermeisters. Akribisch nahm er ein Buch nach dem anderen vom Bord und las darin. Pater Bernhard hatte recht. Hier gab es zuhauf aufklärerische Lektüre. Inzwischen kam Hirschfeld von seiner Inspektion zurück und schüttelte den Kopf. So recht verstand er nicht, wonach er im Stall suchen sollte. Sicher nicht nach dem Hauptmann, der war schon lange tot. Er konnte sich nur vorstellen, dass der schlaue Fuchs von Polizist den Bauern im Glauben lassen wollte, Bogner lebe noch.

„Wir werden hier nichts weiter finden, was uns weiterbringt“, flüsterte ihm Senftleben zu. „Lasst uns wieder gehen.“

„Einen Moment noch, Euer Wohlgeboren. Schaut Euch das mal an.“

44

Phillip hatte den ersten eigenen Auftrag für eine neue Dachkonstruktion in der Koblenzer Vorstadt erhalten. Er war stolz wie ein aufgeplusterter Pfau und legte sich mit seinem Gesellen mächtig ins Zeug. Der strohgedeckte Dachstuhl des Wohnhauses war im Winter durch eine Unachtsamkeit dem Feuer zum Opfer gefallen. „Der rote Hahn hatte sich aufs Dach gesetzt", sagten die Leute. Die Maurer hatten alles wieder so weit hergerichtet, dass der Stuhl aufgesetzt werden konnte. Alle Vorstädter freuten sich auf das fällige Richtfest, war doch jeder Anlass zum kostenfreien Saufen willkommen. Der Hausbesitzer konnte einem leidtun, schließlich musste er noch einmal tief in den Geldbeutel greifen. Hätte er das Firstbier verweigert, wäre er für alle Zeiten als feiger Geizkragen verschrien gewesen und hätte unter seinem Dach keine Minute in Frieden leben können. Phillip hatte seine feine Zimmermannskluft angelegt, einen Richtbaum mit bunten Schleifen auf den First genagelt und hielt stolz seinen Richtspruch. Mit geschwellter Brust stieg er vom Dach hinab und beglückwünschte den Bauherrn. Man reichte ihm einen Becher Runkeler Roten und führte ihn an die reich gedeckte Tafel. Das war das Zeichen für die Gäste, nun kräftig zuzulangen. Als Erste bedienten sich die Obertiefenbacher Strohdecker, obwohl sie noch keinen Handschlag gemacht hatten.

Doch für Phillip war das Fest kurz darauf abrupt zu Ende. Stadthauptmann Hirschfeld erschien mit zwei Landsknechten und verhaftete den ungläubig dreinschauenden Zimmermeister aus heiterem Himmel. Ohne auch nur ein Wort über den Grund zu verlieren. Sie fesselten ihn und führten ihn wie einen Schwerverbrecher unter den fassungslosen Blicken der Gäste zum Brückentor und weiter die Fahrgasse entlang zum Büro des Schultheißen. Weinbrunn und Senftleben erwarteten ihn.

„*Crénom de Dieu*, verflucht noch mal, was wollt Ihr von mir?", schrie Phillip vor Wut.

„Lasst Gott aus dem Spiel, Grandjeau", mahnte Weinbrunn. „Ihr werdet verdächtigt, den Stadthauptmann Bogner ermordet zu haben."

„*Vous dites des conneries* ... Ihr redet Unsinn."

„Grandjeau, es ist besser, die volle Wahrheit zu sagen."

„Die Wahrheit ist, dass ich niemanden ermordet habe. Ich gebe Euch meine *parole d'honneur*, mein Ehrenwort als Zimmermann."

„Das wird Euch nicht mehr helfen. Wir können es beweisen", schleuderte Senftleben ihm außer sich vor Erregung entgegen.

„*Quoi*? Was könnt Ihr beweisen?"

„Den Mord an Bogner."

„*Sacrément*, ich weiß nicht einmal, dass Bogner tot ist."

„Ihr lügt. Seht, was wir bei Euch gefunden haben."

Auf dem Tisch lag ein mit einem schwarzen Tuch verdeckter Gegenstand. Senftleben riss mit einem Ruck den Fetzen weg. Auf dem Tisch lag ein Degen.

„Gehört der Euch?"

Phillip beugte sich über die Stichwaffe und bestätigte erstaunt: „Wie seid Ihr an meinen Degen gekommen?"

„Das tut wohl nichts zur Sache. Hirschfeld, könnt Ihr bezeugen, dass dies der Degen von Bogner ist?"

„Jawohl, Euer Wohlgeboren. Ich erkenne die Initialen K und B. Das ist eindeutig der Degen von Bogner."

„Gebt Ihr jetzt zu, den Bogner ermordet zu haben?"

„*Non, non.* Ich habe den Degen gekauft. Er wurde mir angeboten."

„Natürlich, gekauft. Von wem denn?"

„Etwa vor drei Wochen hielten mich drei Bettelkinder auf dem Heimweg zum Hof an. Sie zeigten mir den Degen und fragten, ob ich ihn ihnen abkaufen würde."

„Soso, Bettelkinder. Also nicht nachprüfbar. Was habt Ihr denn bezahlt?"

„Drei Gulden."

„Und Ihr habt nicht gefragt, woher sie den Degen haben?"

„*Mais naturellement.* Aber natürlich. Sie sagten, sie hätten ihn gefunden."

„Und wo haben sie ihn gefunden?"

„Das weiß ich nicht."

„Warum habt Ihr ihn gekauft, wie Ihr sagt?"

„Einzig zur Verteidigung. In letzter Zeit strich ein verdächtiger Mann ums Haus. Ich brauchte eine Waffe zum Schutz."

„Und da habt Ihr Euch ausgerechnet den Degen von Bogner beschafft? Das klingt sehr an den Haaren herbeigezogen, sehr verdächtig. Grandjeau, die Geschichte nehme ich Euch nicht ab. Ihr habt ein starkes Motivum. Ihr hasst den Bogner. Habt Ihr Euch mit Bogner gestritten? Seid Ihr handgreiflich geworden und habt aus Wut zugeschlagen? Vielleicht wolltet Ihr ihn gar nicht töten, aber dann hat sich Bogner nicht mehr gerührt. Erschrocken habt Ihr ihn dann ins Gebüsch gelegt. War es nicht so? Erspart uns das weitere Verhör und gesteht", wetterte Senftleben. Seine Fistelstimme überschlug sich.

„*Non, non.* Ich habe nichts zu gestehen. Ich habe nichts getan. *C'est tout*! Das ist alles!"

„Schultheiß, waltet Eures Amtes!", forderte nun Senftleben.

„Grandjeau, ich nehme Euch ob des Verdachts des Mordes am Stadthauptmann Bogner in Haft. Nach dem Gesetz seid Ihr dem Obergerichtshof zu Koblenz zu überstellen. Der allein ist für schwere Criminalfälle zuständig. Ich bitte Euch, Senftleben, die Anklage in Vertretung des Limburger Gerichts vorzubereiten."

„Hirschfeld, Ihr besorgt sofort eine Sonderkutsche für den Transport und begleitet den Gefangenen. Ich werde zunächst dem ehrwürdigen Oberamtmann Bericht erstatten, dann folge ich nach."

„Euer Wohlgeboren, meine Aufgaben als Stadthauptmann verlangen meine Präsenz in Limburg. Ich ersuche Euch untertänigst, den Wachtmeister Rompelsheim zu beauftragen."

„Ist mir recht. Aber stellt eine Eskorte von zwei berittenen Landsknechten bereit."

Noch am gleichen Tag wurde Grandjeau wie ein Schwerverbrecher nach Koblenz überführt. Senftleben frohlockte.

An den Limburger Stammtischen kursierten bald die wildesten Gerüchte.

„Den Bogner haben sie hingemacht? ... Wie dann, wer dann? ... Der Franzos? ... Der lag schon immer im Streit mit dem Bogner ... Wollte der Bogner ihn mal wieder verhaften? ... Der Zimmermann hat sich gewehrt? ... Wenn der zuschlägt, ist ein für alle Mal Ruhe ... Und dann noch die Sache mit dem Aussätzigen im Turm ... Kann man es ihm verdenken? ... Eigentlich ist es schad' um den Franzosen ... Wir sollten auf ihn trinken ..."

45

Die Nachricht über die Verhaftung Phillips schlug auf dem Bauernhof wie eine Kanonenkugel ein. Johanna weinte den ganzen Tag. In ihrem Zustand konnte sie ihrem Gatten nicht zur Seite stehen. Sie bat Markus um Hilfe. Doch was sollte der in dieser misslichen Lage ausrichten? Wie konnte er seinem Freund helfen? Bauer Nepomuk schlug vor, er solle zunächst den Schultheiß Weinbrunn befragen, der sei dem Phillip stets mit Wohlwollen begegnet.

Bevor sich Markus am frühen Morgen auf den Weg zu seiner Arbeitsstätte aufmachte, suchte er das Rathaus auf. Er hatte Glück. Der Frühaufsteher Weinbrunn kam gerade mit Faszikeln unter dem Arm von der Salzgasse herauf und bog in den Fischmarkt ein. Markus ging ihm entgegen.

„Moije, ehrwürdiger Schultheiß, kann ich Euch einen Moment sprechen?"

„Gewiss. Ihr seid der Zimmermann, der die Tochter des verstorbenen Meisters Lang geheiratet hat. Habt Ihr nicht einen Sohn bekommen? Alles wohlauf?"

„Danke der Nachfrage. Mein Sohn ist unser ganzer Stolz. Ich möchte Euch zur Verhaftung von Grandjeau befragen."

„Der hat doch die Tochter des Zuckerbäckers Neukirch geheiratet und lebt nun auf dem Hof in Kreuch, nicht wahr?"

„Ei, Ihr wisst gut Bescheid. Was werft Ihr dem Grandjeau vor?"

„Was ich Euch jetzt sage, muss unter allen Umständen unter uns bleiben, verstanden?"

Markus nickte und murmelte: „Ihr habt das Wort eines Zimmermanns."

„Der Koblenzer Kommissar hat bei einer Wohnungsinspektion in Kreuch beim Grandjeau den Degen des Stadthauptmanns gefunden. Bogner ist gemeuchelt worden. Der

Polizeidirektor verdächtigt Grandjeau, den Bogner getötet zu haben."

Markus erblasste. Phillip unter Mordverdacht?

„Gruuser Gott. Mord? Niemals. Und das mit dem Degen kann ich mir nicht vorstellen. Mein Vater duldet keine Waffen auf seinem Hof. Das hat Phillip gewusst. Oder hat man ihm den Degen untergeschoben?"

„Ausgeschlossen. Der neue Stadthauptmann Hirschfeld war zugegen. Das ist ein aufrechter, nobler Mann. Grandjeau hat zugegeben, dass ihm der Degen gehört. Er will ihn Bettelkindern abgekauft haben."

„Ei, das entlastet ihn doch."

„Glaubt Ihr, wir können die Kinder ausfindig machen und von ihnen ein Alibi bekommen? Der Kommissar zweifelt die Aussage von Grandjeau an. Es blieb mir nichts anderes übrig, als den Verhafteten dem Oberhof in Koblenz zu überstellen. Dort wird ihm der Prozess gemacht. Die Wahrheit wird sich finden."

„Was kann ich für meinen Freund tun?"

„Betet zu Gott und hofft auf Gerechtigkeit."

Stadthauptmann Achim von Hirschfeld war in einer wohlsituierten, preußischen Offiziersfamilie aufgewachsen. Schon sein Großvater hatte in kaiserlichen Diensten gestanden, ebenso sein Vater. Seine Eltern achteten auf gute Manieren, Ordnungsliebe, Pünktlichkeit, Zuverlässigkeit und vor allem auf einen ausgeprägten Gerechtigkeitssinn. Seiner guten Erziehung hatte er seine steile Karriere zu verdanken. Jede Ungerechtigkeit war ihm zuwider. So hatte er seine Landser angewiesen, die beiden Kameraden, die Bogner zum Spießrutenlaufen verdonnert hatte, auf jeden Fall zu verschonen. Ihm ging noch einmal das Verhör von Grandjeau durch den Kopf. Irgendwie beschlich ihn das Gefühl, den Zimmermann vielleicht zu Unrecht mit seinem Hinweis auf den Degen in arge Bedrängnis gebracht zu haben. Senftleben hatte die Aussage Grandjeaus, er habe den Degen gekauft, einfach vom Tisch gewischt. Ging es nach Senftlebens Meinung, dann konnte Grandjeau allein aufgrund der Indizien verurteilt werden. Senftleben würde alles daransetzen, einen Mörder zu präsentieren und sich somit die Anerkennung des Kurfürsten zu sichern. Die Gerichte waren nur daran interessiert, die Schuld nachzuweisen, und oft zu schnell in der Urteilsfindung. Notfalls setzten sie die Folter ein, um ein Geständnis zu erzwingen. Die Angeklagten standen meist allein ohne Fürsprecher vor Gericht und hatten kaum eine wirkliche Chance, sich effektiv zu verteidigen. Hirschfeld wollte dem Grandjeau zur Seite stehen. Nach seinem Gefühl kam der aufrechte Zimmermann niemals als Mörder infrage. Er fühlte sich verpflichtet, die Aussage des Beschuldigten zu überprüfen.

Hirschfeld weihte vertraulich die alte Posthalterin Scherpf in den Fall ein und bat sie um Hilfe. Die Suppenstube gegenüber der alten Poststation war voller hungriger Kinder, die gerade Hirsebrei mit Quetscheschmeer verspeisten.

„Kinder, hört bitte einen Moment zu. Der Offizier hat eine Frage an Euch."

„Wie ihr wisst, ist der Stadthauptmann Bogner spurlos verschwunden. Ich möchte euch bitten, mir bei der Suche nach ihm zu helfen. Bisher ist nur der Degen Bogners aufgetaucht. Falls einer von euch den Degen gefunden hat, so möge er sich bei mir melden. Nein, es erwartet ihn keine Strafe. Ehrlich. Ich muss wissen, wo der Degen gefunden wurde. Wer mir den Fundort zeigt, bekommt einen Gulden. Und wenn ihr weitere Sachen von Bogner findet, dann auch. Ich ernenne euch also zu meinen Hilfspolizisten und wenn ihr etwas findet, dann bekommt ihr auch einen Lohn."

„Hat jemand von euch den Degen gefunden?", fügte Frau Scherpf hinzu, aber kein Kind meldete sich.

Nach drei Tagen erschien ein pfiffiger Junge von etwa zehn Jahren im Büro von Hirschfeld. Artig nahm er seine speckige Ballonmütze ab und stellte sich mutig vor den Schreibtisch. Seine Hände hielten etwas hinter dem Rücken versteckt.

„Na, du Stobbelhobser. Was willst du mir melden?"

„Ei, bekomme ich auch einen Gulden?"

„Das kommt ganz darauf an, was du mir sagst oder bringst. Komm setz dich."

Zögerlich setzte er sich auf den Stuhl und legte einen verdreckten Dreispitz auf den Tisch. Hirschfeld stutzte, nahm den Hut prüfend in die Hand. Viel war von dem guten Stück nicht mehr geblieben. Die Würmer hatten kräftig daran genagt.

„Wo hast du ihn gefunden?"

„Bekomme ich jetzt einen Gulden oder nicht?"

Hirschfeld schob ihm einen Gulden hin. Der Junge sprang auf und wollte davonlaufen.

„Moment noch. Wir müssen uns noch unterhalten. Willst etwas schnuggele? Ich lasse etwas vom Bäcker holen." Er ging kurz hinaus und gab eine Anweisung.

„Kannst du mir zeigen, wo du den Hut gefunden hast?"

„Ei, das bringt mir noch einen Gulden, oder?"

„Meinetwegen, aber nun sag schon."

„Am Eschhiwer Lahnufer. Im Gebüsch."

Inzwischen brachte ein Landser einen Krapfen. Der hungrige Knabe biss hinein und schlang ihn gierig hinunter.

„Haben die Kinder da auch den Degen gefunden?"

„Ennaa. Weiß ich nicht. Ich habe nur drei Jungen gesehen, wie sie an der Stelle herumgestöbert haben."

„Kannst du mir die Jungen zeigen?"

„Ennaa, die kenne ich nicht. Die kommen nicht in die Suppenküche. Ich glaube, die sind nicht von Limboasch."

46

Phillip wurde in ein Koblenzer Gefängnis gesteckt. Zum Glück war der Kerker sauberer und heller als das dunkle, stinkende Loch im Limburger Katzenturm. An Schlaf war nicht zu denken. Kreischende Raben umschwärmten mit einem Höllenlärm das Stockhaus. Gaben ihm die Galgenvögel zu verstehen, dass sie auf ihn warteten? Was würde man ihm vorwerfen? Den Besitz einer dubiosen Stichwaffe? Warum wollte es das Schicksal, dass er ausgerechnet den Degen vom Bogner gekauft hatte? Er haderte mit sich und verfluchte den Tag, an dem er den Degen erstanden hatte. Nepomuk hatte recht. Keine Waffen, die bringen nur Unglück. Wie es wohl seiner Jeanne ging? Jetzt, wo sie das erste Kind erwartete? Er schwor bei Gott: Sollte er diesen Prozess unbeschadet überstehen, würde er zum Schrein der Heiligen Drei Könige nach Coeln wallfahren, seinem ursprünglichen Ziel. Noch war er zuversichtlich, noch vertraute er der Gerechtigkeit. Aber sicher konnte er sich nicht sein.

Die Wächter erklärten ihm, er könne auch etwas anderes als trockenes Brot und Hirsebrei bekommen, so er dafür zahlen könne. Für die ersten Tage reichte sein Geld, das er noch bei sich hatte. Am frühen Montagnachmittag meldete ein Wachknecht, für ihn sei Besuch da. Markus hatte ihn bestochen, um mit Phillip ein paar Worte zu wechseln.

„Kerle, hat dich der Teufel geritten? Wie bist du nur auf die Schnapsidee gekommen, einen Degen zu kaufen? Und dann auch noch den vom Bogner? Mein Vater war außer sich über deine Dummheit."

„Du weißt, dass einmal ein *roublard* um unseren Hof geschlichen ist. Ich wollte nur gewappnet sein."

„Ei, da bist du aber ganz gehörig in den Puddel geschlittert. Johanna ist in Tränen aufgelöst. Ich soll dich schön grüßen. Es geht ihr gut."

„Und wie geht es mit deiner Adelheid?"

„Sie ist wieder schwanger. Kinderaugen verzaubern wohl jedes Weib. Wir sind glücklich zusammen. Ei, hast du was mit dem Bogner zu schaffen?"

„*Non*. Wo denkst du hin?"

„Kann ich dir irgendwie helfen?"

Dann flüsterten sie, um nicht gehört zu werden. Phillip bat ihn, den unehrenhaften Ledergesellen zu treffen. Der könne vielleicht noch ein paar wichtige Auskünfte beschaffen. Den Wachen war die Tuschelei suspekt. Sie forderten Markus auf, sofort wieder zu gehen.

Inzwischen führte der kleine Junge den Stadthauptmann Hirschfeld bei drückender Schwüle zum Eschhofener Tor hinaus auf den Ennericher Weg am südlichen Lahnufer. Der Fußweg schlängelte sich an Wiesen und Gärten vorbei, immer die ruhig dahinfließende Lahn im Blick. Am seichten Ufer tollten Kinder im Wasser. Bald sahen sie die steingraue Sankt-Lubentius-Kirche zu Dietkirchen auf der Spitze eines steilen Felsens und die weißen Kanonikathäuser, die unter den übrigen Häusern des Dorfes im grellen Sonnenlicht hervorleuchteten. Sie durchschritten einen kleinen, schattigen Buchenwald. Kurz vor Eschhofen blieb der Junge vor einer Gruppe von drei wuchtigen Linden am dicht bewachsenen Ufer stehen. Die Linden standen in voller Blüte, versprühten einen süßen Duft und gaben ein malerisches Bild von verschiedenen Grün- und leuchtenden Gelbtönen ab. Das passte so gar nicht zu dem grausigen Geschehen, das sich dort abgespielt haben sollte.

„Wo genau hast du den Dreispitz gefunden?", fragte Hirschfeld den Jungen. Der zeigte auf die Baumgruppe:

„Ei, unne de Lenne. Krieg ich eweil den Gulden?"

Hirschfeld drückte ihm das Geldstück in die Hand. Der Knabe drehte sich auf der Stelle um und verschwand. In Sichtweite waren ihnen einige Landser mit Stangen und Haumessern gefolgt. Der Hauptmann wies sie an, das Unterholz um die Linden herum zu inspizieren. Sie mussten eine Schneise in das üppig wuchernde Buschwerk schlagen. Vor allem die wilden, dornigen Brombeersträucher erschwerten ihnen den Zugang. Mit langstieligen Messern machten sie sich an die schweißtreibende Arbeit. Hirschfeld schickte einen Knecht in den Dorfkrug, um reichlich Bier zu holen.

Jetzt erst bemerkte Hirschfeld, dass die Stelle genau gegenüber dem Fundort der Leiche am anderen Lahnufer lag. Der Mörder musste den Bogner bei den Linden erschlagen, ihn dort seiner Kleider entledigt und schließlich über die zugefrorene Lahn auf das andere Ufer geschleift haben. So fügte sich alles zusammen.

Es war kurz vor dem Angelusläuten, als die schwitzenden Landser ihn aufgeregt zu einem dichten Gebüsch riefen. Tatsächlich. Hier lagen die Uniformstücke des Stadthauptmanns. Jedenfalls so viel davon noch übrig war. Auch die schwarzen Stulpenstiefel zerrten sie aus dem dichten Gestrüpp.

An nächsten Tag setzte Hirschfeld einen Eilkurier in Marsch, um dem Polizeidirektor Senftleben die neuen Erkenntnisse zu melden. Der hatte seine Anklageschrift inzwischen fertig. Der Prozess konnte beginnen. Senftleben gab dem Kurier eine Nachricht an Schultheiß Weinbrunn mit. Der Gerichtstermin sei in drei Tagen angesetzt. Er möge als Vertreter der Limburger Justiz dem Prozess beiwohnen und den Pater Bernhard mitbringen. Weinbrunn informierte sofort den Zimmermann Markus. Gemeinsam reisten sie mit der Post nach Koblenz.

47

In das rote Schöffenhaus aus Backsteinen am Florinsmarkt mit dem verspielten Erker über dem Tor hatten sich an jenem Tag nur wenige Zuschauer verirrt. Hier stand kein Koblenzer vor Gericht, sondern ein Fremder aus dem weit entfernten Limburg. Das interessierte kaum jemanden. Der Gerichtssaal des Oberhofs war viel zu geräumig für die kleine Schar von Zuhörern. Ein heftiger Regenschauer peitschte gegen die bleiverglasten Fenster. Phillip nahm auf der hölzernen Anklagebank Platz. Mit seiner speckigen, langen Mähne, den eingefallenen Wangen und den übermüdeten, unruhigen Augen hätte man meinen können, hier stünde der leidende Christus vor dem strengen Präfekten Pontius Pilatus zu Gericht. Er sah sich neugierig um. Markus lächelte ihm sichtlich betroffen zu. Phillip erkannte den Schultheiß Weinbrunn und den Polizeidirektor Senftleben. Neben ihm hatte ein Mönch Platz genommen. Markus fasste sich ein Herz, erhob sich und ging auf Phillip zu. Noch ehe die Gerichtsbüttel ihn aufhalten konnten, reichte er ihm einen Zettel. Am langen Richtertisch, mit grünem Tuch verhangen, saßen sieben Schöffen und in ihrer Mitte der Richter. Der alte Mann mit weißer Perücke, stechenden Augen hinter einer klobigen Brille und in einen schwarzen Talar gehüllt blickte streng mit zugekniffenen Augen auf den Angeklagten. Prüfend sah er in die Runde, um festzustellen, ob alle Prozessbeteiligten anwesend seien. Dann läutete er die Gerichtsglocke. Sofort trat Ruhe ein. Die Verhandlung konnte beginnen.

„Wir haben heute über das Schicksal des Phillip Grandjeau, Zimmermeister aus Limburg, zu entscheiden. Polizeidirektor Senftleben, Sie mögen vortragen."

„Ehrenwerter Richter, unser durchlauchtigster Erzbischof hat mich beauftragt, das plötzliche Verschwinden des Limburger Stadthauptmanns Kaspar Bogner zu examinieren. Meine Ermittlungen haben ergeben, dass der reputierliche Stadthauptmann Anfang Februar dieses Jahres auf heimtückische Art hinterrücks erschlagen worden ist. Wir haben seine Leiche gefunden, auch seine Uniform, die ihm der Meuchler zuvor ausgezogen hatte. Bei der Suche nach dem Täter bin ich auf den Phillip Grandjeau gestoßen. In seinem Haus haben wir den Degen des Stadthauptmanns sichergestellt. Das Corpus Delicti liegt dem Gericht vor. Es wurde eindeutig als Bogners Degen identifiziert."

„Ich habe hier zwei Prozessakten aus Limburg vorliegen", ergänzte der Richter. „Grandjeau wurde ob eines tätlichen Angriffs auf den Stadthauptmann zu einer Kerkerhaft verurteilt. Später musste er sich ob des Besitzes von aufrührerischen Schriften verantworten. Zudem wurde er beschuldigt, die Zimmermannszunft bestochen zu haben, um an eine Meisterstelle zu gelangen. Wir haben es also nicht mit einem unbescholtenen Angeklagten zu tun."

„*Monsieur*, die Haft war nur drei Tage und nicht gerechtfertigt", warf Phillip ungefragt ein. „Die beschlagnahmten Bücher waren überall käuflich, und bestochen habe ich auch nicht. Schließlich hat mich das Gericht freigesprochen."

„Angeklagter, das nächste Mal sprecht Ihr erst, wenn ich Euch auffordere. Ich versichere Euch, in meinem Gericht wäret Ihr nicht so glimpflich davongekommen. Ihr hattet wohl einen zu gnädigen Richter in Limburg gefunden. Oder habt Ihr ihn etwa auch gekauft?"

Phillip sprang wütend auf. Doch noch bevor er den Mund aufmachen konnte, zerrte ihn der Gerichtsbüttel wieder auf die Bank.

„Im Protokoll wird ein Pockenkranker erwähnt, der irrtümlich zu Euch in Haft gelegt wurde. Was hat es damit auf sich, Grandjeau?"

„*Alors*, der Bogner wollte mich umbringen. Ich sollte mich anstecken."

„Habt Ihr Euch angesteckt?"

„*Non*, zum Glück nicht."

„Dann war es mit der Ansteckungsgefahr wohl doch nicht so gewichtig, wie es scheint ... Senftleben, was haben Sie als Motivum vorzutragen?“

„Hohes Gericht, dazu bitte ich Sie, den ehrwürdigen Pater Bernhard zu befragen.“

Der Mönch erhob sich, trat an den Richtertisch und deklarierte mit fester, lauter Stimme:

„Ich gebe zu Protokoll: Der Stadthauptmann Bogner hatte den Auftrag, Rädelsführer aufzuspüren, die während der Limburger Fronleichnamsprozession für einen unverschämten Eklat gesorgt hatten. Sie hatten ein freiheitliches Lied vorgetragen und eine Szene nachgestellt, in der die weltliche und kirchliche Obrigkeit zum Teufel gejagt wurde. Bogner verdächtigte den Angeklagten von Beginn an, hinter dem unsäglichen Vorfall zu stecken. Er hatte mir einmal konfiszierte Bücher des Angeklagten vorgelegt. Sie enthielten durchweg freiheitliches, aufklärerisches Gedankengut. Ich decidiere: Bogner wollte Grandjeau als Rädelsführer der Protestaktion festnehmen. Grandjeau hat sich mit dem feigen Mord seiner Verhaftung entzogen.“

„Nun, ich fasse zusammen“, sprach der Richter. „Wir haben ein mögliches Motivum und ein Beweisstück. Aber reicht es, den Angeklagten zu verurteilen? Angeklagter, was habt Ihr zu Eurer Verteidigung vorzubringen? Ihr habt jetzt das Wort.“

Phillip erhob sich und erklärte mit kräftiger, gefasster Stimme:

„Hohes Gericht. Ich versichere meine Unschuld. Ich habe den Stadthauptmann nicht getötet. *D'abord*: Den Degen habe ich Bettelkindern abgekauft, die mich darum gebeten hatten. Sie gaben an, ihn gefunden zu haben, und wollten ihn zu Geld machen. Mehr aus Mitleid mit der Not der Kinder habe ich mich überreden lassen. *C'est la verité.*

Et puis: je consède, ich gestehe, dass ich freiheitliche Schriften besitze. Sowohl von französischen als auch von deutschen Literaten. Mein Bruder Gustave hat sie mir zum Lesen gegeben. Er ist Mitglied in einer Freimaurerloge.“

„Jetzt zeigt sich die wahre Einstellung des Grandjeau!“, unterbrach ihn Pater Bernhard und zeigte triumphierend mit dem Finger auf ihn.

„Pater, Sie hatten bereits das Wort. Jetzt spricht der Angeklagte. Bitte fahrt fort, Grandjeau.“

„Pourquoi, warum ereifert sich der Jesuit dermaßen? Er kennt mich doch nicht. Ich kann nicht verstehen, dass allein der Besitz von freiheitlichen Schriften oder die Mitgliedschaft in einer Loge Straftatbestände darstellen sollen. *Monsieur* Senftleben gehört ebenfalls einer Loge in Neuwied an. Muss er deshalb vor Gericht gestellt werden?“

Senftleben erschrak. Wie konnte der Grandjeau das nur wissen? Alle Augen waren bestürzt auf ihn gerichtet. Röte stieg in sein Gesicht. Er schwieg. Auch Pater Bernhard fühlte sich in seiner Haut nicht wohl. Musste Grandjeau ihn vor Gericht als Jesuit hinstellen? Hatte der Bruder Grandjeaus geplaudert?

„Gehört Ihr einer Loge an, Grandjeau?“, wollte der Richter wissen.

„Non, non, Messieurs.“

„Habt Ihr den Vorfall bei der Limburger Prozession zu verantworten?“

„Je jure par tous les saints. Ich schwöre bei allen Heiligen, nein.“

„Senftleben, könnt Ihr belastbare Indizien vorlegen, dass der Angeklagte zu dieser Provokation aufgerufen hat?“

Dass der Richter vom ‚Sie‘ zum ‚Ihr‘ wechselte, behagte Senftleben überhaupt nicht. Stufte er ihn doch von einem Edelmann zu einem gemeinen Bürger herunter. Er wusste, dass er sich bald vor dem hochlöblichen Kurfürsten wegen der Mitgliedschaft in der Loge erklären müsse. Dann würde er in Ungnade fallen. Seine Position wäre in Gefahr. Kleinlaut antwortete er mit einem leisen „Nein“.

„Also bleibt nur das Corpus Delicti. Senftleben, habt Ihr die Aussage des Angeklagten überprüft?“

„Hohes Gericht. Es gibt zu viele Bettelkinder, sowohl in der Stadt als auch im Umfeld. Es war mir nicht möglich …“

„Verehrte Schöffen, ich fürchte, wir müssen die Verhandlung hier abbrechen. Unser Urteil sollte auf belastbaren Beweisen oder einem Geständnis fußen. Indizien und Mutmaßungen helfen uns nicht weiter. Es ist zwar anzunehmen, dass Grandjeau den Hauptmann gehasst habe, dass er sich rächen wollte. Ein durchaus starkes Motivum. Jedennoch, kann uns der Polizeidirektor nachweisen, dass Grandjeau wirklich der Täter ist? Mitnichten! Letztlich bleibt nur der Degen. Ich weise infolgedessen den Polizeidirektor an, die Aussage des Angeklagten explizit zu examinieren. Hat Grandjeau den Degen käuflich erworben oder tischt er uns eine Ausrede auf? Wir benötigen Gewissheit. Ansonsten bleibt uns nichts anderes übrig, als den Angeklagten zu einem Geständnis zu bewegen. Er bleibt bis auf Weiteres in Haft.“

Allen im Saal war bewusst, was der Richter meinte. Sollten die Bettelkinder nicht gefunden werden, drohte dem Angeklagten die Folter …

48

Senftleben kehrte in großer Wut nach Limburg zurück. Wie konnte dieser Grandjeau nur von seiner Mitgliedschaft in der Freimaurerloge Kenntnis haben? Seine Karriere würde ein abruptes Ende nehmen. Das hatte er dem verfluchten Kerl zu verdanken, der sein vorlautes Maul nicht halten konnte. Woher wusste er nur? Ob man ihm nachspioniert hatte? Im Studium hatte man ihm doch eingebläut: Traue niemals einem Spitzel! Nun schlugen die Geister, die er rief, zurück.

Der feige Richter hatte ihn aufgefordert, die simpelhafte Unschuldsbeteuerung des Angeklagten zu examinieren. Niemals würde er sich als Fürsprecher für den Angeklagten aufspielen. Nie und nimmer würde er den gemeinen Verräter entlasten. Seine einzige Aufgabe war es, die Schuld nachzuweisen. Das hatte er getan. Alle Indizien sprachen gegen Grandjeau: Der war einigermaßen gebildet und den Aufklärern zugetan. Er war für die Schauwagen zuständig. Da lag es doch auf der Hand, dass er hinter der frechen Provokation gesteckt hatte. Der Mönch hatte mit seiner Vermutung über den Tathergang und das Motivum recht. Grandjeau hasste Bogner. Er wollte sich rächen. Die Statur des Zimmermanns und seine Kraft korrespondierten mit den tödlichen Verletzungen. Wenn es noch eines Beweises bedurfte, so musste doch der Degen hinlänglich den Täter überführen. Also, warum zögerte das Gericht? Nur um dem Kurfürsten zu bedeuten, alle möglichen Umstände geprüft zu haben? Dem Angeklagten ein Alibi zu verschaffen, entsprach weiß Gott nicht seiner Dienstauffassung. Nicht mit ihm. Sollte der Franzose doch die Beinschrauben spüren und auf der Streckbank gezogen werden, dass ihm die Knochen aus den Gelenken sprangen. Von ihm konnte der Meuchler Grandjeau niemals Hilfe erwarten. Er sollte seine Strafe erhalten, und sei es der Tod mit dem Strick!

Missmutig warf Senftleben den Stadthauptmann Hirschfeld

aus dem Büro der Limburger Landmiliz, setzte sich auf dessen Lehnstuhl, stützte seinen Kopf auf die Arme und überlegte. Die Weisung des Richters konnte er nicht einfach ignorieren.

„Hirschfeld, Ihr sucht nach diesen ominösen Kindern, die dem Grandjeau den Degen verkauft haben wollen."

„Euer Wohlgeboren, ich habe die Stadtkinder bereits befragt. Sie wissen von nichts."

„Dann forscht eben weiter und lasst Euch ruhig Zeit", schrie er ihn an, ohne seine wahren Gefühle zu zeigen. Innerlich triumphierte er. Die Suche würde im Sand verlaufen. Der verfluchte Grandjeau musste sich der Folter aussetzen. Danach würde der Galgen auf ihn warten.

Ab sofort stellte der Kommissar seine Arbeit ein und residierte stattdessen tagsüber untätig im Büro und abends in seiner kühlen Stube im Schloss. Die Landser wunderten sich über seine Faulheit sowie über den plötzlichen Hang zum Wein. Sie gingen ihm aus dem Weg. So verstrichen zwei Wochen, in denen sich nichts ereignete. Hirschfeld hatte die Kinder in Eschhofen, in Dietkirchen, in der Koblenzer Vorstadt ohne jede Erkenntnis befragt. Er trat auf der Stelle. Senftleben frohlockte: Der Grandjeau saß jetzt tief im Schlamassel.

Es war ein strahlender Junimorgen. Der Tagesbeginn versprach eine gleißende Hitze wie am Vortag, an dem die Menschen unter der sengenden Sonne gestöhnt hatten. Auf dem Feld wischte sich Bauer Nepomuk den Schweiß von der Stirn. Er hatte sich noch im Morgengrauen vorgenommen, Winterzwiebeln zu stecken. Da verfinsterte sich urplötzlich die aufgehende Sonne. Erschrocken sah er am Himmel rotschwarze Wolken vom Norden her aufziehen. Mit geübtem Blick erkannte er sofort: Das waren keine Regenwolken. Das hatte nichts mit den gewohnten Unbilden des Wetters gemein. Zudem nahm er einen fauligen Eiergestank wahr, der eher der Hölle entfahren zu sein schien und nicht dem Himmel zuzuordnen war. Entsetzt ließ er alles stehen und liegen und eilte ins Haus.

„Da zieht ein seltsames Himmelsschauspiel auf“, meinte er zu seiner Frau. „Der Teufel muss sein Unwesen treiben. Die Tiere zeigen eine ungewöhnliche Unruhe, als stehe der Weltuntergang bevor. Die haben ein feineres Gespür als wir Menschen und wollen uns warnen. Johanna soll vorsichtshalber das Haus hüten. Schließ alle Fenster und Türen. Ich gehe in die Stadt, vielleicht weiß man dort mehr.“

Bald saß Nepomuk mit den verstörten Limburgern in der Stiftskirche Sankt Georg und sang voller Inbrunst die Kirchenlieder, welche die Nonnen angestimmt hatten. Der Stiftsdechant Alberich Dornuff erschien am Altar im grünen Talar, wartete den Gesang ab und erhob schließlich, zur verschreckten Gemeinde gewandt, beide Arme. Sofort trat gespannte Ruhe ein.

„Gelobt sei Jesus Christus! Liebe Brüder und Schwestern im Herrn. Ich kann eure Sorgen verstehen. Gott hat uns ein deutliches Zeichen gesandt. Wie haben wir es zu deuten? Höret die Worte des Evangelisten Markus.“ Er nahm die Bibel, setzte seine Brille auf und zitierte: „Denn es werden sich erheben falsche Christi und falsche Propheten, die euch verführen, so es möglich wäre. Aber zu der Zeit, nach dieser Trübsal, werden Sonne und Mond ihren Schein verlieren, und die Sterne werden vom Himmel fallen. Und dann werden sie sehen des Menschen Sohn kommen in den Wolken mit großer Kraft und Herrlichkeit. Sehet zu, wachet und betet; denn ihr wisst nicht, wann es Zeit ist.“

„Wie dann, die Sterne werden auch noch vom Himmel stürzen? Gruuser Gott, was haben wir nur getan? Warum will er uns strafen?“, unterbrach ein dreister Bursche die Predigt. Unerhört dieser Zwischenruf! Das grenzte an Ketzerei!

„Die Wege des Herrn sind unergründlich. Hadert nicht! Wir sind einem ständigen Kampf des Guten gegen das Böse, des Lichts gegen die Finsternis ausgesetzt. Es scheint, dass dämonische Kräfte derzeit die Oberhand gewinnen. Nur durch unser Bekenntnis zu Gott und der Kirche können wir den teuflischen Kräften Einhalt gebieten. Beten wir zu Gott. Bitten wir ihn, uns Kraft und Stärke zu geben: Pater noster ...“

Es folgten das Ave Maria, das Glaubensbekenntnis, die Rosenkranzgebete, Litaneien, Psalmen und Hymnen zum allmächtigen Vater und zur Muttergottes Maria aus dem unerschöpflichen Repertoire der christlichen Fürbitten. Nie hatte der Dechant die Kirchengemeinde aus solch tiefer Seele beten hören. Nie einen solch flehenden Gesang vernommen. In der Not rotten sich die Schafe zusammen. In der Not besinnen sich selbst die Ungläubigen auf den Herrgott. Nach einer Stunde des inbrünstigen Gebets und der heiligen Gesänge erschien ein barfüßiger Franziskanermönch in seiner braunen Kutte und sprach ein paar Worte mit Dornuff. Der nutzte eine Gebetspause, um sich Gehör zu verschaffen.

„Ich bitte um Ruhe. Der Klostermedicus Bruder Ansgar ist gekommen, um euch einige Verhaltensregeln mitzuteilen. Hört ihn an."

„Brüder und Schwestern! Um es vorweg zu sagen: Ich kann das Naturphänomenon nicht erklären oder begründen. Aber eines ist gewiss. Es drohen Gefahren für Leib und Seele. Ihr alle habt den Gestank nach faulen Eiern gerochen. Die aufziehenden Rauchwolken führen Partikel von Schwefel mit sich. Sulphur ist unserem Corpus abträglich, deshalb rate ich euch: Haltet beim Atmen euer Sacktuch vor Mund und Nase. Schließt Fenster und Türen und geht nur kurz ins Freie. Vor allem die Kinder sollten im Haus bleiben. Meidet auch das Regenwasser. Holt das Wasser vom Brunnen. Spült das Obst und Gemüse sorgfältig ab, bevor ihr es verzehrt. Und solltet ihr ein Brennen in den Augen verspüren, dann wascht die Augen mit abgekochtem Brunnenwasser aus. Bei Schmerzen im Hals oder in der Lunge rate ich zu einem Kräutertee. Ich empfehle dazu die Wurzel und die Blüten der Schlüsselblume. Der Apotheker hält sie bereit. Schwangere sollten davon nichts einnehmen. Sie sollten einen Medicus aufsuchen."

Anschließend schritt der Stiftsdechant durch die Reihen der Gläubigen, wies den Thuriferar an, das Weihrauchfass kräftiger zu schwingen, und segnete die furchtsamen Kirchenbesucher mit Weihwasser.

49

Polizeidirektor Senftleben zog es vor, aus der düsteren Stadt zu fliehen in der Hoffnung, in Koblenz eine saubere Luft vorzufinden. Doch die Post hatte den Betrieb eingestellt. Erst nach vier Tagen, reichlicher Schmiergeldzahlung und polizeilichen Drohungen stellte man ihm eine Sonderkutsche nach Koblenz zur Verfügung. Die Pferde ermüdeten zu rasch und mussten unterwegs mehrere Erholungspausen einlegen. Vierzehn Stunden benötigten sie. Zu Senftlebens Erstaunen hatten die Schwefelwolken auch den Himmel über dem Rhein und der Mosel verdunkelt.

Endlich in Koblenz angekommen, begab sich Senftleben sogleich zum Oberhof.

„Ehrenwerter Richter, trotz eingehender polizeilicher Recherchen konnten wir keine Bettelkinder ermitteln, die angeblich den Degen des Stadthauptmanns gefunden und an Grandjeau verkauft haben sollen. So ist wohl davon auszugehen, dass sich der Malefikant nur herausreden wollte. Meine Aufgabe hat sich somit erledigt."

„Also gut, ich verständige die Schöffen. Wir müssen uns beraten."

„Darf ich Sie noch etwas fragen? ... In Limburg ist der Himmel ebenfalls verdunkelt. Kennt man schon die Ursache?"

„Die Wissenschaftler sprechen hier von einer Aschewolke, wie sie bei einer Vulkaneruption üblich ist. Aber niemand kann derzeit sagen, wo ein Feuerberg ausgebrochen ist."

Der Angeklagte Grandjeau wurde in das Schöffenhaus geführt. Seine Gelenke schmerzten. Sein Gesicht schien um Jahre gealtert. Die schwefelhaltige Luft raubte ihm den Atem. Hatte er das als Vorboten der Hölle zu deuten? Krank, ausgemergelt und sichtlich verlottert saß er auf der Anklagebank. Jetzt hatte er eher das Aussehen eines gemeinen Verbrechers. Die Schöffen hatten mit strengen Mienen am langen Tisch Platz genommen, ebenso der Gerichtsschreiber.

„Grandjeau, Eure ominösen Bettelkinder sind nicht aufzufinden. Ich rate Euch dringend, ein Geständnis abzulegen“, sprach der Richter auf ihn ein.

„Noch einmal: Ich habe nichts zu gestehen, *pas du tout.*“

Der Richter sah fragend zu den Schöffen. Eine fatale Situation. Er wusste, dass der hochlöbliche Trierer Kurfürst jede Folter verabscheute. Urteile, die nur auf erzwungenen Geständnissen beruhten, akzeptierte der Landesherr nur höchst widerwillig. Natürlich konnte er die Anklage zurückweisen und dem Polizeidirektor eine schlampige Ermittlung testieren. Aber dann wäre der Mord an Bogner nicht aufgeklärt. Das wäre eine noch größere Schande in den Augen des gestrengen Kurfürsten. Blut schrie nach Blut. Jeder Mörder müsse seine gerechte Strafe erhalten, hatte dieser gefordert. Monatelang hatte der Kommissar in Limburg gefahndet und schließlich den Grandjeau als Täter präsentiert. Sollte er nicht als Mörder infrage kommen, war es fast aussichtslos, den wahren Täter zu finden. Also blieb nichts anderes übrig, als sich den einzigen Verdächtigen vorzuknöpfen. Die Schöffen fühlten sich nicht wohl in ihrer Haut. Die Anklage fußte nur auf unbewiesenen Behauptungen, einem durchaus verständlichen Motivum und einem zweifelhaften Corpus Delicti. Sie blickten betreten zu Boden.

„Grandjeau, Ihr lasst uns keine andere Wahl. In zwei Tagen beginnen wir mit der peinlichen Befragung. Büttel, führt ihn ab.“

Phillip ahnte, was auf ihn zukommen würde. Nur weil dieser verdammte Kommissar nicht den wahren Mörder gefunden hatte, wurde er nun als Täter hingestellt. Was sollte der Richter auch anderes machen, als ihn zu einem Geständnis zu zwingen? Aber so schnell würde er eine Tat nicht zugeben, die er nicht begangen hatte. Als Christ und unerschütterlicher Optimist redete er sich ein, dem teuflischen Spuk entgehen zu können. Er würde in der Folter standhaft bleiben, selbst wenn die Qualen noch so unerträglich sein sollten. So wahr ihm Gott helfe ...

50

In Limburg suchte inzwischen Pater Jacobus vom Kirchspiel Lindenholzhausen den Theologieprofessor Pater Bernhard auf. Er müsse sich bei ihm in einer ernsten Angelegenheit seinen theologischen Rat holen. Ihn plagte sein priesterliches Gewissen nach der Beichte des Bauern Anton Tiefenbach aus Eschhofen, der ihn um das Sakrament der Letzten Ölung gebeten hatte. Pater Bernhard hatte den Rat suchenden Seelsorger eine halbe Stunde warten lassen, bis er sein Mittagsmahl eingenommen hatte.

„Was kann ich für dich tun, Bruder?"

„Es geht um eine kirchenrechtliche Frage bei einem Versehgang. Ich wurde gestern an das Sterbebett eines totkranken Eschhiwer Schäß gerufen. In der Beichte gestand der Mann, einen Menschen getötet zu haben. Wie gehe ich nun mit meinem Beichtgeheimnis um?"

„Liegt die Tatzeit lange zurück?"

„Nein. Es geschah in diesem Jahr."

„Hast du ihm die Sünde vergeben?"

„Gewiss. Ich kann den Sterbenden doch nicht ohne Absolution vor den Allmächtigen treten lassen."

„Ohne Auflagen? Hast du ihn nicht aufgefordert, seine schwere Schuld öffentlich zu bekennen?"

„Er meinte, es müsse reichen, wenn er beichtet."

„Was willst du genau wissen?" Pater Bernhard wurde langsam ungeduldig.

„Ich sehe mich auch in der Verantwortung dem Opfer gegenüber. Der Sünder hat gestanden, den Toten verscharrt zu haben. Ich weiß wo. Ist es nicht meine Pflicht, den Leichnam auf dem geweihten Acker beerdigen zu lassen um seiner Seele willen?"

„Kennst du den Toten?"

„Ich weiß, wer es ist."

„Und sein Tod ist niemandem aufgefallen?"

„Ich nehme an, man sucht noch nach ihm."

„Sollte der Mann dich auch von der Schweigepflicht befreit haben, so ist das unerheblich. Du bist an dein Gelöbnis gebunden. Von jetzt an bis in den Tod. Ich zitiere aus dem *Corpus Iuris Canonici.* Im Canon 983 heißt es: ‚Das Beichtgeheimnis ist unverletzlich. Dem Beichtvater ist es daher streng verboten, den Pönitenten durch Worte oder auf irgendeine andere Weise und aus irgendeinem Grund irgendwie zu verraten.' Als Konsequenz hast du dein Wissen für dich zu behalten, ohne jedes Wenn und Aber. Solltest du dich nicht an deine Schweigepflicht halten, erwarten dich schwere Strafen der Kirche bis hin zur Amtsenthebung."

„Aber die unbestattete Leiche ..."

„Mein Bruder. Ich rate dir dringend: Schweige! Amen."

Pater Jacobus zog nachdenklich von dannen, während der Jesuitenpater Bernhard instinktiv an den Bogner denken musste ...

Auf dem Heimweg grübelte Pater Jacobus. Seine seelsorgerischen Bedenken zermarterten ihn. Der Bauer Anton Tiefenbach wollte sein Seelenheil retten. Aber wollte er auch, dass der gemeuchelte Stadthauptmann ungeweiht verscharrt blieb? Tiefenbach war ein frommes Kind der Kirche. Aus Furcht, in der Hölle zu landen, würde er sicher nicht eine weitere schwerwiegende Schuld auf sich laden wollen. Gott würde ihn strafen, wenn die Seele des unbestatteten Toten ruhelos umherstreifte. Jacobus musste Tiefenbach dazu bewegen, seine Schuld offen zu bekennen sowie das Mordopfer und den Leichenort zu benennen. Aber wie sollte er das anstellen? Kurz entschlossen suchte er seinen Freund Willi im Limburger Rathaus auf. Er kannte den Schultheiß Wilhelm Weinbrunn von Kindheit an. Sie waren in Lindenholzhausen aufgewachsen, gemeinsam zur Schule gegangen, waren Ministranten gewesen und hatten zur gleichen Zeit das Sakrament der Kommunion erhalten.

„Willi, mir liegt da etwas schwer auf dem Herzen. Hast du einen Augenblick für mich Zeit?“

„Für einen Linneholleser Krugeltje immer. Raus mit der Sprache, Jacob. Was hast du auf dem Herzen?“

Pater Jacobus berichtete ihm von einer folgenschweren Beichte eines Sterbenden, ohne Namen zu nennen.

„Kerle. Sprichst du etwa vom Mord an Bogner?“

„Bitte dräng mich nicht, mein Beichtgeheimnis zu verraten. Wie weit seid ihr mit den Ermittlungen?“

„Ein Zimmermann muss sich am Oberhof zu Koblenz für den Mord an Bogner verantworten. Obwohl ich, ehrlich gesagt, nicht vollends überzeugt davon bin, dass der richtige Mann vor Gericht steht.“

„Dann haben wir keine Zeit zu verlieren. Ich werde mit dem Sünder noch einmal unter vier Augen sprechen und ihn auffordern, seine Tat gegenüber der Obrigkeit zuzugeben. Bist du bereit, mich zu begleiten?“

51

In einer geschlossenen Kutsche fuhren sie sogleich nach Eschhofen. Pater Jacobus bat Weinbrunn, vor dem Hof des Bauern Anton Tiefenbach zu warten. Das Gehöft lag im trockenen, schwer drückenden Nebel. Keine Kuh, kein Ochse waren auf den Weiden zu sehen. Die Schweinesuhlen leer. In den Ställen herrschte eine bedrückende Ruhe. War das Vieh schon verendet? Der Schwefelgestank war unerträglich. Wie lange sollte der garstige Rauch der Hölle noch anhalten? Weinbrunn hielt sich ein Tuch vor Mund und Nase. Nach längerer Wartezeit erschien die hochschwangere Bäuerin mit verweinten Augen in der Haustür. Zwei plärrende Kinder krallten sich ängstlich in ihre Schürze. Mit einer leichten Handbewegung winkte sie den Schultheiß heran.

„Bitte, mein Anton liegt im Sterben. Ihn plagt das Asthma. Diese teuflischen Wolken haben ihm derart zugesetzt, dass er keine Luft bekommt. Wir müssen mit dem Schlimmsten rechnen. Seid also gnädig mit ihm und mit uns."

Weinbrunn betrat das stickige Schlafgemach, in dem nur ein aus grobem Holz gezimmerter Schrank und ein Doppelbett standen. Tiefenbach hatte sich im Bett aufgesetzt. Röchelnd, mit leiser, krächzender Stimme fragte er:

„Schultheiß, habt Ihr die Leiche des Stadthauptmanns gefunden?"

„Ja, seine Uniform, Degen und Stiefel ebenso. Der Wachtmeister von Dickerich hat ihn beerdigen lassen."

„Ihr habt einen Verdächtigen im Visier?"

„Ja. Er steht gerade vor Gericht."

Tiefenbach atmete keuchend und sank in sein Kissen zurück. Aus seinem Gesicht war jede Farbe gewichen. Die Augenlider flackerten. Pater Jacobus wurde ungeduldig. Die Wahrheit musste ans Licht. Er warf dem Bauern einen strafenden Blick zu, als wolle er seine ehemals erteilte Absolution zurückziehen.

„Anton Tiefenbach, ein Unschuldiger steht vor Gericht. Habt Ihr das gehört? Wollt Ihr den Mann auch noch auf Euer Gewissen nehmen? Ich bitte Euch in Gottes Namen, gesteht Eure Tat, sonst findet Eure Seele keinen Frieden.“

Kaum vernehmbar erzählte Bauer Tiefenbach mit rauer Kehle und gepresster Stimme, was sich im Winter ereignet hatte. Immer wieder wurde er von heftigen Hustenanfällen und lautem Röcheln unterbrochen, dass es einem angst und bange werden konnte.

Der Stadthauptmann Bogner sei im Februar unvermittelt bei ihm aufgetaucht, um den Pachtzins einzutreiben. Doch den habe er bereits an Bogners Frau, die Maria Dillbecker, gezahlt. Von der habe er den Hof gepachtet. Aber der Bogner, der ihm ziemlich betrunken erschien, habe wütend auf sein Geld gepocht. Schließlich habe er so heftig getobt und mit seinem Degen herumgefuchtelt, dass ihm seine Frau geraten habe, das Geld herauszurücken. Damit seien all seine Ersparnisse weg gewesen. Er habe nicht mehr gewusst, wie er seine Familie durch den eisigen Winter bringen könne. Später, es sei schon dunkel gewesen und habe geschneit, habe er dem Bogner an den drei Linden am Lahnufer aufgelauert. Wusste er doch, dass der Hauptmann rechtzeitig vor Toresschluss in Limburg sein wollte. Von hinten habe er ihm mit einem Knüppel nur einen kräftigen Schlag auf den Kopf gegeben. Bogner sei zu seinem Erstaunen sofort umgefallen. Nein, töten habe er ihn nicht wollen. Er sei nur auf sein Geld aus gewesen. Aber Bogner habe stark geblutet und keinen Laut mehr von sich gegeben. Was habe er mit der Leiche anfangen sollen? Wenn man sie hier in Eschhofen gefunden hätte, wäre der Verdacht schnell auf ihn gefallen. Also habe er sie über die zugefrorene Lahn auf das andere Ufer schleppen wollen. Dann habe er überlegt: Wenn man die voll bekleidete Leiche entdecken würde, wisse man sofort, dass es sich um Bogner handele. Also habe er ihm die Uniform vom Leib gezogen, ebenso die Stiefel und sie ins dichte Gebüsch geworfen. Auch den Degen. Am gegenüberliegenden Lahnufer habe er versucht, den Toten zu verscharren. Aber der Boden sei steinhart gefroren gewesen. Da habe er den leblosen Körper nur noch mit Ästen und Zweigen zudecken können.

„Wie viel Geld hatte Bogner bei sich?"

„Ei, nicht mal meine Pacht mehr. Einen Teil hat er gleich im Gasthof versoffen. Aber es reichte gerade, den Winter zu überleben."

Die letzten Worte hauchte er mit letzter Anstrengung heraus. Es ging mit ihm zu Ende. Pater Jacobus schickte Weinbrunn hinaus und bat ihn, die Bäuerin zu rufen. Nach einer Stunde faltete Pater Jacobus die Hände des Verstorbenen, drückte ihm die Augenlider zu, öffnete ein Fenster, damit seine Seele leichter entweichen könne, und zündete eine Kerze an.

„Im wahrsten Sinne: Das war in letzter Minute!", meinte er später zu seinem Freund Weinbrunn. „Aber bedenke, ich kann vor Gericht nicht aussagen."

Der Schultheiß wusste, dass es allein in seiner Hand liege, den unschuldigen Grandjeau vor der Folter zu bewahren. Pater Jacobus würde wegen des Beichtgeheimnisses als Zeuge ausfallen. Aber würde das Gericht seiner, Weinbrunns, Aussage Glauben schenken? Der einzige Mitwisser war Pater Jacobus. Ob die Kirche bereit wäre, ihn von seiner Schweigepflicht zu entbinden? Sofort kam ihm das Theologische Seminar der Franziskaner in den Sinn. Dort wollte er sich Rat holen.

„Ehrenwerter Pater Bernhard. Ich muss Euch in einer heiklen Angelegenheit konsultieren. Ein Mann hat mir auf dem Sterbebett einen Mord gestanden. Zeuge war ein anwesender Priester. Dem hatte er zuvor seine schwere Schuld gebeichtet. Kann der Pater nun als Zeuge vor Gericht aussagen?"

„Die priesterliche Schweigepflicht darf unter keinen Umständen gebrochen werden. Aber das Geständnis Euch gegenüber hat nichts mit dem Beichtgeheimnis zu tun."

„Dann sei Euch gesagt: Der Mann hat mir den Mord am Stadthauptmann Bogner gestanden. Grandjeau wird zu Unrecht der Tat verdächtigt. Ich reise mit der nächsten Post nach Koblenz."

Pater Bernhard zögerte. Dieser Zimmermann hatte ihn als Jesuit dekuvriert. Hätte der doch lieber sein Wissen für sich behalten. Einen Moment keimte Genugtuung auf. Sollte der doch seinen Kopf selber retten. Aber konnte er trotz seines Zorns auf Grandjeau ein mögliches, durch Folter erzwungenes Fehlurteil zulassen? Er selbst predigte Nächstenliebe, Gerechtigkeit und Barmherzigkeit. Und nun wollte er selbst die christlichen Werte aus purem persönlichen Interesse verleugnen? Ein Spruch aus dem Alten Testament schoss ihm durch den Kopf: „Es ist nicht gut, dass man den Gerechten schindet ..." Sein priesterliches Gewissen trieb ihn in die Sebastianskirche. In sich gekehrt kniete er vor dem Altarkreuz und hielt stumm mit seinem Herrn Zwiesprache. Danach eilte er zur nahe gelegenen Poststation ...

52

Man hatte den Gefangenen schon am frühen Morgen gefesselt und unter strenger Bewachung zur peinlichen Befragung in den Keller des Schöffenhauses geführt. Phillip wunderte sich über die noch immer herrschende seltsame Finsternis über den Dächern von Koblenz, den schwefligen Gestank und die leeren Gassen. Sollte er das Himmelsschauspiel als Zeichen deuten? Als Zeichen Gottes oder gar des Teufels? Phillip sprach sich unterwegs Mut zu. Er werde standhaft bleiben. Komme, was da wolle. Sein Geist war ungebrochen, sein Wille ebenso, aber seine körperlichen Kräfte waren geschwunden. Nur mit Mühe konnte er sich auf den steifen Beinen halten.

Der gewölbte, muffige Folterkeller schreckte ihn ab. Der beißende Rauch zweier Fackeln brannte in seinen Augen. Einschmeichelnd, nahezu freundlich ermahnte ihn der Scharfrichter, seine Tat einzuräumen. Mit einem frühen Geständnis könne er sich die peinlichen Torturen ersparen. Phillip schwieg. Sogleich führte ihm ein verwegen aussehender Henkersknecht die barbarischen Folterwerkzeuge vor. Er malte ihm aus, wie der Delinquent auf die Streckbank gezerrt werde; wie die Daumen- und Beinschrauben angesetzt würden; wie ihm die Garotte die Luft abschnüren würde; wie er auf die Judaswiege gesetzt werde. Phillip bewahrte stoische Ruhe. Noch hatte er die Kraft, den Anblick der schrecklichen Instrumente mit Gleichmut zu ertragen. Aber wie lange noch? Die Geduld des Scharfrichters fand schnell ein Ende.

„Lasst uns beginnen ... Verflucht noch mal, wo bleiben die Schöffen? Ohne sie können wir nicht anfangen.“

Der Richter hatte die Schöffen in sein Büro geladen. Unbehagen war ihnen ins Gesicht geschrieben.

„Meine Herren, Ihr wisst, dass mir jede Folter zuwider ist. In Preußen, Frankreich und Österreich wurde sie bereits verboten. Auch unser Kurfürst steht der Marter abweisend gegenüber. Dennoch ist sie nach wie vor in unserem Rechtsbuch verankert. Die Folter bringt zwar schnelle Geständnisse hervor, aber dient sie wirklich der Wahrheitsfindung? Im Grunde beruhigt das erzwungene Geständnis nur unser Gewissen, wenn wir den Delinquenten zum Schafott schicken und unsere Zweifel einfach herunterschlucken. Ich frage Euch, sollen wir den Angeklagten tatsächlich dieser Pein aussetzen?"

„Ihr denkt an andere Schikanen, um ein Geständnis zu erreichen? Endlose Verhöre mit Zureden oder Drohungen; das Verhängen von Ungehorsams- oder Lügenstrafen; Entziehung von Kost; mehrtägige Dunkelhaft und dergleichen?"

Alle blickten ratlos in die Runde. Kein Schöffe war bereit, ohne ein Geständnis zu richten. Aber führten diese ‚humaneren' Torturen tatsächlich zum Erfolg? Ein Gerichtsbüttel trat ungefragt herein und reichte dem Richter einen Zettel.

„Der Schultheiß von Limburg verlangt umgehend um Gehör. Er habe im Fall Grandjeau ein entscheidendes Zeugnis vorzutragen. Also unterbrechen wir hier unsere Diskussion. Führt den Schultheiß herein."

Dem Richter am Oberhof zu Koblenz behagte die überraschende Aussage von Weinbrunn anfangs überhaupt nicht. Die Tat einem Verstorbenen in die Schuhe zu schieben, erschien ihm zu billig. Andererseits konnte er nicht ignorieren, dass der Schultheiß bereit war, seine Aussage auf den Eid zu nehmen. Weinbrunn spürte den richterlichen Zweifel. Er verwies auf einen zweiten Fürsprecher und bat, dem Pater Bernhard Gehör zu verschaffen. Der Richter ließ sofort den Mönch holen und wies ihn an vorzutragen.

„Ehrwürdiger Richter, wie Sie wissen, habe ich den Angeklagten von Beginn an verdächtigt. Nach heutiger Erkenntnis muss ich mein Vorurteil ihm gegenüber revidieren. Grandjeau ist unschuldig, so wahr mir Gott helfe."

„Woher wollen Sie die Gewissheit nehmen?“

„Als Priester haben wir ein Gelöbnis abgelegt, das Beichtgeheimnis zu bewahren. Sie wissen selbst, dass kein Gericht der Welt einen Geistlichen zu einer Aussage zwingen kann. Also werde ich sprechen, um einen Unschuldigen zu schützen und meinen Bruder im Herrn nicht in Gewissenskonflikte zu stürzen. Der verstorbene Bauer Anton Tiefenbach aus Eschhofen hat meinem Bruder auf dem Sterbebett den Totschlag an Bogner gebeichtet. Der Priester war auch Zeuge, als der Bauer die Tat dem Schultheiß gestanden hat. Ich erkläre kraft meines Amtes als Theologieprofessor: Grandjeau ist unschuldig.“

Diesen gewichtigen Argumenten konnte sich der Richter nicht mehr entziehen. Nach kurzer Beratung mit den Schöffen wurde der Angeklagte noch am selben Tag aus der Haft entlassen. Die Schöffen atmeten erleichtert auf.

Phillip Grandjeau konnte seine plötzliche Freilassung zunächst nicht fassen. Erst als Schultheiß Weinbrunn ihn bei einer ausgiebigen Vesper in der Poststation zu Koblenz über das Geständnis des Bauern Tiefenbach aufklärte, löste sich seine Anspannung. Pater Bernhard hatte sich schnell verabschiedet. Er habe mit dem durchlauchtigsten Erzbischof zu sprechen und gab einen knappen Hinweis auf die Limburger Fronleichnamsprozession.

In der Nacht konnte Phillip trotz des bequemen Bettes keinen Schlaf finden. In seinen Träumen sah er sich zum Galgen geführt und schreckte schweißgebadet auf, als sich die Schlinge um seinen Hals legte.

Am nächsten Morgen nahmen sie die erste Postkutsche. Der Postillion musste die Zuggäule öfter als gewohnt wechseln. Der schweflige, kalte Rauch ließ die Pferde früh erlahmen. Der linnene Sack vor den Nüstern erschwerte zudem das Atmen. So erreichten sie erst am späten Nachmittag Limburg. In Sichtweite zur Stiftskirche verabschiedete sich Grandjeau vom Schultheißen. Erschöpft, vom Kerker zermürbt und ermattet von den schlaflosen Nächten strebte er mit steifen, schwachen Beinen in der unheilvollen Finsternis der Hofreite von Bauer Nepomuk in Kreuch zu. Just in dem Moment, in dem er die Haustür aufdrückte, hörte er Kindsgeschrei. Als habe er auf den Vater gewartet, begrüßte ihn lautstark sein eben geborener Sohn.

Phillip sollte ihn auf den Namen Johannes taufen lassen, ihn aber liebevoll Jean rufen.

Nachwort

Die handelnden Personen in diesem Roman sind – bis auf wenige Ausnahmen – historische Persönlichkeiten. Der Autor hat sich dabei auf die Erforschung der Originalquellen gestützt, die Herr Johann-Georg Fuchs in seinen Veröffentlichungen über das Limburger Patriziat und die Altstadtbauten zusammengestellt hat. Dagegen sind die Person und die Handlung um den Zimmermann Grandjeau frei erfunden. So ist der Roman rein fiktiv, jedoch mit historischem Bezug. Zum leichteren Verständnis seien noch einige Anmerkungen gemacht:

Stadthauptmann Kaspar Bogner, geboren 1725, Lederhändler und Mitglied in der Apostelbruderschaft, war dreimal verheiratet. Zuerst mit Elisabeth Theresa Becker aus Kreuznach, mit der er zwei Kinder hatte, dann mit Maria Elisabeth Rab, der Tochter des Wollwebers Rab, und nach deren Tod 1775 mit Maria Elisabeth Dillbecker. Nach dem Tod ihres Mannes heiratete sie einen Advokaten aus Koblenz.

Bogner wurde am 6. Februar 1775 ermordet. Im Roman wird der Mord um einige Jahre verschoben. Im Kirchenbuch ist vermerkt:

1775 Decembris, die 19. dom. Kaspar Bogner Dietkirchen inter et Limburgum mortuus inventuus est anno aetatis 54 et sexto mense.

Anna Maria Bogner setzte ihrem Bruder einen Bildstock auf dem heutigen Schleusenkanal. Er wurde beim Bau des Kanals später versetzt und steht nun am Schleusenweg. Der ursprüngliche Bildstock zeigte einen Schutzengel, der die Hände über ein Kind ausbreitet und folgende Inschrift enthielt (Quelle: Nassauische Landeszeitung vom 16. Dezember 1936):

Heiliger Schutzengel mein, lass mich Dir empfohlen sein. Diesen Bildstock ließ die Anna Maria Bogner im Jahre 1776 erbauen für den seit dem 6. Februar 1775 vermissten Bruder Kaspar Bogner, geboren 14. Juni 1725 zu Limburg, Stadthauptmann, Besitzer der Hofgüter Linter, Seelbach Ennerich usw. Am 19. Dezember 1775 gestand der Mörder auf dem Sterbebette, dass er den Kaspar Bogner am 6. Februar an den Linden bei Eschhofen totgeschlagen, demselben das Pachtgeld abgenommen, über die zugefrorene Lahn geschleppt und an den Felsen zwischen Dietkirchen und Limburg im Dornengestrüpp verscharrt habe.

Die Charakterisierung des Stadthauptmanns entspringt vollumfänglich der Fantasie des Autors. Allerdings ist seine harte Hand in den Annalen über den tödlichen Grenzkonflikt mit Diez nachgewiesen.

Als Ursache für die plötzlich einsetzende **Finsternis** ist der gewaltige Ausbruch des isländischen Vulkans Laki am 8. Juni 1783 anzusehen. Dabei wurden etwa 100 Millionen Tonnen Schwefeldioxid in die Atmosphäre geschleudert, die ganz Europa in dichten Nebel tauchten.

In Erfurts Stadtchronik von 1783 schreibt Friedrich Caspar Sinnhold:

„Allenthalben hatte man weniger oder mehr Furcht dabey. Dieselbe dunstige Athmosphäre, in welcher die Sonne verdunkelt war, und roth im Nebel auf und unterging, war zugleich an den Küsten des Adriatischen Meeres, an den französischen Küsten des Atlantischen Meeres und an den Küsten von Holland, Dänemark in der Ostsee, auf der Elbe, auf dem Rheine und auf der Donau, und woher nur Nachrichten einliefen."

Der Vulkanausbruch dauerte bis 7. Februar 1784 und hatte gravierende Auswirkungen auf das globale Klima. Heftige Stürme mit Hagel, Blutregen und gewaltige Gewitter tobten übers Land. Goethes Mutter schrieb zu jener Zeit an ihren schon berühmten Sohn, dass sein Geburtshaus in Frankfurt bis zum Obergeschoss im Wasser stehe. Ein eisiger, schneereicher

Winter zog sich bis in den April 1784 hin. Das Vieh verendete. Missernten führten zu Hungersnöten, sodass der Laki-Ausbruch als indirekte Ursache für den Ausbruch der Französischen Revolution in Betracht gezogen werden kann. In den Sterbebüchern von Frankreich und England ist eine plötzliche Zunahme der Todesfälle in den Jahren 1783 und 1784 verzeichnet. Auch im Sterberegister von Limburg ist in dieser Zeit ein markanter Anstieg der Sterbefälle vermerkt:

1782: 65 Tote, davon 11 Kinder
1783: 110 Tote, davon 40 Kinder
1784: 96 Tote, davon 48 Kinder

Die **figurierten Prozessionen** wurden einst von den Jesuiten eingeführt. Vor allem während der Karfreitagsprozessionen wurde das Leiden unseres Herrn Jesu Christi mit lebenden Bildern nachgestellt. Der Trierer Bistumshistoriker Jakob Marx d. Ä. hat das Bildprogramm der Trierer figurierten Prozession wie folgt beschrieben:

„Den Anfang machte die Mutter Eva, manchmal so ziemlich à la mode gekleidet; mit beiden Händen trug sie einen zierlichen Apfelbaum, mit schönen Äpfeln behangen, um dessen Stamm eine Schlange gewunden war. Neben ihr ging Vater Adam, mit einem Schafspelz gekleidet, und auf der Schulter eine eiserne Spade (Spaten) zum Ackerbau. Hinter diesen Ureltern folgten ihre Söhne: Abel, in einem Schafspelze, auf dem Arm einen Totenschädel tragend; Kain, in gleichem Aufzuge, auf der Schulter eine blutige Keule. Melchisedech, der Hohepriester, mit Opfergeschirr. Isaak mit einem Bündel Holz auf dem Rücken. Hinter ihm dessen Vater Abraham mit gezücktem Schwerte, welches mit einem an demselben angeknüpften Bande von einem Engel zurückgehalten wurde. Dann kamen die Brüder Josephs mit Joseph in der Mitte, alle recht zierlich gekleidet. Nach diesen Moses und Aaron, Samson mit Harnisch, Helm, in der Hand einen Eselskinnbacken, von zwölf geharnischten Philistern mit eisernen Ketten gefesselt, welche manchmal von ihren Gefangenen recht unsanft zur Erde gerissen wurden ...“

Die mythologische **Volksheilige Kümmernis** wurde bereits seit dem 14. Jahrhundert verehrt. Sie durfte bei keiner Prozession fehlen, denn sie versprach Hilfe bei Kummer und Not. Der Legende nach weigerte sich die gottgläubige Wilgefortis, Tochter eines portugiesischen Heidenkönigs, einen gottlosen Prinzen zu heiraten. Daraufhin ließ ihr wütender Vater sie ans Kreuz nageln. Zuvor bat sie Christus um einen Bart, der sie völlig entstellte. Als ein armer Spielmann vor dem Kreuz aufspielte, warf die gekreuzigte Wilgefortis ihm einen goldenen Schuh zu. Die kultische Verehrung der Volksheiligen Kümmernis ist in Nordwesteuropa seit dem 20. Jahrhundert praktisch erloschen. Heute ist sie noch in Bayern, Schlesien und Österreich sowie als Sainte Affligée in Südamerika präsent.

Das **Schmählied der Bauern** anlässlich der Prozession wurde 1773 von Gottfried August Bürger verfasst und erschien 1775 unter dem Titel *Der Bauer An seinen Durchlauchtigen Tyrannen.* Es fällt somit in die Epoche des Sturm und Drang, die durch Auflehnung gegen die absolutistischen Herrscher und jede Form von Zwang und Regeln charakterisiert ist.

Im Jahre 1784 erregte die figurierte Prozession in Limburg das Missfallen der Koblenzer Geistlichen, die solchen ‚veräußerlichten' Formen der Frömmigkeit ablehnend gegenüberstanden. Sie empfahlen, die figurierte Prozession in Limburg zu verbieten. Erzbischof Clemens Wenzeslaus von Sachsen entschied daher, dass in Limburg nur noch gewöhnliche Prozessionen ohne jegliche figürliche Darstellungen gehalten werden dürfen. Am 19. April 1784 erließ er das Verbot für das gesamte Kurfürstentum:

„Da Höchstdieselbe die Gebräuche und Andachten der heiligen Kirche in ihrer ursprünglichen Reinigkeit zu erhalten und dahero alles dasjenige dabey abzustellen sich angelegen seyn lassen, was zur Gewinnsucht oder sonst einem anderen Mißbrauch das christliche Volk verleiten kann; als befehlen Höchste gnädigst, dass hinführo in allen Prozessionen, sowohl in als außer Trier, die figurierten Vorstellungen abgeschafft und nur dasjenige belassen werde, was im Sinne der Kirche und der Vorschrift des Trierischen Rituals angemessen ist."

Der **Vierungsturm** der Limburger Stiftskirche wurde am 16. April 1774 gegen 21 Uhr vom Blitz getroffen. Der Brand zerstörte Teile des Kirchendachs sowie den Wetterhahn mit der Reliquie des Heiligen Georgs. Dachdeckermeister Lindig wurde beauftragt, den Turm schlanker und um 6,5 Meter höher aufzubauen. Nach mündlicher Überlieferung soll er sich zum Abschluss der Arbeiten triumphierend auf den neuen Wetterhahn gesetzt haben.

Johann Wolfgang von Goethe kam am 13. September 1772 auf seiner Wanderung von Wetzlar nach Ehrenbreitstein zum ersten Mal nach Limburg. Es wird berichtet, dass er zu jener Zeit am Lahnufer rastete und grübelte, ob er Maler oder Dichter werden solle. Er warf sein Taschenmesser in die vom Buschwerk umsäumte Lahn. Falls er es eintauchen sehe, sollte es ihm ein Zeichen sein, dass es ihm als Maler gelingen werde, solche Schönheit, wie er sie gerade im Lahntal vor sich sah, adäquat abzubilden. Goethe sah – zum Glück – das Messer nicht eintauchen, sondern nur aufsteigende Wasserspritzer.

Bei seinem zweiten Besuch in Limburg im Jahre 1814 übernachtet Goethe im ‚Roten Ochsen' in der Hammervorstadt (heute steht dort ein Parkhaus in der Frankfurter Straße).

Ob der siebenjährige **Wolfgang Theophilus Mozart** (den Namen Wolfgang Amadé hatte er sich 1777 zugelegt, als er seinen zweiten Taufnamen Theophilus, zu Deutsch Gottlieb, bei einem Italienaufenthalt in Amadeo tauschte) tatsächlich einmal in Limburg nächtigte, ist nicht urkundlich belegt. Er hatte 1763 mit seiner Schwester in Frankfurt ein Konzert gegeben, das wie folgt von seinem Vater in der Zeitung angekündigt wurde:

„Den Liebhabern der Musik wird hiermit bekannt gemacht, dass ein Konzert wird aufgeführt werden, wobei man zwei Kinder, nämlich ein Mädchen von zwölf und einen Knaben von sieben Jahren – Konzerte, Trios und Sonaten, dann den Knaben nämliche auch auf der Violine mit unglaublicher Fertigkeit wegspielen hören wird."

Nach den Recherchen des Limburger Kunsthändlers Hans-Jürgen Topp und von Dr. Marie-Luise Crone wird nicht ausgeschlossen, dass der junge Mozart auf der Weiterreise nach Koblenz eine Etappenstation in Limburg eingelegt haben könnte.

Der Autor dankt Herrn Dr. Waldecker und Frau Jung vom Stadtarchiv Limburg für die freundliche Unterstützung sowie dem Bischöflichen Ordinariat für die Hilfe in kirchenrechtlichen Fragen. Die Beschreibung des Limburger Schlosses ist der jüngsten Veröffentlichung des Fördervereins Limburger Schloss e.V. entnommen.

Glossar

(frz) = französisch
(jidd) = jiddisch
(mdal) = mundartlich

absurdité	(frz) Unsinn
À la bonne heure	(frz) alle Achtung
Albus	1 Trierer Gulden = 36 Albus
Allmoda	neueste Mode
Allongeperücke	langlockige, große Perücke
Ängstschisser	(mdal) ängstlicher Mensch
Antichambre	Vorzimmer
Applike	flaches Zierstück
auf den Hund gekommen	kennzeichnet den armen Bauern, der statt Ochsen nur einen Hund anspannen kann
aufschlagen	hier: Kiste mit Werkzeug öffnen
Ausscheller	Knecht, der mit einer Glocke den Fuhrwerken vorangeht, um für freie Durchfahrt zu sorgen
Babbsack	(mdal) charakterloser Mensch
bei guter Vernunft	bei vollem Bewusstsein
beschaskerd	(mdal) betrunken
besetzt	hier: gedrungen
Bimbes	(mdal) Birnenkraut, Brotaufstrich
Bix	(mdal) Schimpfwort für ein Mädchen
Blaggebajaß	(mdal) liederlicher, lumpiger Mensch
Bleizucker	giftiges Süßmittel für Wein
Bloosoarsch	heruntergekommener Mensch
Broksel	(mdal) Branntweinsuppe
Brühl	(mdal) sumpfige Wiese
Bumbes	(mdal) Furz
Butz	(mdal) spöttisch für Polizist
Camisol	Unterjacke
Caravate	Halstuch für Männer

Ceroferar	Ministrant, Kerzenträger
considerieren	für möglich halten
Contenance	(frz) Haltung, Fassung
Cordonnier	(frz) Schuhmacher
Corpus Delicti	Beweisstück
Corpus Iuris Canonici	kirchliches Gesetzbuch von 1582
Curriculum Vitae	Lebenslauf
Dämelsack	(mdal) Einfaltspinsel
Daawerner	(mdal) Dauborner Schnaps
darauf sterben	etwas unerschütterlich behaupten
Dechant	Dekan, Vorsteher des Kirchenstifts
decidieren	erklären
De Giggel hot e Hinggel geflattscherd	(mdal) Der Hahn hat ein Huhn bestiegen
Dickerich	(mdal) Dietkirchen
dibbern	(jidd) reden
Dippes	(mdal) Töpfe
Dobsch	(mdal) Kinderspielzeug, mit einer Peitsche angetriebener Kegel
Dollbabbeler	(mdal) Dummschwätzer
Dormel	(mdal) Dummkopf
Drehhaspel	technisches Hilfsmittel zum Ab- und Aufwickeln von Garnen
Dreckbagge	(mdal) gemeiner Kerl
Driggeberjer	(mdal) Drückeberger
Eidam	Schwiegersohn
Elzer Blechkopp	(mdal) Uzname für Menschen aus Elz
enjoo	(mdal) ja
ennaa	(mdal) nein
Erbseziehler	(mdal) Geizhals
Eschhiwer	Eschhofener
Eschhiwer Schäß	(mdal) Uzname für Menschen aus Eschhofen
eweil	(mdal) jetzt
Fachedel	(mdal) herrschsüchtiges Weib
Faszikel	hier: Aktenbündel
Fayence	kunstvolle italienische Keramik
Feierabendschindel	letzte aufgenagelte Schindel vor Feierabend

Felleisen	lederner Rucksack der Zimmermänner
Firstbier	Bier zum Richtfest
Flittche	(mdal) leichtes Mädchen
Forzknote	(mdal) kleiner, sich wichtig nehmender Mensch
gähe	steil
Galan	Kavalier
Garotte	Folterinstrument, Würgeisen
Gedeens	(mdal) Streit
Gesoggs	(mdal) Gesindel
Gewirreoos	(mdal) unberechenbares Mädchen
gewirrisch Mensch	(mdal) durchtriebenes Biest
Gilet	Weste
Grundbirn	Kartoffel
Gulden	1 Trierer Gulden = 36 Albus oder 60 Kreuzer
Hammervorstadt	Limburger Vorstadt am Hammertor in Richtung Frankfurt
Heimgerechtigkeit	territoriale Hoheit
Herbularius	Kräutergarten
Heumonat	Juli
Hitzeblitz	(mdal) impulsiver, jähzorniger Mann
Hofreite	Bauernhof
Hökerin	bäuerliche Marktfrau
Honoratioren	Würdenträger
Hopp	(mdal) Hofreite, Bauernhof
Hornung	Februar
horten	hier: verstecken
Hortus	Nutzgarten
Hübschlerin	Dirne
Hundsfott	(mdal) verachtenswürdiger Mensch
Hypostasen	Gottvater, Sohn und Heiliger Geist
Insolenz	Unverschämtheit
Judaswiege	Folterinstrument, bei dem das Folteropfer mit einer Seilwinde mit dem Gesäß auf eine Spitze niedergelassen wird
Joppe	Jacke

Justaucorps	langer Gehrock für Männer
Kalesche	leichter, offener Kutschwagen
kaltes Feuer	Wundbrand
Kalljes	(mdal) Ärger, Schwierigkeiten
kameralistisch	hier: Ausgaben nur bei dringender Notwendigkeit
Kamuffel	(mdal) streitsüchtiger Mensch
Kändel	(mdal) halbrunde Rinne
Kapaun	kastrierter, gemästeter Hahn
Kappes	(mdal) Weißkohl
Kärrner	Karrenzieher, Fuhrmann
Keller	Verwalter
Klieskobb	(mdal) Querkopf
Knallkobb	(mdal) eigensinnige Person
Koblenzer Vorstadt	heute: Limburger Brückenvorstadt
Kopf warm machen	in Argwohn versetzen
Kraicher Ahl	(mdal) schmales langes Flurstück in Kreuch
Krebbel	(mdal) hinterlistiger Mann
Kretin	(frz) Dummkopf
Krisetasche	eine Art Rolle, die der Zimmermann auf der Wanderschaft auf der Schulter trägt
Krimmelkuchen	(mdal) Streuselkuchen
Krollekobb	(mdal) Lockenkopf
Krüje Bäck	(mdal) Kreucher Berg
Krume	Acker
Kubbernoas	(mdal) Trinker
Küpen	Färben mit Pflanzen
Laad	(mdal) Krankheit, Pest
Laads Oos	raffiniertes Weib
Lampasgewebe	schweres, seidenes Gewebe in Damasttechnik
Landser, Landsknechte	hier: Angehörige der Landmiliz
Languettenstickerei	Stickerei mit Bogen und Zacken
Latwerge	(mdal) Zwetschgengemüse
lennelohmer Käll	(mdal) arbeitsscheuer Mensch
Leyendecker	Dachdecker
Limboasch	(mdal) Limburg

Linneholleser Krugeltje	(mdal) Uzname für Menschen aus Lindenholzhausen
Livree	Kleidung der Dienerschaft
Lohe	Gerbmittel aus Eichenrinde
Lotterbuben	Taschenspieler und Wahrsager
Malefikant	Missetäter
maliziös	hämisch
Mannebach	(mdal) Hadamar
Maschores	(mdal) Vorgesetzter
Masel	(jidd) Glück
Massik	(jidd) gefährlicher Mensch
Mauschel	(jidd) Polizeichef
medias in res	mitten in die Sache hinein
Metzelsopp	(mdal) Schlachtsuppe
mit schwerem Bauch	schwanger
Morgensprache	feierliche Zusammenkunft der Zunft
Motzkopp	(mdal) unausstehlicher Dickkopf
Mouche	Seidenpflaster, das sich die Damen auf das Dekolleté klebten
Muhme	Tante
Observanzen	Klosterregeln
Obskurantismus	Bestreben, die Menschen bewusst in Unwissenheit zu halten, ihr selbstständiges Denken zu verhindern und sie an Übernatürliches glauben zu lassen
Oheim	Onkel
Ökonomie	hier: wirtschaftliche Lage
okulieren	impfen
Olwel	(mdal) Dummkopf
Palmette	stilisiertes Palmbäumchen
parbleu!	(frz) Bei Gott!
Pendule	Pendeluhr
Pönitent	Beichtender
Postkurse	Routen der Postkutschen
Puddel	(mdal) Jauche
Pumphose	weitbauschige Oberschenkelhose
Quellflaasch	(mdal) Wellfleisch

Querulation	Beschwerde
Quetscheschmeer	(mdal) Pflaumenmus
Ranken	(mdal) dicke Scheibe Brot
Redingote	langer Mantel mit großem Kragen
richten	hier: Holz behauen, aufschneiden, ablängen
Roppsel	(mdal) Eintopf
Rotähr	(mdal) rote Erde, Tonerde mit Sand vermischt
Roublard	(frz) Schlitzohr
Säcker	Lastenträger
Sanctissimum	das Allerheiligste
Säudäufel	(mdal) unanständiger Mensch
schroo aal laadisch Babbsack	(mdal) derbes Schimpfwort
Scheßje	(mdal) Hintern
Schlagfluss	Schlaganfall
Schlammbeiser	Knecht, der den Stadtgraben sauber hält
Schnorres	(mdal) Oberlippenbart
schnuggele	(mdal) naschen
Schnur	Schwiegertochter
Schwager	hier: Postillion
Schwäher	Schwiegervater
Schwieger	Schwiegermutter
Sech	Schneidblech vom Pflug
Seifer	Seifensieder
Sendschöffe	kirchlicher Ordnungshüter
Signalement	(frz) Personenbeschreibung
Skriptorium	Schreibstube im Kloster
Spezereien	Gewürzwaren
Stabler	Träger des Kirchenstabs
Stenz	gewundener Stock des Wandergesellen
Sternenträger	Holzkonstruktion beim Turmbau
Stobbelhobser	(mdal) lebhafter Junge
Stockhaus	Gefängnis
Stuffa	Badstube
stuprum simplex	vorehelicher Verkehr
Stutzuhr	Tischuhr
Suddel	(mdal) schmutzige Brühe
Suspiction	Verdacht

Te Deum laudamus	Kirchenlied: Großer Gott wir loben dich
Thuriferar	Ministrant, Weihrauchschwinger
Traktat	schriftliche Ausarbeitung
über den Löffel barbieren	bei faltigen Wangen beulte der Barbier mit einem Löffel die Wangen aus
unne de Lenne	(mdal) unter den Linden
Vaganten	nichtsesshafte Herumtreiber
vierschrötig	kräftig, derb, grob
Vierungsturm	Kirchturm über der Schnittfläche von Längs- und Querschiff
Waidblätter	Pflanzen mit Indigo
Wäller	(mdal) Westerwälder
Walz	Wanderschaft der Zunftgesellen
Wams	Weste
Werg	kurze Faserstücke von Hanf
Zeuchtfabrik	Tuchfabrik
Ziborienaltar	Altar unter einem Baldachin
Zossel	(mdal) schlampiger Mensch
Zusammensprecher	besiegelt das Eheversprechen

Der Autor

Horst Christian Bracht, Jahrgang 1943, studierte an der Technischen Universität Carolo Wilhelmina zu Braunschweig Maschinenbau und übernahm verschiedene Managementaufgaben in der Industrie. Erst im Ruhestand findet er die Muße für seine wahre Leidenschaft, die Schriftstellerei. Er lebt seit über zehn Jahren mit seiner Frau in einem alten Fachwerkhaus in der Limburger Altstadt, deren spannende Historie ihn für seinen Debütroman „Die Schwedenfratze“ inspirierte. Seinem neuen Roman hat der Autor einen historisch verbürgten Meuchelmord an einem Limburger Stadthauptmann zugrunde gelegt.